LES GENS DES BRUMES

DE LA MÊME AUTEURE

Aux éditions De Borée

Le Pays de l'impossible hiver, 2018
Trois femmes dans la tourmente, 2018
Les Roses sauvages du maquis, 2019
La Couleur oubliée de l'arc-en-ciel, 2019
Les Soleils de sable, 2020
Les Pianos de la victoire, 2021
La Page arrachée, 2021
Le Voyage du fleuve, 2022

Aux éditions Les Presses littéraires

L'Œuvre des frères Bec, 2009

Aux éditions Lucien Souny

Le Fils volé, 2011
Les Cigales en héritage, 2012
Rumeurs dans la cour d'école, 2014

Aux éditions Christine Bonneton

La Promesse des jours heureux, 2021
La Passion selon cinq matous, 2023

Martine Pilate

LES GENS DES BRUMES

Roman

TERRES D'ÉCRITURE

de Borée

45, rue du Clos-Four – 63056 Clermont-Ferrand Cedex 2

À Robert,
pour son appui constant tout au long
de nos chemins d'aventure, de passion et d'espoir.

1

François avait attendu que l'après-midi soit déjà bien avancé pour sa promenade du mercredi. L'été s'installait avec douceur et imposait à la mi-journée des températures occasionnellement élevées, mais toujours agréables, bien loin de la canicule qui brûlait parfois son Tarn natal. L'humidité habituelle du printemps avait permis à la nature de s'éveiller, aux bosquets de s'étoffer et aux parterres de s'égayer de fleurs multicolores.

Il cheminait sans se presser, d'un pas régulier, sur l'allée bordée d'eucalyptus aux feuilles bleutées qui, frémissant au moindre souffle de vent, dégageaient des odeurs de menthe poivrée. Malgré les douleurs qui l'agressaient, il avançait en se tenant bien droit. C'était un luxe auquel il s'était toujours astreint, lui qui avait passé tant d'années au fond d'une mine ! Dès qu'il remontait à la surface, il se redressait alors et regardait fièrement devant lui, chassant la fatigue et les courbatures.

Il sourit à la pensée de ces fêtes de la Nativité et de fin d'année qui s'inversaient avec celles que l'on commémorait en France, au cœur de l'hiver. Ici, aux antipodes australs, les mois les plus chauds et les journées les plus longues s'étiraient de décembre à mars et c'était l'occasion de les célébrer dans la tiédeur des soirées.

Bien sûr, Noël lui restait toujours un peu douloureux mais, au fil des années, il avait appris à vivre avec le manque d'une famille qui s'était détournée de lui, là-bas par-delà les océans, si loin de Rosebery, une petite ville minière au nord-ouest de la Tasmanie. Ces soirs-là, les quelques rares amis qu'il côtoyait se retrouvaient chez les uns ou les autres autour d'une table où chacun apportait son écot, et l'alcool enflammait les cœurs lorsque pétards et feux d'artifice saluaient l'An nouveau. C'étaient tous des expatriés comme lui, isolés des leurs pour certains, d'autres qui simplement n'avaient pas rencontré d'âme sœur ou l'avaient perdue.

La grille était entrouverte, il la poussa à peine et se dirigea vers le mur exposé au nord. Il était parvenu à son rendez-vous hebdomadaire. Il débarrassa quelques herbes envahissantes : il tenait à ce que le lieu restât impeccable !

Une fois satisfait de son nettoyage, il s'assit. Il s'attarda à caresser d'un geste respectueux le granit gris, une pierre si policée qu'elle rappelait le marbre, surmontée d'une croix très sobre sur laquelle étaient gravés son prénom et son nom, ainsi qu'une seule date : celle de sa naissance. Pour l'autre, cela pouvait attendre !

Dès le début de sa démarche, il avait précisé au tailleur de pierre que la mise en place sur la concession qu'il avait achetée pour y reposer pour l'éternité devait se faire dès l'achèvement de son travail.

— Déjà, il faut bien deux mois pour que la terre se tasse et qu'on puisse installer ta pierre. Et tu es bien jeune pour avoir de telles idées !

Mais François n'avait rien voulu entendre.

— Ne t'inquiète pas ! Je n'ai pas envie de quitter ce monde, mais au moins, comme ça, je saurai où je vais passer l'éternité.

— Toi, Frenchy, tu as vraiment de drôles d'idées.

— En tout cas, ça ne fait pas mourir et ça me rassurera. En plus, ici, c'est déjà un peu le paradis sur terre.

Cette réussite à laquelle il avait aspiré en vain sur cette terre, il voulait la connaître par-delà les nuages. Il s'était choisi une belle pièce de granit, probablement la plus belle du petit cimetière de Rosebery, là où ne reposaient que les locaux et les pauvres. Les riches se faisaient enterrer en ville.

Assis sur ce qui serait son ultime demeure, il observait ce qui l'entourait. Puis, de sa poche, il sortit avec précaution son gros carnet au dos qu'il avait entoilé pour le rendre plus résistant. Avec son canif, il effila son crayon. Il n'aimait pas les stylos, ce plastique d'usine sans odeur, cette encre indélébile qui ne permettait pas les reliefs de la calligraphie et encore moins les corrections éventuelles.

Parfois, il dessinait un oiseau, une fleur, un bout de paysage, mais la plupart du temps il écrivait. Toujours sensibilisé par la généreuse nature qui l'entourait, il laissait son imagination s'envoler ; ses poèmes lui venaient aisément, comme des notes tirées d'un piano.

D'autres fois, les souvenirs remontaient, et il éprouvait le besoin de les transcrire. En général, il n'utilisait pas le « je », trop intime, et lui préférait un « il » neutre, comme s'il évoquait un personnage extérieur à sa propre histoire. Il ne discernait pas s'il souhaitait ainsi se protéger de moments éprouvants ou s'il voulait prendre du recul pour porter un regard plus juste, ou tout simplement un peu des deux. Mais, ce jour-là, sa rêverie l'avait emporté :

Au livre de ma vie, je lis toutes les pages,
Relisant ceci, sautant quelques passages,
Souriant à certains faits avec bonheur,
Je tourne sèchement une page de douleur.

Généralement, lorsque satisfait de ce qu'il avait rédigé il refermait son carnet, il plongeait dans l'infini du ciel et se mettait à rêver. Il laissait le temps s'enfuir sans en éprouver de regrets.

Puis il se levait, s'ébrouait, jetait un dernier regard sur la pierre et s'éloignait sans se retourner. Une demi-heure de marche tranquille aurait suffi pour regagner son domicile, et souvent il s'arrêtait chez l'un de ses amis réfugiés comme lui à l'autre bout du monde.

Celui dont il était le plus proche venait de Belgique. La langue française les avait réunis. Il était son aîné de près de huit ans. Passionné de lecture, il se faisait envoyer des livres qu'il prêtait à François. Il était aussi le seul à l'appeler par son prénom, pour tous les autres il était Frenchy, un mélange de François et de Français.

Lucas guettait son passage de retour, se balançant dans son rocking-chair, à l'abri d'une pergola. Sur la table, il déposait toujours deux verres à côté d'une bouteille de whisky. Tout était prêt pour entamer des conversations qui parfois se prolongeaient des heures durant. Même le chien semblait l'attendre, ce vieux compagnon que Lucas, le Wallon, avait adopté errant en quête d'un toit et surtout d'un foyer. Dès lors, il n'avait plus quitté la maison de Lucas et les amis de son maître étaient devenus les siens.

— Décidément, je ne comprendrai jamais pourquoi, depuis deux mois que tu as fait installer cette dalle, tu y vas toutes les semaines. C'est morbide !

— Il n'y a rien de morbide là-dedans. Je veux que mon éternité soit la plus agréable possible. Savoir où je vais, et que j'y serai bien, cela me rassure. Je n'ai plus de famille depuis que mon frère a quitté ce monde. Qui prendra soin de ce qu'il restera de moi quand je partirai ? C'est mon luxe ! En attendant, je profite de la vie, je l'apprécie encore plus, je dirais. Après tout, elle est juste un rêve et la mort est une nouvelle vie.

Régulièrement, le sujet revenait sur le tapis et la réponse arrivait, toujours la même.

Ce soir-là, François n'avait pas envie de s'éterniser auprès de son ami. Il se contenta d'un fond de verre et prit congé malgré quelques protestations après une caresse au chien qui l'observait tranquille à la dérobée. Il éprouvait une étrange sensation, une sorte de fébrilité incontrôlable. Pourtant, il ne se sentait pas malade. Il allongea le pas machinalement.

Alors qu'il poussait le portillon de son jardin, il en oublia presque de sortir sa crécelle comme il le faisait à chacun de ses retours depuis qu'il avait vu se sauver dans les bosquets un *copperhead snake*, mince et long, dont la morsure était mortelle si la victime ne recevait pas rapidement un antidote. Généralement, ces serpents s'enfuyaient au moindre bruissement. Mais cette époque de l'année était celle des amours, et ils n'hésitaient pas à faire preuve de hardiesse dans leur quête étendue d'une partenaire. Heureusement, il ne fit aucune mauvaise rencontre.

Comme à chaque fois, il jeta un coup d'œil à ses quatre rangées de vigne. Les raisins rougissaient. Bientôt, il pourrait les cueillir. Faire sa vendange, comme il l'annonçait fièrement à son entourage ! Un rêve de jeunesse, de temps difficiles dont il ne savait plus si la mémoire se faisait meurtrissure ou simplement souvenirs.

Il se prépara un sandwich et s'installa devant son poste de télévision. Aucun programme ne captait réellement son attention. Il voulut se plonger dans un livre, mais le résultat fut le même. La seule chose qui l'apaisa fut la musique : Vivaldi et ses *Quatre Saisons*. Il s'abandonna à ses rêveries, laissant les souvenirs s'emparer de lui, toute une existence, sa vie à « lui ».

* *
*

Les parents de François étaient originaires de la basse Cerdagne, de Meranges, un hameau perdu dans la montagne, aux rues pavées et aux maisons basses, serrées les unes contre les autres pour mieux se protéger des mérangines, ces nuages qui annonçaient l'arrivée du vent et de la neige. La vie y était dure, sans espoir d'amélioration. Sur les conseils d'un cousin qui chaque fin d'été traversait la frontière pour se faire embaucher par les viticulteurs de la région de Castres, ils avaient quitté, dès 1925, leur Catalogne natale pour venir gonfler le nombre important de travailleurs espagnols qui s'expatriaient.

Volontaires et courageux, ils avaient d'abord été journaliers, enchaînant des travaux souvent éreintants, surtout pour la jeune femme. Mais dans ces campagnes où la vie était rude et soumise aux caprices d'une nature parfois colérique, les bons ouvriers acquéraient sans difficulté une renommée qui leur ouvrait bien des portes auprès des gros propriétaires en recherche de main-d'œuvre.

Ce fut ainsi qu'après quelques années d'incertitude sur leur avenir ils parvinrent à intégrer le personnel permanent de la bastide de Bagas, un domaine agricole tout à proximité de Lautrec, en direction de Castres. La campagne vallonnée offrait ses flancs à une agriculture essentiellement tournée vers les céréales et surtout vers cet ail rose qui faisait la réputation de la région.

Ils bénéficiaient d'un petit logement aménagé à l'arrière du corps principal du bâtiment, tout à proximité des remises où l'on engrangeait le foin. Outre le travail de maison, Estrella, la mère de François, rejoignait dès la Saint-Jean une équipe chargée du séchage de l'ail que les hommes venaient de récolter. Ce travail requérait une certaine résistance et les journées s'avéraient épuisantes. Il s'agissait de pendre les paquets à cheval sur des barres, un peu partout, à l'ombre des granges, des hangars. L'important était qu'ils ne soient pas serrés et *a contrario* exposés au vent d'autan et aux courants d'air, avant d'envisager de préparer la commercialisation qui débuterait dès le mois d'août.

Le domaine comptait également quelques belles parcelles de vigne auxquelles José Martes, le père de François, se consacrait : buttage, taille, ébourgeonnage, surveillance de la maturation, jusqu'aux vendanges auxquelles il participait et au foulage qui s'ensuivait.

La vie du couple était rythmée par les saisons, les traditionnelles occupations rurales, notamment celles des longues soirées d'hiver où la maisonnée se retrouvait devant l'âtre pour écosser les maïs. Chacun y allait de son anecdote, de ses remarques, rires ou commentaires fusaient.

Estrella et José auraient bien aimé voir leur union couronnée d'une naissance. Même si le patronyme de Martes n'était que la résultante de la découverte d'un nouveau-né abandonné, un mardi, par les religieuses de l'orphelinat de Gérone, ils avaient envie de perpétuer le nom et surtout de concrétiser l'amour qu'ils éprouvaient l'un pour l'autre.

Mais la fatigue de la journée, l'épuisement le soir venu, une nature contrariante firent qu'il se passa de nombreuses années avant qu'ils puissent enfin tenir un bébé dans leurs bras.

Ils épargnaient sou par sou pour acquérir plus tard, lorsque justement la famille s'agrandirait, une petite maison bien à eux. Mais, au fil des ans, l'espoir s'atténuait considérablement, et arrivait l'amertume avec son flot de discordances.

Alors que, début 1929, l'économie française commençait à s'essouffler et que les prix agricoles chutaient, le gouvernement prenait des dispositions pour mettre fin à la politique d'ouverture vis-à-vis des étrangers, instaurée suite aux pertes de la Grande Guerre. En 1932, des décrets établirent des quotas de travailleurs étrangers. Toutes ces difficultés entraînèrent une nette augmentation des demandes de naturalisation. Ce fut le cas pour la famille Martes.

Sous le contrôle du maître de maison, José avait écrit à Paris, au ministre de la Justice, garde des Sceaux. Il sollicitait de sa « haute bienveillance » la naturalisation française, lui détaillant sa situation et celle de son épouse, et l'assurant qu'ils ne voulaient plus retourner vivre en Espagne pour s'installer définitivement sur le sol français.

La régularisation de leur situation établie, ils ne quittèrent pas le domaine de Bagas. Depuis toutes ces années, des liens s'étaient noués et dorénavant ils faisaient un peu partie de la famille. José se montrait plus directif avec les journaliers, allant parfois jusqu'à en être colérique. Estrella, sans se plaindre, subissait ses humeurs atrabilaires, l'excusant du fait qu'elle n'était pas capable de lui donner un enfant.

Alors qu'en 1937 la guerre civile faisait rage en Espagne et que la France était secouée par les grèves, Hitler ne cachait plus ses ambitions pangermaniques. Les alliances se formaient et les gouvernements européens continuaient à espérer malgré tout qu'un conflit pourrait être évité.

— J'ai trouvé une petite exploitation à reprendre, du côté de Peyregoux, annonça un jour José. Il y a suffisamment de terrain pour un beau jardin et quelques animaux. Ce ne sera pas le grand confort au début, mais, avec un peu de travail, on l'aménagera rapidement. Ce n'est pas très loin et j'aurai tôt fait de venir à bicyclette pour assurer mon emploi ici.

— Ce n'est pas le moment de déménager, affirma son patron lorsqu'il apprit ses projets. On ne sait pas de quoi demain sera fait.

Estrella lui opposa les mêmes arguments. D'autant plus qu'elle n'avait guère envie de se retrouver isolée, livrée à la tyrannie d'un mari qui avait bien changé. Or ce fut à cette époque que, contre toute attente, une naissance s'annonça.

En février 1938, Hitler prenait le commandement suprême des armées allemandes et le mois suivant entrait sans résistance en Autriche. Dès avril, l'annexion de l'Autriche par l'Allemagne devenait officielle. Le spectre d'une guerre imminente se profilait.

La grossesse d'Estrella touchait à sa fin. La future maman appréciait de ne pas avoir quitté le domaine. Chacun était aux petits soins pour elle, lui adressait une parole gentille, la maîtresse des lieux s'inquiétait d'elle et jusqu'à José dont l'humeur s'était radoucie.

Alors que les diplomaties françaises et anglaises œuvraient pour assurer la paix en Europe, tranquillisant des populations qui gardaient en mémoire les sombres années 1914-1918, naquit au domaine de Bagas un garçon auquel José donna le prénom de François.

— François, pour Français, ce qu'il est ! avait-il déclaré fièrement. Des Français que nous sommes devenus dans ce pays qui ne nous a pas rejetés. Nous lui devons tant !

Le bébé avait tout juste cinq mois lorsque Estrella réalisa qu'elle était à nouveau enceinte. Au début, elle n'avait pas voulu y croire, mais l'évidence s'imposait au grand ravissement de son mari.

— Tu nous refais un garçon ! insistait-il sans tenir compte de la mine déconfite de son épouse, exténuée par son travail journalier, ses relevailles de couches et les reins endoloris par cette nouvelle grossesse.

— Ils auront tellement peu d'écart qu'on les prendra presque pour des jumeaux, lui avait fait remarquer la mémé de la famille qui se chargeait des tâches les plus légères.

— À peine un an de différence ! Heureusement que vous n'avez pas quitté le domaine !

José était parfaitement conscient que, malgré l'exiguïté de leur logement, il était impensable que, dans l'immédiat, ils partent s'installer ailleurs. Même si dans les campagnes on était loin de la sphère parisienne pensante, avec le bon sens paysan il apparaissait que la guerre s'avérait inévitable. Déjà, la direction de l'enseignement de la Seine, inquiète de l'entrée des troupes allemandes à Prague, avait organisé à la fin août l'évacuation de plus de seize mille enfants scolarisés à Paris vers la province.

L'écart entre les deux frères fut encore moindre. Estrella, ne ménageant pas ses heures, ne put mener sa grossesse à terme. Louis naquit avec un mois d'avance, en septembre 1939, au lendemain de la mobilisation générale en France et en Angleterre.

La parturiente, épuisée, dut garder le lit pendant une bonne dizaine de jours. La mémé veillait sur elle et les petits. Elle fut longue à se remettre, malgré sa bonne volonté. Mais, dans son esprit, il était clair qu'elle ne voulait pas d'autre enfant.

Le sang qui continuait à s'écouler lui apporta un peu de répit, éloignant son mari dont la fougue amoureuse ne s'émoussait pas. Elle se méfiait trop de ce retour de couches qui restituait sa fécondité à une femme. José s'impatientait, son abstinence le rendait irritable, mais elle tint bon.

Le temps de la méfiance était arrivé. Le 10 mai 1940, l'Allemagne nazie envahissait la France, la Belgique, le Luxembourg et les Pays-Bas. De nombreux habitants du nord de la France et de ces différents pays vinrent se réfugier dans le Tarn. Des centres d'accueil leur ouvrirent les portes : Albi, Gaillac, Rabastens, Castres... Parmi ces nouveaux arrivants, bon nombre d'entre eux étaient des Juifs.

Dans les campagnes, la vie continuait presque comme avant : on mangeait toujours à sa faim, on parvenait à vivre en autarcie. Le grand changement était l'absence des jeunes gens, célibataires ou pères de famille, appelés sous les drapeaux, puis disparus au champ d'honneur ou retenus en captivité pour la plupart en Allemagne dès la défaite française entérinée par l'armistice du 22 juin 1940. Les femmes suppléaient aux bras masculins dans les champs, assuraient les postes vacants dans les commerces ou les usines, assistées par les anciens. À cette époque, tous croyaient encore à un retournement de situation qui ramènerait la paix.

Alors que le monde était à feu et à sang, les troupes alliées sous le commandement du général américain Dwight Eisenhower débarquèrent en Afrique du Nord le 8 novembre 1942. Trois jours plus tard, la zone libre était envahie par les Allemands et la ville de Castres était occupée par les nazis.

Les réquisitions s'ensuivirent, les contraintes se multiplièrent, la peur s'infiltra. Les maquis s'organisèrent et essaimèrent, notamment celui du Corps franc de la Montagne noire, à l'instigation de Roger Mompezat, dans cette région verte et sauvage, aux nombreuses vallées et aux gorges encaissées qui s'étendaient au sud de Castres, par-delà Mazamet.

Bientôt résonna dans le ciel le grondement des avions porteurs de bombes dévastatrices. Les attentats se multipliaient faisant redouter des représailles aveugles pour les populations. Désormais, la peur régnait en maître. Les fermes étaient rançonnées au profit de l'occupant. Les pénuries alimentaires se firent durement sentir.

Les deux frères étaient trop petits pour garder une mémoire précise de cette période douloureuse. D'autant qu'au domaine de Bagas la terre était généreuse et que les cachettes avaient été prestement garnies de nourriture dès le début des offensives.

Tout ce dont ils se souvenaient parfaitement, c'était l'uniforme de ces « méchants » comme les qualifiait leur mère en leur recommandant de se tenir éloignés d'eux lorsqu'ils se retrouvaient en ville pour livrer les *manouilles*, ces grappes d'ail tressées par les anciennes lors des veillées autour de la cheminée. Un jour, devant l'école, deux camions étaient arrêtés. Avec brutalité, sans considération pour les cris et les pleurs, des hommes eux aussi en uniforme obligeaient des enfants à grimper dedans. Ils ne savaient pas s'il s'agissait de policiers, de gendarmes ou de soldats. Depuis, ils avaient gardé une forte appréhension face à tout uniforme.

* *
*

En août 1944, les combats faisaient rage partout aux alentours. Les troupes alliées progressaient tandis que les officiers allemands concentraient leurs efforts pour anéantir les zones de maquis. De nombreux résistants étaient exécutés dans la région de Castres et de la Montagne noire. La RAF lançait ses bombes sur la gare de Castres pour bloquer les convois germaniques. Le bruit des armes résonnait dans les campagnes avoisinantes.

— On devrait bientôt se débarrasser pour de bon des Fridolins, déclarait-on à l'envi.

Du haut de ses six ans, François percevait autant la crainte que l'aversion des adultes pour l'occupant. Pourtant, tous faisaient en sorte de préserver les enfants, de les éloigner de la brutalité, des manques. Mais à leur écoute, dorénavant, une certaine rébellion se nichait en lui.

Le 15 de ce mois d'août, le débarquement en Provence amorça la retraite des troupes allemandes du Sud-Ouest, redoutant de se faire encercler. Les FFI du Tarn, incluant un commando OSS américain et la compagnie Marc Haguenau des maquis de Vabre, libérèrent Castres avant que ne commencent les vendanges et que s'ouvrent les portes des écoles. Si la reddition des nazis s'était déroulée à peu près convenablement dans la région, il n'en fut pas de même dans certaines villes qui vécurent de terribles représailles. Puis les canons s'étaient enfin tus et tous aspiraient à reprendre une vie normale le plus rapidement possible, malgré les restrictions qui continuaient à sévir.

La mère avait investi son aîné, dès qu'il avait été en âge de comprendre, de la responsabilité de son petit frère, alors que si peu de mois les séparaient. Louis était au centre de toutes les attentions, François avait l'impression que ses parents, et surtout sa mère, lui volaient des moments privilégiés. Combien aurait-il aimé être le plus jeune !

Dès le début, ils ne s'éloignaient jamais l'un de l'autre. S'ils affichaient une ressemblance frappante aux yeux de tous, ils étaient en fait très dissemblables. D'un caractère plutôt introverti, François faisait montre d'un sérieux, voire d'une sorte d'indifférence tout à fait surprenante pour un enfant de son âge, faisant parfois preuve d'un autoritarisme qui exaspérait Louis. Le benjamin présentait au contraire un caractère difficile et indépendant, passant sans complexe du caprice à la comédie. Malgré tout, même si en grandissant les disputes devinrent fréquentes, un lien fort, quasi gémellaire, les unissait.

Pour les parents, l'étroitesse de leur logement présentait un réel problème, d'autant plus que François allait entamer sa scolarité. Aussi José se mit-il en quête d'une maison pour y établir sa famille.

— J'aimerais bien dans le village, tout à côté de l'école, précisait Estrella. Ce serait bien pratique pour les petits.

— Ça me paraît difficile si nous voulons avoir un peu de terrain. Pour une ferme, même petite, il faudra s'écarter un peu.

Tandis qu'il écoutait ses parents discuter, François rêvait : il se voyait installé dans l'une de ces belles maisons à pans de bois entre lesquels les briques claires disposées en épis créaient un effet de mosaïque. La première fois que sa mère les avait emmenés à Lautrec, il avait été impressionné par la porte massive de la Caussade. Il s'imaginait pénétrer un monde de légende. Aussi se réjouissait-il de cette perspective.

José finit par dénicher une petite propriété désertée par ses occupants dès le début de la guerre. Ne souhaitant pas retourner y vivre, ils venaient de la proposer à la vente. Comme bon nombre d'habitations délaissées pendant toutes ces années, l'intérieur avait souffert de l'accumulation de la poussière. En façade, les ronces s'agriffaient aux murs et les terres abandonnées croulaient sous une friche envahissante.

— Il y a de quoi faire un beau potager et faire pousser des céréales. Sans compter qu'il y a bien un demi-hectare d'une vigne qui ne demande qu'à redémarrer. Elle a besoin d'un bon désherbage et d'une taille sérieuse. Je saurai m'en occuper.

— Mais, et ton travail actuel ? Ton salaire ?

— Je continuerai ici, à Bagas, et je travaillerai le soir pour nous. Les journées sont encore bien longues. Et puis, toi aussi, tu auras de l'occupation. Surtout que ce n'est pas très loin de l'école. Nous, nos parents avaient renoncé à nous y envoyer, le chemin était trop long.

— Et comment est-ce qu'on va faire pour manger ? Avant que nos plantations soient prêtes à être consommées, il va falloir trouver de la nourriture ?

Aucun argument ne portait. Estrella savait que si son mari avait arrêté sa décision, elle ne pourrait pas le faire revenir dessus. Dans un grand soupir, elle finit par lui demander :

— Quand est-ce que tu m'y emmènes ?

Avec moult recommandations, comme s'ils partaient à l'aventure, Estrella et José avaient confié Louis à son grand frère.

— Le dîner est prêt, tu n'auras qu'à le faire réchauffer.

François haussa les épaules : il était tellement habitué à gérer son benjamin qu'il ne comprenait pas bien cette avalanche de directives.

Ils étaient partis à vélo.

— Tu verras, ce n'est pas trop loin.

Ils avaient attendu que la chaleur estivale soit moins étouffante. La campagne bucolique roussissait et se desséchait. Ils gagnèrent la grande route qui grimpait en direction de Lautrec. Estrella se fatiguait à essayer de suivre son mari plus aguerri qu'elle. Mais elle était pressée de découvrir ce qu'il qualifiait déjà de « notre maison ».

— On tourne là ! lui lança-t-il, s'engageant dans la traverse des Sols, au pied du village.

José avançait déterminé. Ils allaient enfin avoir un chez-soi à eux, rien qu'à eux. Ce que ni l'un ni l'autre n'avait connu jusqu'à présent.

— Voilà, c'est le Bouriou, nous y sommes !

Les herbes hautes bloquaient le portail brinquebalant. Un semblant de chemin de gravette, lui aussi envahi par des *rapégons*, ces plantes qui s'accrochent au bas du pantalon, conduisait jusqu'à l'entrée. Rehaussée d'un étage, la maison se dressait, résistante à l'abandon, les volets clos comme des yeux endormis. Le gris dominait les murs de pierres irrégulières dont la peinture s'effritait par larges plaques.

José sortit de sa poche une grosse clé noire qu'il introduisit dans le cadenas fermant la chaîne du portail et il fallut pousser avec force pour l'entrouvrir. Les branches des buissons s'entremêlaient. Mais ce travail de jardinage n'était pas rédhibitoire.

Estrella avait hâte de découvrir l'intérieur de la bâtisse. La clé gémit dans le pêne avant de leur permettre de franchir le seuil. La poussière régnait, s'accumulant sur les étagères. Les rares meubles étaient protégés de toile de jute découpée dans des sacs de céréales, les araignées s'étaient approprié les coins.

— Il faudra faire rebrancher l'électricité. Et puis il y a l'eau courante.

Un escalier de bois aux marches grinçantes conduisait à l'étage.

— Et puis tu vas voir ! Les garçons pourront avoir chacun leur chambre.

José rayonnait. Estrella, certes heureuse de posséder enfin son domaine, restait plus dubitative devant le constat de tous les travaux à entreprendre entre l'extérieur et l'intérieur.

Après avoir détaillé chaque pièce, ils gagnèrent l'arrière de la maison où s'étalait une grande friche qui avait dû être un potager. Sur le côté, quelques arbres au tronc épais s'acharnaient à survivre. Les branches des pommiers portaient encore des fruits, toutefois rabougris par le manque de soin. Le noyer semblait avoir mieux supporté l'abandon.

Au bout du terrain s'étiraient les rangées d'une vigne en souffrance. Des grappes de raisins desséchés de l'année précédente pendaient des ceps largement dénudés. Un peu plus loin se dressait un petit pigeonnier carré, en appui sur quatre piliers et à la caisse à pans de bois en croisillon. Une lucarne, grille d'envol, était ouverte au sud. Des bruits d'ailes leur parvinrent. Il semblait être toujours habité même si les volatiles avaient été traqués durant ces dernières années de restriction pour agrémenter les repas.

— On va pouvoir récupérer la colombine pour fumer la vigne, s'exclama José qui reprit aussitôt : Tu te rends compte ! Jamais en Espagne nous n'aurions pu espérer acquérir une telle maison !

Elle aurait bien sûr aimé trouver une demeure avec moins de travaux à réaliser, mais leur budget était malgré tout limité, et ils tenaient à avoir assez d'argent pour assurer une bonne scolarité à leurs garçons, surtout que dorénavant ils ne percevraient plus qu'un seul salaire. L'engouement de son mari finit par la gagner. À présent, elle occultait toutes les difficultés et se voyait déjà installée avec ses enfants, récoltant ses légumes, cueillant ses fruits. Le village était tout proche. Et du courage, tous deux en avaient à revendre !

2

Ils avaient pu commencer à préparer la maison avant même que l'achat soit finalisé. Il fallait attendre le délai légal, mais il était évident que rien ne viendrait contrarier leur démarche. Chaque matin en semaine, Estrella confiait les garçons à la surveillance d'un fils de la famille de leur employeur qui fréquentait la grande école jouxtant la maternelle pour Louis et l'école primaire pour François, elle enfourchait son vélo pour regagner le Bouriou et rendre habitable leur futur domicile.

Finalement, les pièces n'avaient pas été saccagées. Toutefois, il fallait se débarrasser de cette odeur poisseuse de poussière, surtout pour les matelas et les sommiers. Les journées étaient douces, et elle ne refermait les volets, laissant les fenêtres largement ouvertes, que lorsqu'elle en partait pour rejoindre le domaine de Bagas.

L'eau et l'électricité avaient été rétablies. Elle s'acharnait à frotter, cirer, briquer de fond en comble. Elle tenait à ce qu'ils soient installés avant que les grands froids arrivent. De son côté, José était employé à temps plein avec les vendanges, puis s'ensuivirent la récolte des noix, les labours, les champs à préparer pour semer le blé d'hiver. Dès qu'il disposait de quelques heures, il venait rejoindre sa femme et s'attaquait au jardin. C'était surtout l'état de la vigne qui lui portait peine.

— Le plus drôle c'est que j'entretiens celle du patron et je ne peux pas m'occuper convenablement de la nôtre... soupirait-il sans rancœur, tout en ajoutant : Mais je lui dois bien ça, il a toujours été bien brave avec nous !

Car si José était fier, il était avant tout honnête, respectueux et reconnaissant, des notions qu'il tenait à inculquer à ses fils. Ceux-ci auraient aimé dès le début accompagner leurs parents le dimanche après la messe. Mais le trajet était bien long pour leurs jeunes jambes. Et les premiers temps, ils restèrent sous la surveillance de la mémé de Bagas. Elle s'était proposée sans qu'on le lui demande :

— Avec les petits dans vos jambes, vous n'avancerez guère. Avec moi, ils sont sages, et puis ici il y a la place pour qu'ils jouent, surtout qu'ils s'entendent bien avec les nôtres. Allez ! Ne rentrez pas trop tard !

Au bout de deux mois, la maison du Bouriou avait retrouvé vie même s'il restait encore bien des choses à remettre en état. Bien que le délai imparti au transfert de propriété ne soit pas échu, et après accord entre toutes les parties, la famille Martes y emménagea avant la fin de l'année. Ils ne possédaient que le strict minimum et un seul voyage suffit pour transporter, à l'arrière du vieux camion Renault du domaine, leurs meubles et ustensiles bien arrimés aux ridelles.

Arrivé à destination, François marqua un temps de déception : il s'était tellement imaginé au plus profond de lui-même trouver une de ces maisons de brique qu'il admirait depuis toujours. Pour lui, elles étaient un signe de richesse, de cette richesse à laquelle il croyait ses parents parvenus avec cette acquisition. Toutefois, la perspective d'avoir une chambre rien que pour lui chassa rapidement son désarroi.

Les deux frères découvrirent un mode de vie différent. Déjà, ils n'avaient plus de car à prendre. Leur mère les accompagnait, et il ne leur fallait qu'une vingtaine de minutes pour arriver à la grille de l'école. Ils arboraient une musette neuve que leur avait taillée Estrella dans un solide tissu tout aussi gris que leur blouse.

Certains élèves de la classe de François possédaient un cartable. La plupart étaient confectionnés dans un carton bouilli, rares étaient ceux qui venaient avec un cartable en cuir, de cette peau que travaillaient les mégisseries de Mazamet, un luxe qu'il se prit à envier après avoir essuyé bien des quolibets sur sa musette.

Chaque soir arrivait la sempiternelle question paternelle :

— Tu as bien travaillé aujourd'hui ?

Oui, il écoutait le maître ! Oui, la lecture l'intéressait ! Mémé de Bagas lui avait appris l'alphabet, les chiffres. L'écriture lui était plus difficile, mais il était bien décidé à la maîtriser.

— Le savoir, c'est la liberté ! martelait son père.

Après la découverte des premiers jours, les garçons éprouvèrent quelque nostalgie pour les personnes qu'ils avaient quittées, surtout pour mémé, mais également pour les animaux qui avaient accompagné leurs primes années et principalement pour les chats et pour le chien avec lesquels ils passaient de longs moments à jouer.

— Tu m'achèteras un cartable en cuir ? sollicita un soir François.

— Ça coûte cher ! Il y a d'autres dépenses à envisager, plus importantes. On verra d'ici un an ou deux, lui répondit d'une voix douce sa mère.

Depuis, il observait ses camarades de classe, les nantis, ceux qui portaient des souliers véritables, des pantalons l'hiver, alors que les deux frères, comme la plupart des autres écoliers, revêtaient en toutes saisons de longs shorts, de hautes chaussettes et des galoches.

L'envie insidieuse s'emparait de François. Fier, il ressentait déjà le besoin d'appartenir à cette classe des favorisés. Parfois, il en devenait tyrannique avec Louis qui ne comprenait pas ses humeurs et qui semblait d'un naturel docile et sans malice, ce qu'il était loin d'être.

Au fil des ans, les deux frères se révélèrent bien différents : François se montrait un élève assidu, Louis s'imposait à force de bagarres et de blâmes qui lui valaient la réputation de petit dur. Convoqué régulièrement par la directrice, José multipliait les punitions au grand dam de son épouse qui ne supportait ni les cris ni les coups. Trop spontané, l'enfant enchaînait les bêtises sans s'interroger sur les conséquences.

— Il ne le fera plus, je t'en prie, suppliait-elle lorsqu'elle voyait son mari défaire son ceinturon pour en zébrer les mollets du petit.

— Quand est-ce qu'il se mettra du plomb dans la tête ?

Le pire arriva avec le vol d'un stylo-plume pour lequel il fut aussitôt mis en cause. Mais cette fois-là, il n'y était pour rien, même s'il avait rêvé d'en posséder un semblable. Une fois de plus, il subit une correction sans pitié malgré ses protestations.

— Voleur, maintenant ! Il nous les fera toutes ! Si tu veux quelque chose, tu n'as qu'à travailler pour te le payer ! hurlait le père.

Lorsque la vérité éclata et qu'il fut lavé de l'accusation, il repensa aux paroles de José qui, en guise d'excuse, lui déclara :

— Tu vois ce que c'est que de trop lorgner les choses des autres !

Travailler ! Oui, il allait trouver des petits boulots car, du haut de ses onze ans, il ne pouvait pas faire grand-chose. Le samedi suivant, il se rendit au marché pour solliciter les commerçants de lui confier quelque course. Il ne se résigna pas devant les premiers refus et finit par être accepté par un horticulteur qui, outre ses plans et ses graines, vendait des bouquets de ces fleurs sophistiquées que l'on ne rencontrait pas dans la nature.

La présence d'un enfant attira effectivement les chalands. Il se montrait aimable et dégourdi, séduisant ainsi les clients potentiels. L'entreprise marcha bien, à la grande satisfaction du marchand. Louis, le sens du commerce aiguisé, comprit aussitôt le bénéfice qu'il pouvait en tirer. De chaque bouquet vendu, il en prélevait une fleur, jamais plus, qu'il mettait discrètement de côté. Il croyait que son employeur ne le verrait pas, alors que celui-ci avait rapidement remarqué son manège. Devant son air tout à fait naturel et souriant, il avait balancé entre le gronder, le renvoyer ou se taire. Il opta pour cette dernière solution. Les bouquets étaient suffisamment garnis, et les clients ne s'apercevaient pas de la supercherie.

Lorsque, à midi, les commerçants rangeaient leurs invendus, le gamin repartait avec les quelques fleurs qui restaient sur l'étal et celles qu'il avait subtilisées. Sur son chemin de retour, il s'arrêtait chez le boucher ou le boulanger qui avaient pris l'habitude de lui donner quelques piécettes pour son bouquet. Tout le monde était content.

Sa cagnotte grossissait au fil des semaines. Il ne savait pas à quoi il allait la consacrer, il avait plusieurs objectifs : une montre, et surtout un vélo… L'école ne le séduisait plus guère, aussi, dès qu'elle fermait ses portes, il se mettait en quête de maints menus travaux auprès des fermiers, au détriment des révisions.

Tout cela aurait été sans grande conséquence si, un jour, il n'avait pas tout simplement fait l'école buissonnière pour aller braconner. Il prenait de l'assurance et imaginait mal les risques auxquels il se confrontait. Au sud de Lautrec, là où le ruisseau du Poulobre se jetait dans celui du Bagas, il avait remarqué des frétillements dans un petit bras qui contournait un bosquet. Il était sûr qu'un barbeau de belle taille devait y avoir trouvé refuge. Il lui avait donc tendu un piège en bâtissant un mur de branchages l'empêchant ainsi de suivre le cours de l'eau.

Il ne sut jamais comment le garde champêtre avait fait pour le surprendre. Il eut bien des doutes, mais jamais de certitudes, alors qu'il brûlait de se venger du dénonciateur. Il eut beau prendre des airs angéliques, la punition tomba :

— L'amende, c'est toi qui vas la payer ! D'abord, avec tes économies, et ensuite en travaillant pour nous, comme le fait ton frère !

Toucher à ses économies, cela équivalait à détruire son rêve. Submergé par la rage, il se sentait profondément humilié. Sa frustration se transforma en jalousie avec toute la colère et le ressentiment qui y en découlaient.

Son aîné, même s'il était parfois habité par l'envie, ne ressentait pas aussi vivement les affres de l'injustice. Fort de l'enseignement de son père, cette convoitise lui apportait le désir d'un changement qui au contraire le poussait à s'améliorer. Or le meilleur moyen de s'élever ne pouvait passer que par l'obtention de diplômes.

Lorsqu'il intégra la pension Saint-Joseph à Castres, les premiers temps, il eut du mal à s'adapter à l'enfermement entre de hauts murs. Le vent chargé des parfums de la terre, les arbres libres et fiers qui se dressaient vers le ciel, la vigne et sa véraison, ce grand chamboulement qui la tirait de son repos hivernal pour se montrer si généreuse la récolte venue, les oiseaux et leurs chants, tout cela lui manquait tant !

Dans cette cour au sol dur, où les arbres étaient ceints de ciment, comme pour les priver d'une liberté naturelle, il laissa son esprit vagabonder au fil des pages de récits qui l'entraînaient au bout du monde. Ses héros s'appelaient Raymond Maufrais, explorateur disparu en Guyane, Hiram Bingham, un Américain qui avait découvert le site du Machu Picchu sur un pic rocheux du Pérou. Sa préférence allait à Anita Conti, première femme militaire à bord des navires de la Marine nationale française, qui venait de publier *Racleurs d'océans*, le récit de son expérience témoignant de la dure existence des pêcheurs de Terre-Neuve. Tout un univers dans lequel il espérait bien trouver un jour sa place.

3

De son côté, au départ de son aîné pour la pension à Castres, Louis ressentit d'abord comme une libération. Il ne subirait plus le regard scrutateur de François et n'aurait plus à supporter ses remontrances. Mais il déchanta rapidement car, sans son frère pour le protéger, il devait faire face seul aux railleries des autres écoliers. Le surnom, dont ils le gratifiaient avec mépris : « Espingouin », en référence à ses origines espagnoles, l'exaspérait au plus haut point. Il éprouvait une forte envie de se jeter sur eux à coups de poing. Mais voilà, que pouvait-il faire sans aide contre un petit groupe dont certains le dépassaient presque d'une tête ? Alors il refrénait sa rage.

Depuis l'épisode de l'amende pour braconnage, on ne le voyait plus guère traîner au village. Son père qui continuait à se louer pour subvenir aux besoins du foyer le chargeait d'une liste de travaux qui occupait largement son temps libre, dès les devoirs terminés.

À présent, le moindre morceau de terrain était exploité. José avait planté des rangées de fruitiers : pommiers, cerisiers et bien entendu ces pruniers d'Agen aux fruits allongés d'un beau rouge violacé qui participaient à la réputation de la région. Tous commençaient à produire, et leur récolte s'échelonnait tout au long de l'année.

Tout comme François, ce fut à la vigne que le gamin s'intéressa, et pour une fois il ne rechignait pas aux directives paternelles. En revanche, il enrageait de ne pouvoir reconstituer le pécule utilisé pour régler l'amende. Car travailler aux côtés de son père ne lui rapportait pas la moindre piécette.

Le samedi après-midi, après les cours, François regagnait le Bouriou. Les deux frères étaient toujours heureux de se retrouver. En grandissant, leur ressemblance était de plus en plus flagrante, si ce n'était une petite différence de taille, une coupe de cheveux moins rase pour Louis, des mimiques qui leur étaient propres et surtout une voix plus affirmée pour l'aîné.

Rêveur, Louis écoutait François lui conter ses espoirs, lui parler d'aventures, lui évoquer des cieux étrangers qu'il souhaitait tant découvrir.

— Je veux devenir océanographe, étudier les fonds marins, celui des estuaires, les rivages… On dit que la Grande Barrière de corail est une merveille de la nature. J'irai un jour !

— Ta barrière, où est-ce ? le questionna Louis qui jusque-là ne s'attardait guère sur la géographie.

— En Australie, aux antipodes !

— C'est loin, ça ?

Son aîné pointait le continent sur une carte, étalait avec gourmandise ce qu'il en savait. Il voyageait déjà dans ses pensées, alors que son frère ne songeait qu'à l'instant présent.

— Et toi, qu'est-ce que tu veux faire plus tard ?

— Je ne sais pas encore. En tout cas, je ne veux pas faire le paysan ni m'enfermer dans un bureau. D'abord, je veux gagner de l'argent, beaucoup d'argent. Devenir mécanicien, chercheur d'or…

Malgré tout, un différend persistait entre eux : la relation que chacun entretenait avec leurs parents. José se montrait fier de son aîné et vitupérait pour un rien contre son plus jeune fils qui visiblement restait le favori de leur mère.

— Si je réussis mon certificat d'études, papa veut m'inscrire à Saint-Joseph. Pensionnaire comme toi !

Cette perspective lui arrachait une moue dont on ne savait pas bien si elle était le signe d'un mécontentement ou au contraire celui d'un vœu qu'il souhaitait dissimuler à son entourage. Somme toute, quelques années d'études lui permettraient d'échapper au travail des champs, surtout que finalement il ne se révélait pas réfractaire à l'apprentissage de ses maîtres.

Ce fameux sésame, il l'obtint. La famille fêta son diplôme tout comme elle l'avait fait l'année précédente pour François. Cet été-là, les adolescents bénéficièrent d'une certaine liberté une fois accomplies les tâches auxquelles ils étaient soumis.

— Tu surveilles ton frère ! exigeait le père à chacune de leurs escapades.

Mais Louis n'avait guère envie de se retrouver avec un chaperon. Ils ne fréquentaient d'ailleurs pas les mêmes amis. Lui, il préférait bien souvent courir la campagne en compagnie du chien de la maison qui lui emboîtait volontiers le pas. Aussi se séparaient-ils dès qu'ils parvenaient sur la place du village.

Un après-midi, alors qu'il braconnait une fois de plus le long du Poulobre, il ne les entendit pas arriver : trois garçons de son âge, tout aussi robustes que lui, menés par le fils du coiffeur membre du conseil municipal.

— L'Espingouin, ou tu nous files ta pêche ou tu vas t'en prendre, des pêches, rabâchaient-ils en riant de leur jeu de mots.

— Vous voyez bien que je n'ai pas de canne. Je n'ai rien attrapé, protesta-t-il.

La pêche était certes ouverte, mais il n'avait pas les moyens de se payer une carte. Il était devenu très prudent et inspectait précautionneusement les alentours. Il dissimulait ses prises un peu plus loin dans un petit filet fixé à des branchages, là où le bras rejoignait le ruisseau.

— Allez paysan, on sait que tu mens. Tu tends des pièges.

Un premier coup lui arriva dans la poitrine, lui coupant le souffle. Plaqué brutalement à terre, il n'avait plus la possibilité de se relever. Les coups, les insultes pleuvaient sans considération. Il finit par leur dévoiler sa cachette. Ultime offense, ils lui avaient craché dessus avant de le relâcher.

Plié en deux par la souffrance, les poings serrés, il avançait malgré tout d'un pas rapide, redoutant une nouvelle mauvaise rencontre. Dans la poche de son pantalon était enfoui un lance-pierre dont il ne se défaisait jamais quand il partait courir la campagne. Une arme bien dérisoire face à ses assaillants.

Il était remonté au village, une rage si forte au ventre qu'elle occultait la douleur. Son nez avait arrêté de saigner et son coquard à l'œil virait déjà au violet. Il chercha en vain son frère. À vrai dire, il avait trop l'esprit embrumé par un sentiment de honte et surtout un besoin de revanche pour se concentrer sur autre chose que de trouver comment récupérer son bien et rendre la monnaie de leur pièce à ses agresseurs.

Lorsqu'il arriva à la hauteur de la maison des parents de son bourreau, le salon de coiffure était encore ouvert. Aller se plaindre et accuser, c'était parole contre parole, et il était moins que certain qu'il soit écouté. La demeure occupait un angle de la place. Tandis qu'il cogitait, une voix le fit sursauter :

— Eh bien ! Qui est-ce qui t'a amoché comme ça ?

Il reconnut d'emblée un ami qui ne l'avait jamais rejeté. Un garçon espiègle, et qui tout comme lui redoutait les trois terreurs dont Louis venait d'être victime.

— Moi aussi, j'aimerais bien lui flanquer une bonne raclée... On n'est pas de taille. Par contre, j'ai une idée qui me travaille depuis quelque temps. Mais il vaudrait mieux être deux, et en plus ce n'est pas la saison pour agir.

— Explique !

— Tu vois les fenêtres du premier étage : c'est là qu'habite la famille du coiffeur. Le problème c'est qu'avec cette chaleur, elles restent ouvertes *de longue*. Et que là, on ne peut pas dégommer les carreaux, difficile de viser sous cet angle, même si toi comme moi nous sommes des as au lance-pierre.

– Bonne idée ! Mais... on va se faire prendre aussitôt : il y a toujours du monde qui passe.

— Il y a des heures où la rue est vide. On se met en embuscade dans le couloir de la maison d'en face. C'est chez mon oncle, je connais tous les recoins. L'un de nous fait le guet tandis que l'autre fait voler les vitres. Et si quelqu'un surgit à l'improviste, le couloir ouvre sur un jardin qui débouche sur une ruelle à l'arrière. On peut s'enfuir par là sans qu'on ait le temps de nous rattraper.

Les deux amis imaginaient déjà leur vengeance. Plus ils parlaient, plus ils se convainquaient l'un l'autre, et la colère de Louis s'atténuait sans pour autant disparaître. Ils ne pouvaient guère faire autre chose qu'attendre, mais l'affront demeurait enfoui au plus profond du gamin.

À peine de retour chez eux, ils durent faire front à la scène qu'ils redoutaient. José s'en prit d'abord à son aîné pour ne pas avoir veillé sur son petit frère.

— Je veux savoir qui t'a fait ça !

François et Louis courbaient la tête, cherchant à balbutier quelques mots de justification que leur père refusait d'entendre. Après des questions sans réponse, celui-ci termina par une seule phrase qui s'apparentait à un reproche :

— Je suppose que tu as encore dû faire une sacrée bêtise pour rentrer dans cet état, et que tu l'as bien mérité !

Mais, pour François, la situation s'avéra bien plus pénible devant l'attitude de leur mère dont il dut subir les invectives. Elle ne réalisait pas qu'ils avaient si peu de différence d'âge. Elle mettait en cause son aîné alors qu'elle s'efforçait de consoler son benjamin. Moins d'un an les séparait et il devait endosser toutes les responsabilités ! Une fois de plus, combien il aurait aimé être né en second !

4

Contrairement à ce que redoutait François qui n'avait aucune envie de jouer les médiateurs, Louis s'intégra facilement à la pension Saint-Joseph. Il avait soif d'apprendre et tout compte fait la discipline lui convenait. Il avait besoin de cadre, se sentant ainsi protégé des mauvais coups. En outre, les autres élèves s'attaquaient moins à un membre d'une fratrie. Sans compter qu'il n'existait pas cet ostracisme à l'encontre des familles originaires d'Espagne, bien au contraire puisque le musée de Castres non seulement portait le nom de Goya, mais détenait aussi la plus importante collection de peintures espagnoles en France après le Louvre. Soulagé de ne plus être l'Espingouin, il appréciait d'être seulement un élève parmi les autres.

Toutes les matières ne lui plaisaient pas ; toutefois, il faisait des efforts méritants. Grande était sa fierté lorsqu'il se voyait attribuer une bonne note, recevoir un commentaire élogieux. Devant la carte du monde accrochée au mur de la salle d'étude, il rêvait, cherchait les pays dont son frère lui avait parlé.

La nature lui manquait, et surtout ses vagabondages avec le chien. Mais à leur retour au Bouriou, il ne disposait guère de temps libre. Là encore, tout était planifié : les devoirs, l'aide au jardin, aux récoltes le samedi en fin d'après-midi. Le dimanche matin était consacré à la messe de 11 heures, suivie de l'incontournable repas familial. Et quand il n'y avait rien à récolter, ce qui arrivait rarement, surtout à l'automne, on lui octroyait une heure ou deux de libre, toujours chapeauté par son aîné.

De son côté, François était soumis au même emploi du temps. Ce qui lui pesait jusqu'à l'en étouffer, c'était précisément cette surveillance qui amputait sa propre liberté. Il aurait préféré se plonger dans la lecture des livres qu'il empruntait à la bibliothèque ou disputer une partie de dames avec son père. Toutefois, il ne supportait pas d'entendre sa mère lui adresser des reproches, et encore moins de la voir s'inquiéter pour Louis au point d'en pleurer. Alors, à contrecœur, il s'exécutait. Pourtant, il n'en voulait pas à son frère qui lui confiait par le menu ses multiples petites aventures.

— Heureusement que tu es là ! lui répétait Louis, séducteur.

Et François fondait de tendresse pour lui, riait de ses plaisanteries et partageait ses jeux. Et c'était vrai que du plus profond de lui montait un élan protecteur. Le premier trimestre passa finalement très vite. Les carnets de notes et les appréciations des enseignants donnèrent à penser à José et à Estrella que l'avenir s'annonçait serein. C'était compter sans l'esprit de revanche qu'entretenait Louis. Depuis le temps qu'il attendait de pouvoir laver l'affront subi quelques mois auparavant !

Les vacances étaient arrivées. En cette fin décembre, la froidure régnait en maître sur une nature dénudée. Les sillons noirs striaient les flancs des coteaux, parfois bordés d'une fine traînée blanche d'une neige durcie. Malgré la pâleur du soleil, les rues se paraient d'ocre. Les vitrines des commerces s'égayaient des décorations natales. Un air de fête planait sur le village.

Le soir tombait tôt, souvent accompagné d'un brouillard qui étouffait l'atmosphère. Leur journée de travail achevée, les gens ne s'attardaient plus à discuter quand ils se croisaient et se dépêchaient de regagner leur domicile, laissant ainsi plus de liberté à leurs jeunes.

— Té ! L'Espingouin est revenu ! Ils ne voulaient plus de toi là-bas ?

Les quolibets fusèrent, ponctués de rires gras. Ils lui faisaient face. Rage et peur confondues, il ne voyait pas comment leur échapper. Il regrettait son imprudence d'avoir faussé compagnie à son frère.

— Allez, les gars, on file ! On n'a pas de temps à perdre avec lui. On nous attend à la salle des fêtes.

Soulagé, il se ressaisit par une profonde respiration. Mais l'occasion allait enfin se présenter pour lui qui entre-temps avait retrouvé son camarade. Ils s'étaient donné rendez-vous en fin d'après-midi alors que le ciel s'obscurcissait. François, qui bien entendu ne se doutait de rien, les laissa filer ensemble.

— Toujours d'accord ?

— Plus que jamais !

Tandis que Louis ajustait son lance-pierre, son copain faisait le guet à l'angle du pâté de maisons. Ce fut ainsi que les vitres du premier étage volèrent en éclats en un rien de temps sous les projectiles. Louis faisait mouche à chacun de ses tirs. Deux fenêtres y passèrent par moitié à sa plus grande satisfaction. L'autre garçon l'avait rejoint. Car, dès le troisième carreau touché, des cris s'élevaient depuis l'intérieur.

— Allez, arrête maintenant ! Ça suffit ! On va se faire prendre.

Excité, il s'obstinait à continuer. Son ami tenta en vain de l'entraîner dans le couloir pour s'enfuir par la porte à l'arrière. Malheureusement, il attendit un petit peu trop. Tandis que son compagnon était déjà dans la ruelle, il parvint enfin à la porte. Une main lourde s'abattit sur son épaule, l'interrompant dans sa fuite.

— Espèce de petit voyou ! Je vais t'apprendre, moi, à respecter le bien d'autrui !

Il avait beau se débattre, il ne pouvait pas s'échapper d'autant plus qu'à présent deux autres hommes étaient venus prêter main-forte à celui qui l'avait attrapé. Tous s'étaient retrouvés dans le bureau du maire, le coiffeur victime y compris. Sitôt prévenu, José fila à la mairie.

— Tu te rends compte que tu aurais pu causer un drame ? D'ailleurs, ma mère est blessée, elle a reçu un morceau de verre qui lui a entaillé le bras alors qu'elle était dans son fauteuil près de la fenêtre. Si ça avait été la figure ou les yeux ?...

Les jambes flageolantes de peur face à cette assemblée qui l'accusait et au regard fou de rage que son père portait sur lui, Louis se garda bien d'évoquer la présence de son ami. Il assuma l'entière responsabilité de son acte. Toutefois, bousculé pour connaître les raisons de son geste, il avoua la rossée reçue du fils du coiffeur.

— C'est vrai qu'un soir il nous est rentré bien amoché, admit José, essayant d'apaiser la compagnie.

— Ça, c'est lui qui le prétend, il n'y a pas de témoin. En tout cas, je porte plainte. Ça t'apprendra et ça t'enlèvera l'envie de recommencer, soutint le coiffeur qui ne voulut pas en démordre.

Ne parvenant pas à calmer l'assistance, le maire finit par dresser le procès-verbal réclamé.

— En attendant, vous allez devoir remplacer les vitres brisées sur vos propres deniers, déclara-t-il à José.

Le père et le fils regagnèrent leur domicile sans échanger la moindre parole : un silence redoutable qui laissait craindre le pire. La colère paternelle éclata une fois la porte refermée sur eux. Quand Estrella apprit de quoi il en retournait, elle se mit à trembler, imaginant aisément la suite. Il défit son ceinturon. Louis, comprenant ce qui l'attendait, s'était enfui de l'autre côté de la table. Il savait pourtant qu'il ne trouverait aucune échappatoire. Le cuir cingla à plusieurs reprises ses cuisses et ses mollets jusqu'à ce que son père se retourne vers son aîné et lui en administre aussi un bon coup.

— Pour ne pas avoir obéi à mes ordres : tu devais le surveiller !

Bien entendu, les quelques francs que Louis avait réussi à mettre de côté sur son argent de poche disparurent aussitôt au profit de l'escarcelle paternelle. Ce fut un Noël morose que les frères passèrent au Bouriou. José leur trouva suffisamment d'occupations pour remplir largement leurs journées.

Grâce à l'insistance de leur mère, ils reçurent malgré tout leurs cadeaux : des pantalons longs et chauds attestant de leur cheminement vers un adultisme sur lequel José émit quelques doutes. Et, comme chaque année, des oranges complétaient le repas.

5

À la lecture de nombreux récits de voyage, François voulait courir le monde avant de s'installer dans une profession. Il orienta son choix vers l'apprentissage de l'anglais, une langue internationale qui servirait ses desseins. Il ressentait un profond besoin de se libérer de l'emprise familiale, de ne plus voir sa mère tourmentée par les frasques de Louis, de ne plus affronter les emportements de son père, d'échapper à ce rôle d'aîné qu'on lui imposait sans tenir compte de ses propres meurtrissures et de ses doutes.

Même si chaque dépense était calculée, les Martes étaient désormais à l'abri du besoin. Chaque billet économisé était destiné à payer les études des deux frères. Aussi José ne renâcla-t-il pas quand François lui évoqua sa volonté de devenir professeur d'anglais, une carrière tout à fait honorable et qui lui assurerait une belle promotion sociale !

— Donc l'année prochaine, nous t'inscrirons au lycée !

Il fut admis en tant que pensionnaire au lycée Barral, anciennement petit séminaire situé au sud de la ville. L'année suivante, ce fut au tour de Louis d'entrer au lycée. Il affirmait qu'il voulait devenir géologue pour intégrer l'industrie pétrolière en plein essor. Dès mars 1954, la société américaine Esso avait entamé des travaux de prospection dans le grand lac landais de Parentis. Les premiers forages avaient confirmé la présence d'un très important gisement ouvrant ainsi la porte à une industrie pétrochimique dont on attendait tant.

Les Martes avaient investi dans une voiture, une Renault 4 CV, achetée d'occasion, mais qui leur apportait un sentiment de liberté. Une camionnette leur aurait été plus utile mais, avec cette petite citadine, ils s'offraient un certain luxe. Le samedi, le couple empilait sur les sièges arrière et sur la galerie qu'ils avaient fait monter sur le toit paniers et cageots de leur production qu'ils allaient écouler sur le grand marché à Castres. Ils remballaient sur le coup des 13 heures, cédant avec une belle ristourne leurs invendus à un primeur dont l'étal de fruits et légumes était installé dans la halle de l'Albinque. Le temps de manger un casse-croûte, et ils allaient récupérer leurs fils à la sortie de leur internat.

Les frères étaient ravis de cette organisation, surtout que parfois José faisait un petit détour jusqu'au quai du Carras, là où la rivière Agout s'élargit. Sur la rive opposée s'élevait l'enfilade des maisons à colombage des tisserands teinturiers, tanneurs et chamoisiers qui avaient autrefois fait la fortune de la ville. Poétiques et éternelles, elles avançaient au-dessus de l'eau dans laquelle se reflétait le pastel de leurs façades.

Élève studieux, plutôt taiseux, à presque dix-sept ans, François abordait la classe de philosophie, tandis que Louis entrait en première. Même s'il se montrait plus expansif que son aîné et plus rêveur, il n'en était pas moins consciencieux. L'avenir semblait s'annoncer radieux.

Depuis quelque temps, Louis avait été séduit par un couteau qu'il avait remarqué dans la vitrine du quincaillier. Ce n'était pas un quelconque couteau, c'était l'un de ces Laguiole en Aubrac, portant l'abeille impériale.

Il économisait sou par sou pour se l'offrir. Le prix était élevé pour une si jeune bourse. Lorsqu'il eut atteint la somme requise, il se précipita chez le commerçant et lui demanda de voir de près l'objet convoité. Il voulait s'assurer qu'il ne présentait aucun défaut et correspondait parfaitement à son attente. Le quincaillier ne se fit guère prier pour le lui mettre en main.

— Qu'il est beau ! murmurait Louis, caressant du bout des doigts le manche, le tournant et le retournant.

— Il est cher, tu sais !

— Je le sais, mais j'ai économisé, et j'ai assez d'argent. Je voudrais l'acheter.

— Pour toi ?

— Oui !

Interloqué, le marchand, qui connaissait la réputation sulfureuse de son jeune client, se frotta le menton en signe d'hésitation.

— Écoute ! Je ne peux pas te laisser l'acheter. Tu es trop jeune. Si ton père est d'accord, alors je n'aurai plus d'objection. Donc demande-lui de venir me voir pour me le confirmer ou reviens avec lui !

D'un geste délicat, il reposa le couteau sur le présentoir. Un couple de clients venait de franchir le seuil du magasin. Il jeta un dernier regard vers Louis et alla les rejoindre.

Perdu dans ses cogitations pour présenter la chose à son père, l'adolescent quitta le magasin. Il ne vit rien de ce qui se passait autour de lui. Il se dirigea vers le domicile de son ami pour qu'il le conseille comment aborder son père. Il trouva porte close, il ne le rencontra pas non plus dans les rues. Il enfourcha son vélo pour regagner le Bouriou.

Il brûlait de l'impatience de retrouver son père. Celui-ci n'était pas encore rentré quand il parvint à la maison. François également était absent. Seule sa mère était présente, mais il ne voulait pas se confier à elle, redoutant qu'elle tempère sa joie devant l'acquisition de ce qu'elle ne manquerait pas de qualifier d'arme.

Ce soir-là, il n'eut pas le temps d'aborder son père lorsqu'il regagna le foyer et encore moins de le convaincre. Les gendarmes se présentèrent quelques minutes après son arrivée et demandèrent à parler à M. Martes.

— Tu restes toi aussi ! déclara l'un des deux en s'adressant à Louis.

Alors qu'il ne manifestait pas de réelle crainte devant la maréchaussée, il ne tarda pas à déchanter. Il lui sembla que la terre s'ouvrait sous ses pieds : on l'accusait tout bonnement d'avoir volé le couteau de la vitrine.

— Il y a un témoin !

Blême, il protesta d'abord, balbutiant des « je n'ai rien fait » réitérés, le regard interrogatif.

— Vous vous trompez ! Je voulais le payer, mais le quincaillier réclamait l'accord de mon père. Il m'a demandé de revenir avec lui. C'est vrai, je vous le jure !

Malgré sa véhémence pour essayer de se disculper, il n'était pas encore parvenu au pire. Le hâle de José, à passer ses journées dans les champs, virait au gris, un gris mauvais, plein de colère contenue.

— Fais voir tes poches !

L'ordre cingla. Le gamin avança le front baissé, certain de sa bonne foi. Ils n'y trouvèrent rien justifiant leur accusation.

— Ton vélo ? C'est celui qui est à côté de la porte ?

Il opina de la tête. Tous sortirent.

— Vide les sacoches !

Louis plongea la main dans la première sacoche à sa portée. Il n'en retira rien de compromettant. Encouragé, il tourna le vélo et entreprit de vider la seconde. Son geste se figea : il venait de saisir un objet long et fin, légèrement recourbé qu'il reconnut aussitôt sans même l'avoir vu. Il ne pouvait s'agir que du couteau incriminé. Comme il hésitait, un gendarme le poussa pour poursuivre lui-même la fouille. La première chose qu'il aperçut fut l'objet du délit qu'il sortit précautionneusement, s'aidant d'un mouchoir.

Louis eut l'impression que le sol se dérobait à nouveau sous lui. Il eut beau nier qu'il ne savait pas comment il était arrivé là, supplier son père de le croire innocent et de le défendre.

— En attendant, on va le faire examiner, déclara un gendarme.

Une petite lueur d'espoir jaillit alors en lui. « Ils verront bien qu'ils m'accusent à tort », voulait-il se persuader. Mais il imaginait déjà combien la soirée allait être pénible. José répétait entre ses dents, presque comme un sifflement :

— Quelle honte ! Quelle honte !

Une fois de plus, Estrella pleurait :

— Mais pourquoi tu as fait ça ? l'interrogeait-elle entre deux hoquets.

— Je te jure que je ne l'ai pas volé. Je voulais le payer. Je ne sais pas comment il est arrivé là.

François essayait de calmer les esprits. Il avait le cœur serré à voir la mine apeurée et déconfite de son frère. Mais comment pouvait-il l'aider ? Ses paroles ne portaient pas, surtout que son père n'hésitait pas à taper du poing sur la table pour le faire taire.

L'angoisse tenailla toute la nuit Louis, le réveillant en sursaut dès que le sommeil commençait à le gagner. Au petit matin, sa tête explosait, la situation lui échappait et il s'imaginait qu'il venait de traverser un mauvais rêve. Devant la mine décomposée de ses parents, la vérité le rattrapa.

— Tous les deux, je veux vous voir à la maison ! Il y a le bois à fendre pour commencer !

La sentence paternelle tombait, il comprit qu'il était déjà condamné. Les gendarmes avaient convoqué José et son fils. Les locaux de la brigade installés à la sortie du village, route de Castres, n'étaient guère éloignés de chez eux. Ils s'y rendirent à pied sans échanger la moindre parole. Si la peur dominait Louis, l'humiliation abrutissait son père.

— Votre fils est mineur. Donc nous l'entendrons en votre présence. Nous avons les résultats des examens. On a relevé sur la lame des traces de gomme, justement de celle des pneus crevés dans la rue Obscure qui longe la quincaillerie. Pas moins de cinq voitures dont les propriétaires se sont unis pour porter plainte. Tout corrobore, ainsi que les empreintes digitales sur le manche. Ce sont bien celles de votre fils.

En état de sidération, Louis n'entendait que des bribes de ce qui se disait. Comme privé de sensation, il ne comprenait pas ce qui lui arrivait, mais il percevait que son avenir proche allait basculer. Il ne pouvait leur opposer sa vérité, on ne l'écoutait pas. Il n'avait rien fait et se retrouvait condamné à mal vivre.

6

Les juges ne l'avaient pas écouté : les preuves étaient accablantes et l'épisode des vitres cassées l'avait desservi. Jusqu'à dix-huit ans, l'âge de la majorité pénale, ils avaient décidé son placement dans une institution d'éducation surveillée.

Estrella avait supplié pour qu'il ne soit pas envoyé loin d'eux. Toutefois, l'un des établissements les plus proches était situé à Aniane, à une trentaine de kilomètres de Montpellier. Ancienne abbaye Saint-Benoît, convertie en filature jusqu'en 1845, elle était devenue un centre pénitentiaire. L'ordonnance du 2 février 1945 attestait « que le gouvernement provisoire de la République française entendait protéger efficacement les mineurs, et plus particulièrement les mineurs délinquants ». La justice pour les enfants préconisait la primauté de l'éducatif sur le répressif.

Louis était arrivé à Aniane par une de ces froides journées de début janvier. Le ciel était dégagé par un vent soufflant du nord. Devant les murs austères d'une espèce de château fort, situé en plein milieu du bourg, il crut que la terre s'ouvrait une fois de plus sous ses pieds.

Le directeur égrenait les consignes. L'établissement assurait une préparation aux professions industrielles : mécanique, plomberie, forge, ébénisterie… Devant son hésitation, il lui proposa :

— Le travail de la vigne, nous l'assurons aussi. Surtout que tu auras manqué le premier trimestre.

— J'ai déjà travaillé à la vigne avec mon père. Mais j'aurais aimé apprendre la chimie pour devenir géologue.

— Nous n'assurons pas ce genre de formation. Il faut des années d'études, mais le soir, si tu veux étudier par correspondance, tu pourras t'inscrire au cours de la FPA, la formation professionnelle pour adultes. Tu ne seras pas le seul à suivre des cours.

Durant les premiers mois, Louis fut en proie à des sentiments extrêmes provoqués par l'injustice qu'il ne pouvait pas prouver. De la colère, il passa au désespoir, puis à la rébellion avant d'assimiler que le mieux pour lui était de s'intégrer.

Les conditions de vie étaient draconiennes et spartiates, le règlement pointilleux et tout manquement était sévèrement puni. La devise était de ne jamais laisser un jeune seul ni inactif. Au début, la coexistence s'avéra difficile avec les autres délinquants. Il n'appartenait pas à leur clan, celui des coupables. Petit à petit, il comprit qu'il devait reconnaître devant eux le méfait pour lequel il avait été condamné, pour espérer se fondre parmi eux. Mais jamais il ne se livra réellement. Il tenait à préserver cette part de lui-même qui l'empêchait de sombrer.

Finalement, il apprécia d'avoir opté pour une formation dans la viticulture. Il aimait se retrouver dans une campagne avec le ciel pour frontière, très tôt le matin, protégé par les brumes qui estompaient un monde décevant, l'enfermant dans un cocon qui lui ouvrait la porte de l'imaginaire, et lui offraient le rêve, mais qui au fil des heures s'effilochaient trop rapidement à son goût. Il respirait à pleins poumons l'odeur d'une terre humidifiée par la rosée. Puis, au fur et à mesure que l'horizon se dégageait, son regard se perdait dans ces rangées de vignes nichées dans la garrigue, cette nature sauvage entre le massif de l'Arboussas aux calcaires lacustres et le contrefort des Cévennes. Il s'acharna sur son travail par correspondance mais, sans aide, il commença à buter puis finit par se décourager et abandonner.

Les vendanges terminées, le raisin de cuve apporté à la cave coopérative, il fallait apprendre la vinification, les types de sols, les traitements, etc. Les jeunes, employés dans les vignes, recevaient une rémunération, faible certes, mais qui avait le mérite de les stimuler. Louis avait confié son pécule à l'économe comme le faisaient bon nombre d'autres de ses codétenus.

— Au moins, comme ça, on ne me le volera pas ! avait-il déclaré. Et quand j'aurai mes dix-huit ans, cela me fera une belle somme.

Il redoutait les punitions, et tout particulièrement l'isolement dans l'une de ces cellules de métal déshumanisées, véritables cages à poules où les rebelles étaient tenus reclus plusieurs jours durant, selon l'importance de leur méfait ou tout simplement de leur désobéissance.

Durant toute cette période d'enfermement, il entretint une correspondance suivie avec François alors que son père se limita à un petit mot chaque trimestre. Sa mère se contentait d'un *je t'embrasse* au bas des lettres paternelles. Son écriture était tremblante, elle était pratiquement illettrée.

Quand il revint au Bouriou, ce fut la poitrine serrée autant par la joie de retrouver les siens que par la crainte d'une relation difficile avec son père. Il redoutait l'accueil qui lui serait réservé. Ce père dont il avait toujours souhaité voir la fierté dans ses yeux lorsqu'il le regardait, cet homme dont il admirait la force et auquel il aurait tant voulu ressembler.

Cet homme qui lui avait refusé sa confiance sans chercher à l'écouter et devant lequel il se sentait misérable.

Ses traits s'étaient durcis, son corps s'était musclé, mais, au fond de son cœur, il restait l'enfant meurtri qui avait besoin de réconfort.

De son côté, François avait réussi son baccalauréat avec mention à la grande satisfaction de ses parents, et surtout de son père. Toutefois, il devait envisager de partir s'installer à Toulouse pour faire sa propédeutique et poursuivre ses études. Tout cela générait des dépenses importantes pour le couple Martes. Il se mit en quête d'un travail à mi-temps.

En réalité, il attendait avec impatience le retour au bercail de son frère. L'atmosphère était tendue entre leur mère, qui avait facilement la larme à l'œil à la pensée de son petit qu'elle n'avait pas revu depuis si longtemps, et les colères imprévisibles de José. Elle ne supportait pas de l'entendre crier, lui adresser toutes sortes de reproches, souvent injustifiés. Elle n'osait plus prendre la moindre initiative, se contentant d'obéir. La communication avec son mari devenait difficile. Il déversait sur elle toutes les contrariétés qui l'agressaient.

François nourrissait un projet qui, il le savait, allait à l'encontre de ce qu'espérait son père. Il fallait qu'il s'échappe, qu'il parte loin. Toutefois, il était mineur et, sans consentement paternel, il ne pouvait pas le mener à bien. Il terminait avec succès sa préparation à l'entrée universitaire quand Louis regagna le domicile familial.

Les deux garçons étaient heureux d'être à nouveau réunis, même si une certaine gêne planait entre eux. Près de trois années communes leur avaient été volées. Lorsqu'ils se retrouvaient seuls, Louis insistait sur son innocence. Il fallait qu'au moins son frère le croie.

— Il faut que je sache pour qui j'ai payé.

Quand François l'interrogeait sur les conditions pénibles de son incarcération, il éludait le sujet, répondait par un simple « oui, c'était dur ! », avant de s'ébrouer comme un chien qui chasse l'eau de son pelage et d'ajouter :

— L'important c'est que je m'en suis sorti, que j'ai appris, peut-être pas ce que je souhaitais, mais j'ai un métier en main. Pour le reste, je suivrai les cours des arts et métiers. Le plus dur, c'est l'injustice dont j'ai été victime.

François comprenait que son silence dissimulait de vilaines vérités et n'insistait pas. Louis n'éprouvait aucune envie d'évoquer ces souvenirs douloureux dont il doutait qu'un jour il parvienne à les chasser. Il savait qu'il ne pourrait jamais les arracher de sa mémoire, comme on le ferait d'une mauvaise herbe dans un jardin. Alors pourquoi les raviver en parlant ? Les mots n'atténueraient rien, il lui fallait apprendre à relativiser. Le chemin serait long.

Louis ne s'était guère attardé chez ses parents. C'était l'époque où les vendanges démarraient et il s'était fait employer dans un domaine de Gaillac où, comme d'autres saisonniers, le patron lui assurait le gîte et le couvert.

Cette courte transition familiale lui convenait. Il ne tenait plus à remettre les pieds à Lautrec où chacun le montrerait du doigt. Un affront de plus ! Alors se retrouver dans une équipe où chacun ignorait son récent passé le tranquillisait.

Ensuite, le terroir de Gaillac jouissait d'une belle réputation par-delà les limites de la région et les siècles. Entre océan et mer, il bénéficiait d'une humidité suffisante venue de l'Atlantique, de la chaleur méditerranéenne, d'une pointe de vent d'autan et de sols argilocalcaires qui lui conféraient sa finesse et ses arômes.

Tout comme son père autrefois, lorsque les cueilleurs regagnèrent leurs foyers, il demanda à être intégré au personnel permanent du domaine. Malheureusement, l'équipe était au complet. Toutefois, il réussit à se louer de ferme en ferme une année durant.

* *
*

José crut que le ciel s'abattait sur lui quand François lui annonça sa demande en vue de devancer l'appel pour effectuer son service militaire.

— Pourquoi ne sollicites-tu pas, au contraire, un report, le temps de passer ta licence ? Tu as réussi ton année préparatoire. Comprends pas !

Le ton était sec, à la limite de l'emportement. Estrella était abasourdie, mais pour des raisons bien différentes. Depuis deux ans, alors que la guerre d'Indochine avait cessé lui avaient succédé ce que pudiquement on appelait les « événements d'Algérie ».

Le FLN, Front de libération nationale, avait déclenché les hostilités dès le 1er novembre 1954 avec l'attaque par les moudjahidines de la caserne de la ville de Batna. À la suite de ce que la France qualifia de « Toussaint rouge », François Mitterrand, alors ministre de l'Intérieur, déclarait : « L'Algérie, c'est la France ! La présence française sera maintenue dans ce pays ! », enclenchant une véritable machine de guerre dans la vaste région montagneuse des Aurès. L'été suivant, du 20 au 26 août, les massacres du Constantinois marquèrent le vrai passage d'une insurrection vers une guerre à outrance.

Bon nombre de jeunes appelés prenaient dorénavant la direction de l'Algérie. Les radios diffusaient l'escalade dramatique, véritable engrenage redouté par tant de familles pour leurs garçons en âge d'incorporation. L'émotion était intense en métropole.

Estrella et José durent se ranger à la décision irrévocable de leur fils, appelant de leurs vœux qu'il ne soit pas envoyé là-bas dans ces zones de combat. À la réception de sa feuille de route, leurs espoirs s'effondrèrent : il devait rejoindre Marseille, pour y embarquer à bord du paquebot le *Ville d'Alger*.

Bouleversé, José ne parvenait plus à discuter normalement. Il s'exprimait par phrases tronquées, accentuées par des borborygmes. Jamais il n'aurait imaginé qu'on puisse ainsi disposer de la vie de son enfant. Estrella gardait les yeux rougis par des pleurs fréquents qu'elle maîtrisait difficilement. Elle aussi redoutait tellement pour son aîné, non seulement pour les risques qu'il allait devoir affronter, mais également pour les horreurs auxquelles il serait confronté ! Paradoxalement, ce chagrin maternel réconfortait quelque peu François ; il lui prouvait tout l'intérêt et l'amour qu'elle lui portait. Ce fut le cœur serré qu'il quitta les siens.

Sur le quai d'embarquement, ils étaient plusieurs centaines en rang, attendant d'accéder à la passerelle du paquebot. Ils venaient des quatre coins de France, ignorant ce qu'ils trouveraient de l'autre côté de la Méditerranée. Après un peu plus d'une vingtaine d'heures d'une traversée particulièrement agitée dans sa première partie, la ville blanche se profila enfin sous un soleil rayonnant.

Le bateau ralentissait pour entrer dans la baie. Au fur et à mesure que l'on approchait de la rade, le spectacle devenait grandiose. À présent, la Casbah, avec ses petites maisons basses déployées en éventail sur l'une de ces collines sahéliennes qui descendaient jusqu'à la mer, offrait un tableau bien différent. En cette fin de matinée, la ville s'étalait comme un décor de théâtre, assoupie dans un calme trompeur.

À peine débarqués, les jeunes appelés, et pour certains même « rappelés », furent triés. Des camions attendaient pour les conduire à leurs différentes affectations.

— Martes François, première classe spahi. Caserne d'Hussein Dey.

Hussein Dey, une commune de la wilaya d'Alger, qui portait le nom du dernier dey d'Alger. Elle n'était guère éloignée, moins d'une dizaine de kilomètres, et s'étirait en bordure d'une longue plage de sable clair.

La caserne était implantée sur un vaste terrain plat, encerclé de hautes grilles, ouvrant sur un boulevard longeant la mer, avec les collines en fond de décor. Des palmiers plantés en ligne essayaient d'apporter une note de gaieté à l'austérité des bâtiments. Sur la gauche étaient installés les bureaux et les logements des officiers, tandis que les sous-officiers mariés occupaient le bâtiment de droite. Tout au fond s'imposait une immense construction tout aussi impersonnelle qui abritait les simples soldats.

Malgré un entraînement intensif, souvent à la limite de l'épuisement, surtout les premiers temps, François ne garda pas un mauvais souvenir de ses trois mois de classes dans la cavalerie montée. L'amitié et la solidarité étaient au rendez-vous. Si le contact avec les habitants se faisait difficile, surtout avec les enfants qui insultaient copieusement les soldats français, François était loin d'imaginer l'ampleur du conflit armé qui déchirait le pays.

Alors que le 7 janvier 1957 commençait la bataille d'Alger sous l'autorité du général parachutiste Jacques Massu, le 6e régiment de cavalerie blindée des spahis, auquel François était à présent affecté, prenait la direction d'El Achir : une bourgade située entre Palestro et Sétif, dans la plaine de la Medjana, proche de la Kabylie, dans une région agricole où l'eau abondante favorisait la fertilité.

Il avait vécu de trop nombreux mois, traversant des paysages trompeurs, à bord d'un half-track, sur des routes accidentées, bordées d'à-pics, de rochers, de buissons, d'oliviers sauvages.

Dans un monde plus défensif qu'offensif, combien d'embuscades avait-il essuyées dans les Aurès ! L'insécurité était son quotidien, une vigilance de tous les instants s'imposait. La fatigue, la peur, la rage étaient le lot commun de son unité avec pour seul point de repère : rester en vie. Mais l'estime humaine qui les unissait à leurs chefs, la fraternité entre les appelés, l'entraide spontanée, l'amitié les soudaient et leur permettaient de faire front. Et malgré une palette de paysages grandioses et changeants, un soleil généreux, de riches plaines, un sable rêche, ils n'en restaient pas moins torturés par cette violence infligée en toute impunité.

Il avait souvent repensé à Louis qui n'avait jamais cessé d'affirmer son innocence. Ce n'était pas qu'il ne le croyait pas, mais le doute persistait en lui. Les preuves contre lui étaient trop accablantes. Et là, alors qu'il s'efforçait de survivre, il avait fait bien pire, sachant qu'on ne lui reprocherait pas, bien au contraire. Aussi, coupable ou pas, l'injustice était flagrante.

Après vingt mois passés en treillis, par-delà la Méditerranée, il rentrait enfin chez lui. Ils étaient nombreux à embarquer à bord du *Ville de Marseille*. Rires et plaisanteries fusaient. Ce ne fut que lorsqu'il rendit son paquetage qu'il réalisa que la guerre était terminée pour lui, qu'il n'appartenait plus à ce monde hors du temps et de la raison. Plus que soulagé, il s'en trouva perturbé : la transition était trop brutale. Tandis qu'il montait les escaliers monumentaux de la gare Saint-Charles, il s'écartait des autres voyageurs, sursautant dès qu'on s'approchait de lui.

Comment réintégrer une vie normale après tous ces mois insensés que seuls des combattants pouvaient comprendre ? Il lui fallait réapprendre à vivre, réapprendre à se plonger dans une normalité qui lui paraissait irréelle.

Il ne se sentit vraiment libéré que lorsque enfin il ouvrit le portail du Bouriou. Ses parents ne connaissaient pas la date précise de son retour. Son père était absent, tandis que sa mère s'affairait au jardin. À sa vue, elle lâcha son outil, poussa un cri et courut vers lui. Blottie contre lui, ses bras l'enserrant, elle répétait son prénom entre deux hoquets. Puis elle se laissa aller aux larmes, des pleurs libérateurs.

Ce soir-là, ce fut la fête au Bouriou. José observait son aîné. D'un naturel taiseux, il ne posait pas de questions ; il attendait que la parole vienne de François. Or celui-ci n'avait pas envie de parler. À quoi bon les émouvoir ou les choquer par les épisodes dramatiques qu'il avait vécus. Il fallait qu'il puisse dompter le passé, même s'il devait en garder de profonds stigmates. Une nouvelle vie démarrait, avec des projets qu'il tenait secrets.

7

Louis avait rejoint sa famille le dimanche suivant le retour de son frère. Il lui tardait tant de le revoir ! Il le retrouva les traits burinés, tout comme lui qui travaillait dans les champs, les cheveux presque rasés, étoffé d'une musculature développée. En revanche, son regard s'était durci, et il gardait les mâchoires serrées. D'emblée, il avait compris qu'il tairait ce qu'il avait dû subir. D'ailleurs, après une interrogation de leur mère, il apporta une seule réponse :

— C'était dur ! C'est fini maintenant pour moi, conclut-il d'un ton ferme qui indiquait que le chapitre était clos.

Louis n'entrevoyait que trop bien ce que « c'était dur » pouvait signifier. Il arrivait en âge de faire son service militaire. Estrella tremblait à l'idée que son benjamin puisse à son tour être envoyé à la guerre. Elle ignorait que, dans une fratrie, il n'y avait qu'un seul appelé par famille destiné à aller rejoindre les troupes combattantes en Algérie.

— Tu es sûr de ça ? insista-t-elle lorsqu'elle l'apprit.

Devant l'accord général, elle soupira et se détendit. Son visage s'apaisa.

Les premières effusions passées, la vie reprit ses droits. De son côté, François s'échappait souvent de la maison.

— Je dois m'inscrire à la fac pour la rentrée, argua-t-il tout d'abord.

Il s'absentait parfois deux journées entières. José s'impatientait un peu : il comptait sur lui pour la cueillette des cerises, puis celle des abricots. Mais son fils était trop imprévisible, et Louis n'était pas disponible. Il admettait cependant qu'il ait besoin de se plonger dans des révisions pour entamer correctement son cursus universitaire.

En réalité, le jeune démobilisé abordait mal cette libération. À Toulouse, il avait retrouvé un ami qui le préparait à cette rentrée, mais également un petit groupe qui avait connu les mêmes affres algériennes que lui. Il avait bien établi un dossier que naïvement José imaginait nécessaire à son inscription estudiantine. Ce qui n'était pas le cas.

Le projet qu'il nourrissait déjà bien avant son départ continuait à le titiller plus que jamais. Les paysages algériens, la découverte de terres inconnues malgré le brouillard meurtrier de la guerre ravivaient son souhait d'expatriation. À deux reprises, il se rendit à Paris, se gardant bien d'évoquer ces déplacements à ses parents.

La première fois, après un voyage de nuit, il était arrivé dans la capitale sous un soleil encore caché par les bâtiments. En ce mois de mai, il faisait doux, la journée s'annonçait claire. Après toutes ces heures passées dans le train, une sorte d'ankylose l'avait gagné. Il avait besoin de marcher un peu, de respirer un air moins confiné.

Il n'avait rendez-vous qu'en début d'après-midi. Il s'installa à la terrasse d'un café. C'était la première fois qu'il venait à Paris. Il observait le moindre détail. Encore un monde nouveau qui s'offrait à lui, un monde inconnu certes, mais sans hostilité. Muni d'un plan, il se dirigea ensuite vers le Jardin des Plantes. La chaleur s'imposait, il défit sa cravate et enleva sa veste qu'il plia soigneusement sur son bras. Il se devait d'être présentable.

Son cartable posé à ses pieds, il faisait face à deux hommes, de véritables inquisiteurs dans une petite pièce dont la sobriété la rendait froide à en être presque redoutable : un mobilier métallique, des dossiers empilés sur un bureau gris, deux chaises inconfortables destinées aux prétendants au départ. Après ce qu'il venait de vivre, le décor n'avait plus guère d'importance, seul un résultat positif à sa démarche comptait.

Ils l'avaient interrogé plus d'une heure durant, remplissant des formulaires, hochant parfois la tête, sans lâcher le moindre commentaire. Ils lui avaient fait subir un test en langue anglaise : quelques questions simples auxquelles il n'eut aucun mal à apporter des réponses, allant même jusqu'à développer ce qu'il avançait.

— Vous êtes donc prêt à quitter la France pour un minimum de deux ans ? Quel que soit le travail pour lequel vous opterez, il sera dur, et vous devrez l'assumer.

— Je viens de passer près de deux ans loin de ma famille et dans d'autres conditions.

Ils écoutaient ses explications, les raisons de sa demande, l'interrompant parfois et le poussant à répéter pour vérifier la sincérité de ses motivations.

— Vous savez également que vous n'occuperez qu'un emploi dont nos compatriotes ne veulent pas : tonte des moutons, viticulture, mineur, serveur ou autre, mais exclusivement un travail de main-d'œuvre, avec une rémunération faible.

— J'en ai tout à fait conscience.

Après un silence pensif, l'un des examinateurs reprit :

— Si votre dossier est accepté, vous devrez payer une participation aux frais de transport.

— J'ai quelques économies.

— Ne craignez rien ! Votre billet vous coûtera l'équivalent de dix « pounds pom ».

Devant l'étonnement de François, l'homme poursuivit d'un ton plus léger :

— C'est le terme employé par les volontaires anglais au départ pour qualifier les livres sterling qu'ils vont débourser pour leur passage : POM pour Prisoner of Her Majesty. Environ onze mille de vos francs. Même pas de quoi amortir vos frais de nourriture pendant le voyage.

Avec cette précision drolatique, l'atmosphère se détendit.

— Bon, on va étudier votre dossier. Vous recevrez une réponse d'ici peu. Par contre, vous devrez revenir pour une visite médicale. Des questions ? termina-t-il, espérant bien que l'entretien était clos.

— Non !

L'espoir au cœur, François les remercia et prit congé. Il voyagea de nuit, comme à l'aller. On était jeudi ; émoustillé, il n'éprouvait aucune envie de regagner le Bouriou. Il ressentait malgré tout comme un malaise à cacher la vérité à ses parents, et même à leur mentir purement et simplement. Il préféra rester à Toulouse où l'un de ses amis, étudiant en médecine, l'hébergeait. De toute façon, il ne les informerait de son départ que lorsqu'il aurait acquis officiellement les autorisations nécessaires.

En fin de semaine, ils se regroupaient dans l'un de ces petits troquets ouverts tard dans la nuit. François avait plus spécialement sympathisé avec deux carabins. Entre les chansons à boire, les bouteilles de bière qui se succédaient, la brume des fumées de cigarette, ils refaisaient le monde. D'autres étudiants se joignaient à eux. Puis, l'heure avançant, une sorte de mélancolie s'installait. On en arrivait alors aux confidences.

Ce soir-là, trois futurs soldats exprimaient leurs craintes de se voir affectés en Algérie. Le plus jeune d'entre eux ne lui semblait pas inconnu. Il ne cachait pas son accablement.

— J'ai reçu ma lettre de mobilisation. Je n'y échappe pas ! Ils m'envoient là-bas. Je pars d'ici une semaine.

Le silence s'était fait autour de la table, pesant, redoutable. La parole revint timidement, chacun craignant de démoraliser encore un peu plus leur camarade. En réalité, c'étaient plutôt des questions.

— Tu n'as pas demandé un report ? Il va bien falloir qu'elle cesse cette guerre. Il faut gagner du temps.

Alors que des pourparlers s'appuyaient sur des propositions du gouvernement français, on pouvait espérer voir pointer la paix. Malheureusement, il n'en était rien : le FLN durcissait ses exigences. Déjà, en octobre 1958, il avait repoussé l'offre de « paix des braves ».

— Je termine ma licence. On ne m'a pas accordé de report.

Il hésita avant de reprendre presque à voix basse :

— C'est ma punition ! Justice immanente, dit-on...

L'esprit embrumé, il s'affala à moitié sur la table.

— Allons ! N'exagère pas ! lui souffla François.

— Non ! Si tu savais ce que je m'en veux ! Parce que j'ai eu peur d'un cousin qui habite Lautrec, j'ai témoigné contre un innocent. Il y a déjà un peu plus de cinq ans. Je ne l'ai vu que deux fois, mais je n'oublierai jamais son regard effrayé et désespéré. Il ne comprenait pas ce qui lui arrivait. D'ailleurs, il te ressemblait d'une manière frappante.

— À Lautrec, tu dis ?

Alerté, François voulait connaître l'histoire. S'il s'agissait de l'accusation dont son frère avait été victime... Il commanda une autre bière. « *In vino veritas* », dans le vin, la vérité, disait le dicton. Il l'incita à boire sans états d'âme. Entre deux sursauts, les yeux vitreux et injectés de sang, la voix mal articulée, le jeune homme pleurait, se désolait.

— Prends ton temps ! Raconte-moi ! Cela te soulagera.

Il poussa un long soupir. Avachi sur la table, il tint à lui préciser qu'il n'était pas soûl. Impatient, François décida de mener le jeu.

— Tu ne m'as pas répondu : tu es de Lautrec ?

— Non, c'est mon cousin qui habite là-bas. Mon oncle, c'est le coiffeur. Pourquoi ? Tu connais ?

François détourna sa question et poursuivit :

— Et alors, ce cousin, c'est un faiseur de bêtises ?

— Oh oui ! Mais lui, il a de la chance, il ne se fait jamais prendre. Un jour, c'est moi qui me suis fait surprendre : j'avais volé une montre. Il a témoigné pour moi et j'ai dû lui promettre de lui rendre la pareille si un jour il en avait besoin. Alors j'ai accepté.

— Ce n'est pas pour ça que tu te mets dans cet état ?

— Non ! C'est pour ce qui s'est passé à Lautrec, chez le quincaillier.

François essayait de se contenir, mais il pressentait qu'il allait découvrir une vérité lamentable. Les détails arrivaient difficilement, mais suffisamment. Ce vol, ce n'était pas son frère qui l'avait commis, mais le fils du coiffeur qui s'était faufilé dans le magasin juste après qu'il en fut sorti. Muni de gants de cuisine, il avait tout manigancé pour faire accuser Louis dont il voulait se venger. Pour aggraver les faits, il avait crevé des pneus à l'aide du couteau dérobé. Une fois son forfait accompli, il l'avait glissé dans une sacoche du vélo, puis s'était débarrassé de ses gants. Accompagné par son cousin, il lui avait fait jurer de taire la vérité et de laisser accuser l'adolescent. Et celui-ci avait juré, redoutant la correction promise s'il ne s'exécutait pas à lui fournir un alibi.

— Et tu ne connaissais même pas celui que tu as accusé ?

— Non, je l'avais croisé dans la journée. C'était tout. Puis je l'ai aperçu à la gendarmerie derrière une vitre. Lui ne pouvait pas me voir.

Tous les détails correspondaient. François, écœuré comme jamais, partit sans lui adresser un dernier regard. Il avait d'abord eu envie de le frapper, puis, devant son interlocuteur complètement avachi, incapable de saisir la situation, il préféra s'échapper du bistrot. Il avait besoin d'air frais.

8

François avait longuement marché avant de regagner le domicile de son ami resté au café avec le groupe d'étudiants. Les jambes tremblantes, il avait l'impression d'avoir perdu tout équilibre. Il s'en voulait de n'avoir jamais été profondément convaincu de l'innocence clamée par son frère. Comment avait-il pu douter ? Il avait honte de ne pas l'avoir soutenu dans cette épreuve. Comment Louis avait-il résisté alors qu'il vivait dans l'injustice ? Pouvait-on finir par supporter d'avancer alors qu'on était marqué par une humiliation si traumatisante ? La violence de la découverte et les remords qui en découlaient le laissaient désarmé et confus.

Toute la nuit durant, le sommeil le fuit. Une question le taraudait : devait-il révéler la vérité à son frère ou valait-il mieux qu'il se taise ? D'un côté, son aveu le soulagerait aussi bien lui que Louis, cependant il redoutait sa réaction. Allait-il se venger et quelles en seraient alors les conséquences ? N'avait-il pas déjà assez payé ? Quant à ne rien lui révéler équivalait à le maintenir dans un sentiment de frustration malsain et destructif. Il en arriva à la conclusion que connaître la vérité le libérerait certainement du regard des autres, lui permettrait de relever la tête et de se reconstruire harmonieusement.

Le premier dimanche où ils se retrouvèrent, Louis perçut nettement la gêne de son aîné. Quand ils furent seuls, il l'interrogea :

— Tu as un problème ? Tu peux te confier à moi, je te promets de tout garder pour moi.

Oh, oui ! Il le savait discret. Toutefois, quelque chose le retenait de lui raconter un aveu lâché dans une soirée de beuverie. En fait, même s'il s'était répété à plusieurs reprises la scène, là, au pied du mur, les mots lui échappaient. Son cœur battait sourdement.

— À cause de moi ? poursuivit Louis.

François préféra détourner la conversation. Il ne se sentait pas prêt à aborder la révélation de son innocence. Alors, pour la première fois, il lui évoqua ses démarches pour quitter le pays.

— Tu vas partir en Australie ?

Louis resta médusé. Jamais il n'avait imaginé que son frère mûrisse un tel projet.

— C'est à l'autre bout du monde ! On ne te reverra plus ou très rarement.

François lui expliqua le cursus suivi pour étayer sa demande d'expatriation. Son frère hésita une seconde puis ajouta :

— Tu crois que je pourrais y aller moi aussi ?

Devant la grimace de son aîné, il comprit que son passé lui barrait la route : il fallait posséder un casier judiciaire vierge. Alors, dans une pirouette, il déclara :

— Tant pis ! De toute façon, on ne peut pas laisser papa et maman seuls.

La curiosité sur cette expatriation l'emporta et l'ambiance se fit bon enfant.

— Tu comptes le leur dire quand ?

— Quand je serai certain de partir, que mes papiers seront en règle.

— Ça va leur faire un drôle de coup !

— Tu seras là...

Il se passa encore deux semaines avant que François ne se décide à révéler à son frère la vérité. Ses phrases d'abord embarrassées se firent de plus en plus précises. Il parlait lentement, comme s'il voulait temporiser, atténuer le choc que son aveu allait produire.

Louis se murait dans un silence agressif, les lèvres pincées, le regard scrutant le sol. Il gardait ses poings serrés dans les poches de son pantalon. La violence qui l'habitait se lisait dans ses yeux.

— Qu'il ne croise jamais mon chemin ! émit-il dans une sorte de sifflement.

Pourtant, cette rencontre allait se produire quelques jours plus tard sans qu'il cherchât à la provoquer. L'une de ses promenades favorites consistait à monter au calvaire de la Salette qui dominait le village, surtout lorsque le soleil déclinait, offrant à la campagne une riche palette de pastels. De là, la vue portait sur la vallée de l'Agout, la Montagne noire et jusqu'aux Pyrénées par temps clair. Il aimait se perdre dans ces paysages aux allures de Toscane. L'air y était vif et il lui semblait plonger dans un infini qui mariait la terre à la profondeur du ciel.

Ce jour-là, un autre l'avait précédé. De dos, il ne le reconnut pas mais, quand il se retourna, il sursauta : le fils du coiffeur lui faisait face.

— Té ! L'Espingouin, on t'a relâché ! l'interpella celui-ci avec un léger ricanement et une allure parfaitement décontractée, comme si rien ne s'était passé.

Une ironie qui raviva en Louis toute la haine accumulée depuis son arrivée à Aniane. Devant l'air menaçant de Louis, l'autre redressa la tête comme un coq s'apprêtant au combat. Qu'avait-il découvert, ou tout simplement ne supportait-il plus ce surnom ?

— Tu vas me payer ce que j'ai dû endurer à ta place ! J'ai lu quelque part que la vengeance est plus douce que le miel. Je vais enfin pouvoir refermer mes blessures.

Avant même d'avoir fini sa phrase, il avait sauté sur le fils du coiffeur, ne lui laissant pas le temps de réagir. Déséquilibré, l'agressé vacilla et, sous un nouveau coup puissant, bascula par-dessus un muret qui bordait une importante dénivellation. Dans sa chute, sa tête avait heurté les pierres du garde-fou. Il avait roulé en contrebas.

Tétanisé et incrédule, Louis observait ce corps inerte. Au bout de quelques longues secondes, il se ressaisit et dévala les quelques mètres qui le séparaient de lui. Du sang s'échappait lentement d'une blessure au cuir chevelu. Il tenta de le réveiller en lui parlant. Il se saisit de son bras qui retomba sans résistance. Il semblait ne plus respirer.

Malgré la panique qui l'agressait, Louis inspecta rapidement les alentours avant de prendre la fuite. Personne n'était en vue. Il savait quelle lâcheté comportait l'abandon de sa victime, mais prévenir les secours lui vaudrait une nouvelle condamnation. Alors il se hâta de regagner le Bouriou. Il évita de croiser ses parents et fila vers la chambre de son frère. Par chance, il était là, en train de boucler un sac de voyage.

— Il faut que je te parle ! J'ai besoin de tes conseils ! le supplia-t-il.

Devant la lividité de son visage, son regard fou, ses tremblements, François perçut qu'un drame venait une fois de plus de se produire. Aussitôt, il pensa à la vengeance que son frère ruminait depuis qu'il avait appris qui était son bourreau. Pourtant, il ne semblait pas porter de traces de coups.

— Vas-y ! Raconte !

Le ton était sec, impatient. Alors, la gorge nouée, Louis raconta :

— Il était là en face de moi, se moquant de moi. Je n'ai pas pu me retenir, je lui ai foncé dessus. Je l'ai frappé par deux fois, il ne s'y attendait pas. Par contre, il a buté sur le muret, sa tête a heurté les pierres et il est tombé. Je crois bien que je l'ai tué. Il ne bougeait plus. J'ai essayé de le réanimer, mais rien. J'ai eu peur, je me suis enfui.

— C'était où ?

— Au calvaire de la Salette.

— Quelqu'un t'a aperçu ?

— Non, je ne pense pas. Je n'ai vu personne aux alentours.

— En tout cas, il faut lui porter secours si jamais il n'était pas mort.

— Je ne veux pas aller en prison ! Je ne le supporterai pas, je préférerais me tuer plutôt que de me trouver enfermé une fois de plus. Surtout que ce ne serait pas juste.

Des larmes s'écoulaient lentement des yeux de Louis, l'angoisse se lisait sur son visage, presque une terreur. Encore une fois, sa vie allait basculer.

— Écoute, reste là ! Je vais monter au village pour chercher des cigarettes et je m'attarderai un peu au café, pour voir si je peux apprendre quelque chose. En attendant, passe-toi la figure sous l'eau, calme-toi et ne sors pas de ta chambre.

Alors que François arrivait sur la place, un attroupement s'était formé. Au loin, il aperçut le gyrophare d'une ambulance. Le blessé avait été découvert. Il croisa la boutique du coiffeur où seuls les employés s'occupaient des quelques clients. Il entendit les pleurs bruyants de la mère qui montait en voiture avec son mari pour suivre l'ambulance. À peine une heure que le drame s'était produit, et les commentaires allaient déjà bon train.

Le plus naturellement du monde, il se fit expliquer ce qui venait d'arriver.

— C'est le fils du coiffeur. Il a dérapé au calvaire, juste là où il y a le muret. En tombant, il s'est heurté la tête. À ce qu'on dit, il est dans le coma. On le transporte à l'hôpital de Castres. Les parents sont dans un état...

De retour au Bouriou, il trouva son frère livide, les paupières rougies, il s'agitait de long en large, les mains croisées derrière la tête.

— On l'a trouvé ?

— Oui ! Il a été transporté à l'hôpital.

— Il est... n'osant pas finir sa phrase.

— Apparemment non. Il serait dans le coma.

— Donc, quand il va se réveiller, il pourra m'accuser une nouvelle fois. Il faut que je m'en aille, que je quitte la France. Je vais passer en Espagne.

— Avec quels papiers ? Tu es toujours mineur. Ensuite, s'il est vraiment dans le coma, il peut rester plusieurs jours, et même plus, sans reprendre connaissance. Il faut réfléchir. En attendant, reprends-toi ! Maman va nous appeler pour le dîner, et il ne faut rien laisser paraître. Je te promets : on va trouver une solution !

Louis avait mangé du bout des dents, la gorge et l'estomac trop noués. Après un repas prestement avalé, sans égard pour le travail d'Estrella aux fourneaux, les deux frères s'échappèrent dans le jardin. Louis ne parvenait plus à se contenir, il titubait presque tant sa tête le faisait souffrir. Ses tempes résonnaient et sa nuque raidie ne lui laissait pas de répit.

— Je n'avais pas l'intention de le tuer. Je voulais seulement lui administrer une bonne raclée, répétait-il.

— Je sais, je sais. Allez, viens ! Ne restons pas là sans rien faire !

Ils avaient marché en direction de la rivière. Ils se décidèrent à rentrer alors que la nuit tombait, comme pour dissimuler au regard de leurs parents le drame de la journée.

— Tu vas essayer de dormir, déclara François, dubitatif. Demain nous apportera une réponse. Sois tranquille. De toute façon, il a dérapé lui-même.

« Tuer » : mot barbare et extrême, sans rédemption possible ni retour. Non, Louis n'avait en rien l'âme d'un assassin. Et, cette fois-ci, François en était intimement persuadé. Il ne le laisserait pas tomber une fois de plus.

9

Le jour pointait, le soleil de cette fin de printemps éclairait tôt la terre. Louis, complètement perdu, s'était glissé dans la chambre de son frère. Lui aussi était éveillé.

— Je suppose que tu n'as pas dormi, lui adressa-t-il à voix basse à peine avait-il refermé la porte derrière lui.

— Je n'y arrive pas. Tuer un homme, tu ne te rends pas compte…

— Oh que si ! répliqua François. La guerre, tu sais, ça ne fait pas de cadeau. On n'a pas le choix. C'est lui ou moi : c'est le premier qui tire et qui tue. C'est toujours une épreuve dont on se passerait bien.

— Pardonne-moi, j'oubliais.

Il s'assit au bord du lit de son aîné. Ses mains étaient moites. Ses yeux creusés par de profonds cernes attestaient de son angoisse.

— Je préfère me tuer plutôt que d'aller en prison.

— Ça, tu me l'as déjà dit hier. Moi non plus, je n'ai guère dormi.

Effectivement, les remords avaient tenaillé François, amplifiés par l'immensité de l'obscurité. Il avait sa part de responsabilité. Il reconnaissait qu'il n'aurait pas dû laisser son frère seul, hors de sa vue, comme l'exigeait son père. Ensuite, il aurait dû lui faire confiance. Ils étaient issus d'un même sang, avaient été élevés avec les mêmes valeurs. Comment avait-il pu douter ? Cette question lui revenait en leitmotiv. S'il l'avait soutenu, avait cherché la vérité, il n'en serait pas arrivé là. Aussi se sentait-il l'obligation de réparer. Après mûres réflexions, une conclusion s'imposa à lui. Il réalisait combien cette solution allait lui coûter, tous ses projets, ses rêves anéantis, tout à recommencer différemment. Mais, après tout, il le lui devait. Tard dans la nuit, avant de finir par sombrer dans un sommeil lourd, presque ankylosant, il avait arrêté sa décision, la seule valable selon lui.

— J'ai beaucoup réfléchi. Tu vas partir. Tu es mineur encore pour peu de temps. Donc tu vas prendre ma place.

Devant l'état de sidération de son frère, François entreprit de lui détailler son plan :

— Tu as remarqué que je préparais un sac. Il y a deux jours, j'ai reçu l'accord des autorités australiennes et leurs directives.

Il l'entraîna devant la glace de l'armoire.

— Regarde ! Bien sûr, il y a quelques différences entre nous. Mais, pour ceux qui ne nous connaissent pas, on pourrait se tromper. Je n'ai rencontré qu'une seule fois les examinateurs, ils voient tellement de gens chaque jour que cela serait étonnant qu'ils puissent discerner quelque chose. D'ailleurs, en principe, on n'a plus affaire à eux.

La proposition de prendre la place de son frère faisait réfléchir Louis.

— Je vais te raconter l'entretien que j'ai eu à Paris et ce que j'ai répondu. Ce soir, je dois me rendre à Paris, pour passer demain une visite médicale. Une fois fait, on nous remettra nos papiers. Nous devons tous nous retrouver gare de Lyon.

— Non, je refuse ! Tu tiens tant à partir ! Je ne peux pas accepter un tel sacrifice !

— Pour les Australiens, tu seras François ; mais moi, pour la France, je reste François. Et on n'a rien contre François. Après tout, je peux encore envisager d'émigrer au Canada. C'est pas mal aussi.

Le projet se dessinait dans la tête des deux frères jusqu'à ce qu'ils relèvent un dernier point, et non des moindres.

— Dans deux ans, je reviendrai voir les parents. Surtout maman. Elle va me manquer, tout comme toi, d'ailleurs.

— Je crains que cela soit impossible... Tu es conscrit et, si tu ne vas pas faire ton régiment, tu seras considéré comme déserteur. Une sanction valable vingt ans, me semble-t-il.

Toutefois, les arguments de François portaient. Dans l'esprit de Louis s'infiltrait désormais la possibilité d'une vie aux antipodes.

— Par contre, tu vas devoir te fendre de longues lettres pour rassurer la famille, avança François pour détendre l'atmosphère.

— Et toi, surtout, donne-moi des nouvelles du fils du coiffeur. Pourvu qu'il vive ! Je te promets que jamais je n'ai souhaité sa mort. Jamais plus je me battrai !

— Je sais, je sais... Je te crois.

— Les parents sont au courant que tu t'apprêtais à partir ?

— Non ! C'est peut-être lâche de ma part : je ne voulais pas affronter la colère de notre père ni voir maman pleurer. Je leur avais préparé une lettre que je comptais poster de Paris. Je suis déjà parti près de deux ans, et c'était pour la guerre. Je pensais que là ce serait moins dur pour eux.

— Le mieux serait que je fasse comme tu avais prévu et que je leur écrive une lettre. Mais je ne veux pas leur donner les motifs réels, tu comprends bien. Aide-moi à l'écrire ! À moins que je ne recopie la tienne !

Un peu agacé par cette assistance envahissante, François participa cependant à sa rédaction : il fallait heurter le moins possible leur mère. En outre, il avait la vague impression que son frère lui volait une part de sa vie. Il alla jusqu'à proposer à Louis de poster la lettre une semaine après son départ et de lui remettre, malgré ses protestations, le petit pécule qu'il avait constitué dans l'optique de son départ.

Le petit déjeuner se déroula dans l'ambiance habituelle, entre les questions lapidaires du père et ses directives, les mots plus tendres de la mère et le regard conspirateur des garçons. Le cœur de Louis se serrait à l'idée de taire la vérité. Se couper d'un univers une fois de plus lui était douloureux, mais cette fois-ci il en portait la responsabilité et devait l'assumer.

L'après-midi même, François devait regagner Toulouse. Louis qui aurait dû prendre la route de Gaillac suivit en réalité son aîné. Les deux frères se quittèrent sur le quai de la gare de Matabiau à destination de la gare parisienne de Montparnasse. Les recommandations pleuvaient, brèves, avec des phrases inachevées par l'émotion. Combien d'années allait-il se passer avant que les deux frères se retrouvent ?

— N'oublie pas que dorénavant tu es François !

Lorsque le train démarra, Louis, le cœur empli de reconnaissance, tendit le cou par la fenêtre pour apercevoir son aîné. Il ignorait alors que c'était la dernière image qu'il garderait de lui. Il ne savait pas encore s'il devait s'inquiéter ou se réjouir de cette déchirure. Ce qui était évident c'était qu'une nouvelle vie s'ouvrait devant lui grâce au sacrifice de son aîné et qu'il n'avait pas le droit de la gâcher.

Il avait voyagé de nuit et avait très peu dormi, tourmenté par l'incertitude. Quand son train entra en gare de Montparnasse, il était encore très tôt. Le ciel était clair et l'air un peu frais. Arrivé sur le parvis, il s'étira, intimidé par l'immensité de la ville, ses bruits, son horizon barré d'immeubles, ses larges espaces qui commençaient à s'animer. Un univers qu'il ignorait, lui qui n'avait toujours connu que la campagne, Castres et Toulouse.

Le rendez-vous était gare de Lyon. Il en avait pour une bonne heure de marche, un exercice qui le revigorerait. Suivant les instructions de son frère, il gagna le boulevard de Port-Royal. Muni d'un plan, il sut s'orienter sans difficulté. Il était amplement en avance et s'installa à la terrasse d'un café. Depuis son guéridon, il lorgnait l'horloge monumentale du beffroi de la gare. Son petit déjeuner avalé, il se dirigea vers le hall central. On approchait de l'heure fixée et en aucun cas il ne voulait risquer le moindre contretemps.

Le bagage plutôt léger selon les instructions, les migrants étaient dirigés vers une grande pièce inaccueillante. Après un rapide contrôle sanitaire qui consistait principalement en un examen de leur carnet de vaccinations, des administratifs leur remettaient leur dossier personnel en leur recommandant de bien lire les consignes.

Ils étaient ensuite regroupés puis guidés vers les compartiments du train réservé pour eux, en partance pour Gênes en début d'après-midi. Une certaine effervescence prédominait. Les voyageurs essayaient déjà de faire connaissance, redoutant une solitude qui les livrerait à eux-mêmes. L'entraide était de mise, étouffant l'appréhension de lendemains inconnus.

Ils avaient roulé des heures durant avant de parvenir en soirée à Turin où ils durent changer de train. Moins de trois heures plus tard, sous un ciel tendu de noir, constellé d'étoiles, ils se retrouvaient en gare maritime de Gênes, au Ponte dei Mille, du nom du corps de volontaires dirigé par Giuseppe Garibaldi.

La masse blanche imposante du *MS Australia* tranchait avec l'eau obscure de la rade. Sans bousculade, les passagers embarquaient. Une équipe les attendait à bord pour leur indiquer comment se rendre à la cabine qu'ils devaient occuper et dont le numéro figurait sur la carte qui accompagnait leur billet. De l'autre côté de la baie brillaient les lumières des habitations agriffées à un relief collinaire. Louis évoluait dans un décor qui lui paraissait irréel. Il n'avait pas totalement intégré qu'il avait perdu son prénom au profit de celui de son frère et ne répondait pas encore automatiquement lorsqu'on l'appelait. Il se reprenait rapidement, mais il continuait à s'écouler un infime laps de temps avant qu'il ne réagisse.

Paquebot de la compagnie maritime Lloyd Triestino, construit après guerre, le *MS Australia* reliait en à peine un mois l'Italie à Sydney. Le monstre commença à gronder alors que tous n'avaient pas encore franchi la passerelle. Quand l'embarquement fut terminé, le bruit s'amplifia, des vibrations se firent sentir, l'avertisseur lâcha un cri sourd et prolongé. Le départ se précisait. Louis sortit de la cabine qu'il partageait avec trois autres jeunes hommes, des Français tout comme lui. Il tenait à voir cette terre d'Europe qu'il quittait pour de nombreuses années, même s'il n'en discernait que les contours.

Ce ne fut qu'à ce moment-là qu'il réalisa la situation. Jusque-là, il n'avait guère eu le temps de s'épancher. Tout s'était déroulé tellement vite ! Anonyme parmi la foule des passagers, il ressentit la douleur d'une page de sa jeune existence qui se déchirait. Il se sentit désarmé. Désormais, il ne pourrait compter que sur lui.

Si le destin l'obligeait à changer de direction, il allait dessiner sa nouvelle vie et ce serait à lui de la colorier. Il s'interrogea : vivait-il des instants magiques ou tragiques ? En tout cas, il en était au moment où il devenait dorénavant François.

Le *MS Australia* transportait également des passagers payants, même si les migrants étaient majoritaires. Les passagers de première classe jouissaient d'infrastructures de luxe à l'avant du navire, tandis que ceux logés en classe touriste, trois fois plus nombreux, étaient installés à l'arrière. À cette époque, il n'existait plus de troisième classe. L'année précédente, elle avait été transformée et améliorée pour accueillir plus de personnes en classe touriste.

Entre les occupants d'une même cabine, le dialogue s'instaurait, des affinités se créaient. Ensemble, ils s'entraînaient à la langue anglaise. François avait emporté un lexique et une grammaire qui avaient appartenu à son frère. La mer était calme. Ils profitaient de promenades sur le pont où les garçons s'attardaient à regarder à la dérobée les jeunes filles. Quant à la cuisine, elle était typiquement italienne, soignée et abondante. La traversée s'annonçait des plus agréables.

Après une première escale à Naples pour faire monter à bord de nouveaux passagers parmi lesquels d'autres migrants, le *MS Australia* prit la direction de la Sicile. Le soleil était généreux et la brise du large la bienvenue. Une relâche de deux jours était prévue à Messine. Une excursion à l'Etna était proposée, et le petit groupe auquel appartenait François y souscrit d'emblée.

Là, sur les flancs dénudés, noircis d'une lave éructée d'un volcan dominateur, François mesurait toute la puissance d'un univers qui s'offrait à lui. La vue portait loin, par-delà les plaines, et se perdait dans une brume lénifiante où l'horizon se confondait avec la mer. Il se sentait enfin en harmonie avec lui-même. Après tout, oser n'était-il pas le commencement de la réussite ?

* *
*

Le voyage, croisière de transition entre deux univers, touchait à sa fin. Le paquebot approchait de la côte ouest de l'Australie. Fremantle, autrefois important centre pénitentiaire destiné à recevoir les bagnards envoyés dans les colonies britanniques, s'étalait à l'embouchure de la Swan, un fleuve qui devait son nom aux nombreux cygnes noirs qui habitaient la région.

Les travailleurs expatriés avaient espéré pouvoir bénéficier de quelques heures pour visiter la ville dont ils avaient eu un aperçu dans des dépliants : ses maisons coloniales colorées, ses ruelles animées, ses marchés de l'époque victorienne. Il n'en fut rien. Tandis que les passagers payants pouvaient profiter d'une escapade, eux durent se plier, dans les locaux portuaires, aux exigences d'une douane tatillonne, virulente, voire méprisante, qui s'attachait à contrôler méthodiquement leur identité. Une attitude rabaissante à laquelle aucun d'entre eux ne s'attendait.

La langue aussi se révélait une barrière, même pour ceux qui pensaient posséder suffisamment d'anglais pour se débrouiller dans les premiers temps. Les douaniers s'exprimaient avec un accent particulier et dans leur slang, un argot propre au pays, résultat d'un mélange d'anglais, d'irlandais et d'allemand à la fois. Ces agents ne faisaient aucun effort pour se mettre à la portée des arrivants et s'énervaient de ne pas être compris.

Fatigués et exaspérés, les migrants durent regagner le bord. Ce fut surtout pour les Français que le choc culturel fut le plus grand. « La Terre promise » n'avait pas les accents qu'on leur avait laissé entrevoir.

Quatre jours plus tard, le paquebot accostait à Adélaïde, sur la rive du golfe Saint-Vincent, pour une brève escale de deux heures durant laquelle il fut interdit de quitter le navire. Enfin, deux jours après, ils débarquèrent en soirée à Melbourne après un mois de traversée. Des bus les attendaient pour les conduire à Bonegilla : un centre d'accueil où les fermiers venaient chercher de la main-d'œuvre, à environ trois cents kilomètres de Melbourne, à la frontière entre la Nouvelle-Galles du Sud et l'État de Victoria.

Ils y étaient arrivés tôt le matin après un long et pénible voyage de nuit. En raison des aspérités de la route, des dangers que pouvait présenter le vagabondage d'animaux sauvages, le chauffeur se limitait à cinquante kilomètres à l'heure. Les fonctionnaires les attendaient et les dirigèrent vers un bâtiment tout en longueur où un copieux petit déjeuner leur fut servi.

— J'espère qu'on ne va pas nous séparer, avait émis François en s'adressant à ses trois compagnons de cabine.

On procéda ensuite à l'enregistrement et à l'attribution des hébergements. Les migrants furent regroupés par nationalité, les hommes furent séparés des femmes, à l'exception des familles. Les quatre amis eurent la chance de se retrouver dans le même baraquement.

Ancienne base de l'armée australienne de la Seconde Guerre mondiale, le centre s'était érigé en un véritable village avec son église, un cinéma, une salle de bal, sans oublier un hôpital et une école. Le camp alignait ses préfabriqués dans une plaine à l'herbe desséchée, piquetée d'arbres, à proximité des rives du lac Hume où les baignades étaient autorisées.

Les services de recrutement évaluaient l'employabilité de chacun pour les affecter dans les différentes activités et régions du pays. En attendant, la vie s'organisait d'une manière agréable, régie par des règles auxquelles personne ne pensait à déroger. Les migrants se voyaient octroyer une faible allocation dès leur arrivée. Chaque matin, des files se constituaient devant le bureau de l'emploi.

Près de trois semaines après son installation à Bonegilla, François connut enfin son affectation. Il aurait aimé travailler dans les vignes, mais il ne pouvait pas évoquer ses années à Aniane, elles ne lui appartenaient plus.

— Vous partirez pour les Snowy Mountains. On va vous procurer des vêtements chauds. Vous en aurez besoin : là-haut, les hivers sont très rigoureux et durent longtemps. Vous, ainsi qu'une dizaine de vos compatriotes, irez rejoindre un groupe de Français qui opère sur ces chantiers. Notre ligne de chemin de fer est utilisée justement pour le transport de matériaux dans le cadre du plan hydraulique des Snowy Mountains.

Les Snowy Mountains, les Montagnes enneigées, alignaient les sommets les plus élevés de l'Australie, culminant à plus de deux mille deux cents mètres d'altitude au mont Kosciuszko. Un ambitieux plan d'aménagement hydroélectrique avait été signé le 4 juillet 1949 par le cabinet du Premier ministre pour irriguer et fournir l'énergie électrique aux régions intérieures du pays. Il prévoyait la construction d'au moins seize barrages, sept centrales, des canalisations et aqueducs, ainsi que le creusement de deux cent vingt-cinq kilomètres de tunnels. Tous ces travaux nécessitaient une importante main-d'œuvre. Les salaires étaient bons, plus élevés que la moyenne offerte dans les autres secteurs recrutant des étrangers. Des migrants de plus de trente pays répondirent à l'appel du gouvernement.

— Vous serez basé à Cabramurra. Chaque matin, vous serez conduit par camion sur les chantiers. Vous partez demain.

Parmi ses compagnons de traversée, un seul avait reçu la même affectation que lui. Avant le départ, ils échangèrent leurs adresses en France. François eut un sursaut, il ne pouvait donner que celle de son frère, or il ne la connaissait pas. Il cogita rapidement. Après tout, dans la mesure où ses parents n'ouvriraient pas une lettre destinée à leur aîné, il pouvait tout à fait faire adresser un courrier chez eux à l'attention de François Martes. Toutefois, il préviendrait son frère.

À présent, le jeune expatrié avait parfaitement intégré son nouveau prénom. Il ne redoutait plus le passé et encore moins l'avenir. Seule la nostalgie l'envahissait parfois la nuit quand il repensait à sa mère. Sa fragilité, sa tendresse et paradoxalement sa protection lui manquaient. C'était son principal regret.

Le chantier de la centrale électrique de Tumut 2 était tout proche de Cabramurra. François était donc venu grossir l'équipe œuvrant sur le creusement d'un tunnel qui devait permettre d'installer les transformateurs à près de deux cent cinquante mètres sous le niveau du sol. Le travail était harassant et les jours de congé les bienvenus.

Quand il repensait à son frère, il n'avait pas l'impression de l'avoir spolié depuis qu'il savait qu'il postulerait pour migrer au Canada. Ce qui continuait à le tourmenter, c'était ce garçon qu'il avait laissé à terre. Jamais il ne pourrait effacer de sa mémoire le fait d'avoir tué. Car, pour lui, il ne s'agissait de rien d'autre. La vengeance justifiait-elle ce prix ? Les remords étaient plus forts que les regrets.

Dès qu'il avait eu connaissance de l'adresse de Louis, François lui avait écrit que le fils du coiffeur était sorti de l'hôpital et qu'il semblait parfaitement rétabli. Apparemment, aucune plainte n'avait été déposée par les parents. Le blessé, probablement très vexé et surtout honteux de sa part de responsabilité, n'avait jamais évoqué la rixe entre eux. Aucune charge ne pesait donc sur lui.

Avec une certaine amertume, le véritable François avait conclu sa missive : *Le pire c'est que tu ne peux plus rentrer en France. Dorénavant, tu es considéré comme un déserteur par le ministère des Armées.* Aussi, conscient du sacrifice consenti par son frère et de l'opportunité que lui avait offerte ce malheureux épisode, celui qui était désormais François tenait plus que jamais à s'en montrer digne.

Le village de Cabramurra, l'un des plus hauts du continent australien, avait été créé en 1954 en utilisant des maisons préfabriquées pour servir de lieu de résidence aux travailleurs de la centrale Tumut 2. La pente accentuée des toits avait été conçue pour répondre à l'enneigement hivernal qui pouvait durer de trois à quatre mois. Quelques infrastructures permettaient de faire face aux besoins les plus élémentaires : un magasin général offrait des produits de première nécessité, une école primaire, une station-service, un pub, une piscine couverte, des courts de tennis et bien entendu des pistes de ski.

En revanche, la ville d'Adaminaby, située un peu en contrebas, vouée initialement à la ruée vers l'or, s'était développée autour de l'agriculture et de la pêche. D'importants corps de ferme côtoyaient des maisons construites en dur, des boutiques en tout genre, des hôtels et des restaurants. À l'époque où François arriva dans la région, les langues se déliaient au sujet d'un film américain qui y était tourné.

— Paraît-il que Robert Mitchum y a le rôle principal. On y va dimanche ! avait proposé l'un de ses compagnons.

Habillés de propre, les cheveux lissés, ils étaient descendus jusqu'à Adaminaby. Ils se joignirent à un attroupement tenu à distance du tournage dirigé par Fred Zinnemann, un metteur en scène au renom international, surtout depuis qu'il avait reçu un Oscar pour son film *Tant qu'il y aura des hommes*. Les spectateurs tendaient le cou pour apercevoir Robert Mitchum, Deborah Kerr ou encore Peter Ustinov dans ce western, *The Sundowners*, *Horizons sans frontières* (en version française), qui racontait la vie quotidienne dans l'Australie des années 1920.

— Quand le film va sortir en France, nos familles pourront voir où nous vivons. Il faut les prévenir.

— C'est quand même mieux qu'une carte postale, fit remarquer François, heureux à l'idée de partager son univers avec son frère.

Malgré le travail éprouvant à creuser des tunnels, il appréciait la nature qui l'environnait. Il s'échappait dans de longues promenades, avec pour compagnon un chien sur les talons, tout comme autrefois à Lautrec. Il gagnait les montagnes aux flancs tapissés de prairies ou boisés d'eucalyptus, des *mallee snow gum* au tronc gris presque noir. Parfois, il s'aventurait plus haut, jusqu'à une toundra piquetée de *krummholz*, ces arbres aux formes rabougries par l'agression des vents. Là, une fois de plus, face à l'immensité de la terre et du ciel, tout devenait possible.

10

La grande majorité des habitants du camp étaient des hommes. Les quelques femmes présentes étaient des épouses d'ingénieurs qui avaient suivi leur mari, d'autres occupaient des postes dans les bureaux, aux cuisines, ainsi qu'une institutrice et une assistante au médecin en poste.

François n'avait jamais eu l'occasion d'entretenir une relation régulière. Il avait bien connu quelques aventures, mais elles avaient été aussi brèves que rares. Le risque de tomber enceinte était bien présent dans l'esprit de ses partenaires. En conséquence, il avait dû souvent se borner à un simple flirt ou se contenter de plaisir solitaire. Il avait déjà rencontré bien trop de problèmes. Aussi préférait-il s'abstenir plutôt que d'insister.

Bien sûr, il aurait pu payer pour profiter des services d'une prostituée, mais il répugnait à l'idée que l'on puisse acheter un corps humain pour assouvir des besoins à la limite de la bestialité. Sans compter le dégoût que lui inspirait l'intimité de ces femmes, volontaires ou victimes, dans laquelle tant d'hommes s'étaient oubliés.

Pourtant, au fil des semaines, il sentait monter en lui une irrésistible attirance pour Anna, une jeune Italienne qui officiait auprès du médecin. Elle n'était pas infirmière et avait été embauchée pour faire le ménage, mais, à ses côtés, elle avait appris des rudiments de soins qui la rendaient indispensable.

Petit tanagra aux allures frêles qui contrastaient avec un caractère volontaire, elle s'était imposée dans un milieu masculin. Elle ne comptait pas ses heures et passait la plupart de ses jours libres à dessiner sur un grand cahier qu'elle ne montrait jamais.

Il aimait son regard rieur et impertinent, qui savait se faire sévère, sa démarche légère et le sérieux avec lequel elle menait sa vie. Jusque-là, on ne lui connaissait aucune relation, aucun flirt. Même si elle se rendait parfois au bal du samedi soir en compagnie de l'institutrice avec laquelle elle entretenait des liens d'amitié, elle savait garder les hommes à distance. D'ailleurs, aucun d'entre eux ne se serait permis une plaisanterie douteuse.

Elle s'exprimait avec un accent qui donnait une autre dimension à l'anglais australien. Elle parvenait à discuter dans un français écorché qu'elle avait appris auprès d'un vieux Toulousain venu se retirer dans le petit village de Vénétie où sa mère et ses nombreux frères et sœurs habitaient. En fait, c'était lui qui l'avait poussée à quitter l'Europe pour s'extraire d'une condition à la limite de la misère et surtout sans grand avenir.

Quand ils firent connaissance, justement un soir de bal, il ne restait à la jeune femme que trois mois avant le terme de son contrat. Elle aimait la musique et possédait un bien meilleur sens du rythme que lui. Elle n'avait pas voulu qu'il lui paye une bière, mais avait accepté de partager la sienne.

— Tu te débrouilles bien en français, la complimenta François.

— Ici, il faut pouvoir maîtriser au moins quelques rudiments de plusieurs langues : il y a beaucoup de nationalités différentes. Ça aide ! Et toi, tu viens d'où en France ?

Il évoqua Lautrec, son ail, ses vignobles… Il en devenait presque poète.

— Et c'est dans quel coin de France ?

Il réalisa alors qu'elle n'était jamais allée en France. Des explications s'imposaient. Très vite, à sa grande surprise, elle l'interrompit :

— Toulouse ? C'est près de chez toi ?

Il opina de la tête. Elle lui parla de son vieil ami français, des souvenirs qu'il gardait de Toulouse. À travers lui, elle avait presque l'impression de connaître cette ville où elle n'avait jamais mis les pieds.

Ces réminiscences les rapprochèrent et ils devinrent amis. Par deux fois, ils prirent le bus jusqu'à Adaminaby, pour aller au cinéma, à la séance du dimanche après-midi. Des dépenses raisonnées, car ils cherchaient à ne pas trop écorner les quelques économies qu'ils réussissaient à faire, en vue d'un nouveau départ, une fois qu'ils quitteraient les Snowy Mountains. En outre, cela leur permettait de maintenir un lien simplement amical entre eux.

Cette solution convenait tout à fait à François qui, comme toujours, s'efforçait d'épargner. Il ne parvenait pas à se débarrasser de cette habitude qu'il avait prise très jeune.

— Et qu'est-ce que tu veux faire, une fois partie d'ici ?

— J'irai à Sydney. Je veux devenir créatrice de mode. Tu sais, j'ai des idées. Je travaillerai d'abord chez un couturier, mais je veux ouvrir ma propre boutique.

Elle lui détailla ses projets. C'était la première fois qu'elle s'épanchait de la sorte.

— Tu me montreras tes dessins ?

Elle n'avait pas refusé. Ses croquis faisaient preuve d'imagination, les couleurs s'harmonisaient.

— Je suis sûr que ça va marcher pour toi, avait-il conclu.

Au fil des semaines, les danses entre les deux jeunes gens les rapprochèrent physiquement. S'ils ne flirtaient pas, ils s'abandonnaient néanmoins à une certaine langueur. François sentait monter en lui une sorte de désir qu'il voulait assimiler à de la tendresse. Tous les deux s'interdisaient de franchir une étape qui ne pourrait que les meurtrir puisque leurs chemins allaient diverger.

Il était prévu qu'elle quitte Cabramurra fin novembre, avant que l'hiver ne vienne endormir la campagne. Seule la route vers Kiandra resterait alors dégagée, une ville née à l'époque de la ruée vers l'or, au milieu des prairies d'altitude où s'étaient installés des éleveurs de bétail. Depuis que l'or était épuisé, elle connaissait un sérieux déclin, même si elle demeurait l'un des centres les plus importants de la région. Malgré les nombreuses pistes aménagées pour les amateurs de ski, les vents violents et glaçants rebutaient les visiteurs.

Elle trépignait à l'idée de partir pour Sydney et, visiblement, dans ses projets, il n'y avait pas de place pour lui. Il en ressentait un pincement au cœur.

Puis arriva le moment où elle boucla son bagage.

— Tu viendras me voir à Sydney ?

— Si tu m'y invites, bien sûr !

Le ton de François se voulait badin. Pourtant, il éprouvait comme un déchirement. Il trouvait en elle une complémentarité affectueuse qui lui était devenue nécessaire.

— J'en ai encore pour plus d'un an ici. Ne m'oublie pas !

— Toi non plus !

— Écris-moi !

Le ton se faisait suppliant. Il sentit une étrange émotion l'envahir, tandis que sa gorge se nouait et qu'il refoulait des larmes.

L'hiver arriva sans elle, rigoureux, long, limitant les sorties au ski. Il se penchait de plus en plus sur son bloc de correspondance. Il se confiait à son frère, lui racontait par le menu ses journées, lui joignait des cartes postales, tandis que ses lettres à Anna étaient plus courtes, plus poétiques. Il dévora les livres écrits en français de la bibliothèque générale et ceux de l'école. Conscient qu'il ne reverrait pas son aîné avant très longtemps, il s'attachait à faire d'Anna son futur.

Il ne savait vers quelle profession il s'orienterait une fois qu'il quitterait à son tour les Snowy Mountains. Tout ce qu'il souhaitait c'était trouver un travail suffisamment rémunérateur pour lui permettre de vivre confortablement d'ici quelques années.

De son côté, Anna était éblouie par la vie trépidante de Sydney. Elle ne tarissait pas d'éloges sur un monde qu'elle découvrait et qu'elle avait été loin d'imaginer. Elle aussi accompagnait de cartes postales ses courriers, parfois très courts et même laconiques. François en était alors peiné, mais l'important n'était-il pas de garder le contact ? Oui, un jour, il irait la rejoindre et lui aussi trouverait sa voie dans ce monde multiculturel, se persuadait-il !

11

Juin 1961, c'était la date à laquelle se terminait son engagement de deux ans vis-à-vis du gouvernement australien. À présent, il était libre d'aller où il le souhaitait et de s'intégrer à ce Nouveau Monde. Il opta pour Sydney où Anna l'attendait.

Une première étape par bus l'avait conduit jusqu'à Cooma puis Canberra, la capitale de ce pays-continent, à mi-chemin entre Sydney et Melbourne, dont symboliquement le nom aborigène signifiait « lieu de rencontre ». De là s'ensuivaient quelque sept heures de train pour parvenir à Central Station, la gare principale de Sydney.

Bien qu'assailli par des sentiments quelque peu contradictoires, où se confondaient appréhension, joie et impatience, il se laissait gagner par la somnolence. Les paysages défilant inlassablement lui faisaient un peu tourner la tête. Les yeux fermés, il réfléchissait sur les vingt ans d'exil forcé ; plus de deux venaient de s'écouler. Il ne les avait pas vus passer. La nostalgie s'atténuait.

Il était arrivé tard dans l'après-midi à Central Station. Perdu dans le hall immense, il chercha la sortie. Passé la grande porte cochère, il se retourna comme s'il voulait se repérer. Il esquissa un léger sourire. La gare était dominée par une tour de l'horloge qui n'était pas sans lui rappeler celle de la gare de Lyon, là où son voyage pour l'étranger avait commencé.

Étourdi par les heures passées en bus puis en train, il se sentait complètement dépaysé par la vie grouillante de la ville. Pourtant, l'air était léger et doux. Il traversa une large avenue pour gagner Belmore Park qui lui offrait l'ombre de ses grands arbres. D'après les indications qu'on lui avait fournies, le restaurant où Anna travaillait n'était guère éloigné. Situé à l'ouest du quartier central des affaires, il était proche de Darling Harbour, une promenade le long des quais avec une vue remarquable sur la baie.

Son bagage commençait à lui peser, malgré tout il s'abstint de héler un taxi. Il devait attendre près de quatre heures avant qu'elle ne quitte son poste. Depuis plusieurs mois, quatre jours par semaine, elle y assurait le service en salle. Le salaire était intéressant, et le fait de pouvoir disposer de temps libre lui permettait de rechercher un autre emploi. En fait, elle s'occupait de la décoration de magasins, une activité qui, si elle lui plaisait davantage, ne lui assurait pas un revenu régulier.

Fatigué malgré ses haltes répétées sous les eucalyptus des squares, il parvint à l'adresse indiquée, face à la devanture d'un restaurant italien : *Casa Mia*. « Décidément, elle a retrouvé ses origines », ne put-il s'empêcher de penser. Il l'aperçut assiettes en main, protégée par un petit tablier blanc. Son cœur se mit à battre la chamade non pas animé d'un sentiment amoureux, mais d'une simple reconnaissance affective rassurante. Elle faisait partie des souvenirs qu'il se forgeait pour bâtir un avenir dont il était à présent le seul acteur.

Elle ne cacha pas sa joie en le voyant franchir l'entrée. Mais elle contint tout geste de tendresse qu'aurait pu réprouver son employeur. Juste quelques mots, un regard ardent, enveloppant et un profond sourire.

— Viens t'asseoir, tu dois avoir faim. Je vais te commander une assiette de pâtes en cuisine.

La salle se vidait, on était en semaine et les clients ne s'attardaient pas. Le service se terminait. Elle s'installa à sa table tandis qu'il dévorait. Pouvoir enfin se détendre devant un plat chaud et odorant, prendre son temps, lui avait ouvert l'appétit.

— J'ai demandé ma journée pour demain. Comme ça, je reste avec toi. Je vais te faire visiter.

Ils riaient comme deux écoliers. Elle lui parut encore plus jolie que dans ses souvenirs. Pourtant, elle était différente : son regard avait un reflet acier qu'il ne lui avait pas connu. Quelque chose de féroce, comme une combattante quand elle jaugeait son adversaire.

— J'occupe un logement pas bien grand, mais c'est suffisant dans l'immédiat. Ici, dans ce quartier, les locations sont chères. Seulement, c'est plus pratique pour moi. Le premier mois, je suis restée dans une auberge de jeunesse.

Effectivement, tout en haut d'un immeuble récent, elle habitait une petite pièce qui faisait à la fois office de chambre et de cuisine. Elle disposait d'une minuscule salle de bains attenante qui offrait l'avantage de lui être personnelle.

Ils avaient passé la nuit presque côte à côte, lui dans un fauteuil qui se dépliait, elle dans son lit. Mais ils avaient tant à se raconter qu'ils s'étaient endormis très tard ! Après le petit déjeuner, elle entreprit de lui faire visiter la ville.

— Enfile de bonnes chaussures, on va marcher !

À sa réflexion, il reconnut son désir habituel d'éviter les dépenses superflues, et cela lui convenait tout à fait. Elle l'avait entraîné dans ce quartier où elle évoluait. D'abord impressionné par les gratte-ciel, rapidement il leur reprocha leur impersonnalité, leur aspect hétéroclite. Ils cachaient le ciel, empêchaient le soleil d'envahir les rues et les assombrissaient. Il leur préférait ces constructions anciennes aux allures géorgiennes ou victoriennes érigées quelques rues plus loin. Elle expliquait, détaillait, le conseillait. Il se demandait s'il pourrait s'habituer à cette vie urbaine, au bruit, à l'anonymat, malgré ses vastes parcs flamboyants.

— Si on allait manger ? lui proposa-t-elle.

Il acquiesça et ils poussèrent la porte d'un fast-food australien. Au milieu des nombreux clients, il eut l'impression de ne pas être le bienvenu. Avec rudesse, le garçon prit leur commande. Alors qu'ils étaient installés sur leur banquette en attendant d'être servis, il entendit la voix du responsable qui hurla presque :

— Va apporter ça aux *wogs* !

« *Wog* », un surnom péjoratif, à la limite de l'agressivité, dont les Australiens qualifiaient les Italiens et les Grecs : des métèques à la peau foncée, aux cheveux gras mal lavés et qui dégageaient une odeur puant la transpiration. Lui, qui pensait que la multiculturalité d'une grande cité étouffait le racisme, sentit une vague de révolte et de déception l'envahir.

Le garçon les avait servis presque avec dégoût. Il avait mangé du bout des dents, observant Anna qui paraissait s'accommoder de la situation. La ségrégation avait été beaucoup moins virulente dans les Snowy Mountains.

Ils avaient gagné Bondi Beach, longue et vaste anse arrondie au sable blanc et doux. Là, face à l'océan moutonneux, François oubliait les contraintes de la vie urbaine. Il s'abandonnait au soleil presque estival, à la brise venue du large, au sel des légers embruns qu'elle transportait.

Ils étaient rentrés épuisés de leur journée de visite et s'étaient nourris de sandwichs chez Anna.

Le lendemain, il avait prévu de se rendre dans un bureau de placement : il devait trouver un travail.

— Qu'est-ce que vous savez faire ?

Il s'attendait à cette question fatidique, mais espérait un peu plus d'humanité : le ton était sec, le visage sérieux, après un bonjour à peine maugréé.

— Qu'est-ce que vous proposez ? avait-il répondu, agacé.

— En ville ou en campagne ?

Le ton restait aussi froid et impersonnel. L'agent de recrutement avait sorti une liste de derrière son guichet.

— Voilà pour la ville : serveur, plongeur en restaurant, éboueur, jardinier, livreur, etc. Les usines embauchent des manœuvres également. Sinon, le pays est vaste et vous avez le choix : tonte des moutons, garçon de ferme, mine, cueilleur, viticulture...

À l'évocation de la viticulture, le visage de François s'anima. L'atmosphère se détendit. Son interlocuteur comprit qu'il venait de toucher juste.

— Bien sûr, ça paye moins que la mine, mais c'est autre chose. Et de toute façon, c'est encore un peu tôt pour les vendanges.

— Je veux bien rester à Sydney pendant quelques semaines. Cependant, la viticulture est un domaine que je connais bien et que j'aime.

— Maintenant, il existe une région où, entre les fruits et la vigne, il a de quoi faire pratiquement toute l'année.

Devant l'intérêt de son visiteur, il déploya une carte. Il lui désigna Mildura, dans l'État de Victoria, un cœur agricole qui se consacrait au maraîchage, aux agrumes, aux fruitiers à noyau et à la vigne, sans parler des importantes fermes céréalières qui exportaient partout dans le pays. Le district avait été surnommé Sunraysia pour son ensoleillement exceptionnel et ses hivers particulièrement doux.

Finalement, l'entretien se fit presque cordial.

— Je m'occupe de votre dossier. D'ici une quinzaine, vous pourriez être là-bas. Ça vous convient ?

François repartit confiant. En attendant, il lui fallait trouver un logement jusqu'à son départ. Juste une petite chambre pour quelques jours. Il ne pouvait guère continuer à se faire héberger par Anna. Deux ou trois nuits au maximum : la promiscuité avec la jeune femme tourmentait son corps, et il ne voulait pas qu'un rapprochement physique l'oblige à rester à Sydney. Il serait toujours temps de bâtir un avenir commun lorsqu'il aurait pris en main son destin. Mais, dans l'immédiat, l'amour réel et profond, tel qu'il l'idéalisait, n'était pas au rendez-vous.

12

Depuis deux semaines, il assurait le ménage dans un fast-food : un salaire horaire qui lui permettait de payer la chambre qu'il louait chez un particulier. Il terminait presque en même temps qu'Anna. Parfois, elle venait l'attendre et ils passaient un moment ensemble. Toutefois, la fatigue l'emportait et chacun regagnait sans trop tarder son domicile.

Il se félicitait de ne plus être sous son toit, car les sentiments qu'il portait à la jeune femme étaient ambigus : certes, une attirance physique le poussait vers elle mais, d'un autre côté, elle l'effrayait presque par une volonté qui cachait une ambition démesurée. Une amitié indéniable les liait, mais il devenait évident pour lui qu'ils avançaient sur des chemins différents.

— Demain soir, je suis invitée par un habitué de *Casa Mia*. Sa famille possède une maison qui surplombe la plage de Coogee. Tu vas voir, c'est un endroit fabuleux. Je l'ai prévenu que tu m'accompagnerais. Tenue décontractée et maillot de bain !

Jusqu'à présent, il s'était limité à Bondi Beach. Coogee se situait de l'autre côté des falaises de grès que le ressac avait sculptées. Un chemin les longeait offrant de magnifiques paysages sur la côte et la mer de Tasman. En raison de la distance, il n'avait guère eu le loisir de pousser aussi loin ses promenades.

Ce soir-là non plus ils ne l'empruntèrent pas et prirent le bus pour arriver à une heure décente chez leur hôte. Comme un enfant, François allongeait le cou pour profiter de la vue irréelle des lumières se reflétant dans les eaux de la baie. S'évader aux côtés d'Anna, découvrir de véritables Australiens, être accueilli parmi eux représentait pour lui un premier pas vers une intégration. Ne plus se sentir étranger, c'était ce qu'il cherchait.

— Tu y es déjà allée ? avait demandé le jeune homme à Anna, dont il enviait l'aisance.

— Oui ! C'est le *boyfriend* d'une amie irlandaise, c'est par elle que je l'ai connu. Il organise des parties lorsque ses parents s'absentent de Sydney.

Son accent italien et sa manière de buter sur les mots français l'amusaient, tout comme sa façon d'intégrer des expressions anglaises lorsqu'elle était à court de vocabulaire.

L'arrêt de bus se situait tout près de la villa. Il ne leur restait qu'une petite centaine de mètres à parcourir. L'air était particulièrement doux et agréable, surtout après une journée où l'été imposait sa canicule. La maison s'accrochait à la colline, sur deux étages, isolée de la rue par un grand jardin arboré. Lorsqu'ils parvinrent à destination, la fête battait déjà son plein. Ils furent accueillis par des rires et se retrouvèrent rapidement au milieu d'une foule de jeunes de leur âge, buvant, fumant, flirtant sans complexe autour de la piscine, profitant d'une liberté dont certains n'hésitaient pas à abuser.

À l'inverse d'Anna tout à fait à l'aise, François essayait de se mettre au diapason ; malgré ses efforts, il ne parvenait pas à se sentir à sa place au sein de cette bourgeoisie désinvolte et de ses excès. Avec leurs corps élancés, leurs muscles joliment rebondis, leur hâle, les garçons tout comme les filles respiraient une forme entretenue par le sport et non pas par le travail.

Il n'aimait pas boire outre mesure et il ne fumait que très rarement. Les cigarettes étaient incompatibles avec le travail sous terre des Snowy Mountains. C'était d'ailleurs ce que lui avait expliqué Anna, en lui détaillant tous les dangers d'une addiction au tabac. Il y avait renoncé sans grande difficulté, exception faite d'un exceptionnel cigare qu'il faisait durer plusieurs semaines.

Alors qu'on avançait dans la nuit, l'ambiance prit une tout autre allure. Des couples s'enlaçaient sans retenue, une odeur douceâtre envahit l'air. Soûls d'alcool ou d'une herbe qui circulait librement, certains s'abandonnaient sur la pelouse ou les transats, avec des regards qui erraient dans le vide.

François ne cachait plus son ennui ni sa contrariété. Ce milieu frelaté n'était pas pour lui. Lorsqu'il s'en écarta, Anna le rejoignit.

— Viens, on va descendre sur la plage. On sera mieux.

Une lune généreuse éclairait les marches de pierre qui conduisaient à la plage. La baie comptait plusieurs piscines naturelles où, à l'abri des rouleaux spectaculaires de l'océan, les clapotements de l'eau invitaient à une baignade sécurisée. Le sable était chaud et doux. Comme deux enfants libérés de toute contrainte, ils se dévêtirent pour se lancer dans les vaguelettes. Ils riaient, s'éclaboussaient, évoluant dans un monde où seul existait l'instant présent. Petit à petit, les lumières des maisons en surplomb s'éteignaient, à l'exception de celle où ils avaient été invités. Les bruits de la fête leur arrivaient étouffés.

Ils s'étaient allongés au pied de la falaise, protégés ainsi de tout éventuel regard. Portée par une brise légère, l'odeur épicée des bosquets d'eucalyptus se mêlait à celle un peu acide des algues. Détendus, ils scrutaient la surface sombre de l'océan qui se striait de lignes blanches ondulantes. François se souleva pour se rapprocher de sa compagne. Il se pencha vers elle et entreprit de la caresser. Elle se laissa faire jusqu'à ce que sa main se glisse entre ses cuisses. Elle la repoussa doucement.

— Non ! Attends !

Il eut un moment d'hésitation puis s'allongea à nouveau, sans insister alors que tout son être frémissait de désir. Depuis longtemps, il aurait aimé posséder son corps, s'y oublier au moins une fois. Il redoutait toutefois la confusion entre pulsion et sentiment. Envers et contre tout, il voulait croire que leurs routes ne s'étaient pas croisées en vain.

À son tour, elle se redressa et, sans prononcer la moindre parole, posa ses lèvres sur sa poitrine. À petits coups de langue, elle descendit jusqu'à la limite du maillot. Tout interloqué qu'il fût d'emblée, François sentit un désir violent le gagner. Il s'y abandonna instinctivement tandis que la bouche d'Anna s'était emparée de son sexe raidi. La jouissance montait en lui.

Se contenant, il écarta doucement sa partenaire pour la chevaucher et lui permettre de connaître ensemble l'assouvissement de leurs sens. Elle le repoussa, se refusant fermement à lui, et reprit sa fellation. Il s'abandonna à nouveau, il y avait bien longtemps qu'il avait ressenti un plaisir si intense.

— Pourquoi n'as-tu pas voulu que nous partagions ce moment ? Tu as peur de tomber enceinte ? Tu pouvais me le dire, j'aurais fait attention.

— Je suis vierge, lui avoua-t-elle, et chez nous la virginité est un cadeau que nous réservons à notre mari, lors de notre nuit de noces.

— Donc rien avant le mariage ? Pourtant, tu dois avoir des envies, surtout si tu t'éprends d'un homme.

Elle acquiesça. Quoi qu'il en soit, elle n'avait pas l'intention de déroger à cette règle millénaire imposée aux jeunes femmes de son pays.

— Et tu as une idée de l'homme que tu pourrais aimer ?

— Oui ! Il faut qu'il soit riche.

— Riche ? C'est tout ? Et l'amour là-dedans ?

— L'essentiel c'est qu'il m'aime. Pour le reste, je m'accommoderai.

— Mais toi, tes sentiments ? Un homme normal réalisera bien que tu ne l'aimes pas autant qu'il le souhaite.

— Il n'en saura rien. En me déflorant, il comprendra que je lui offre mon bien le plus précieux que j'ai refusé aux autres hommes, qu'il est l'homme de ma vie, que je me donne entièrement à lui.

— Tu crois que la richesse t'apportera tout ce que tu souhaites dans la vie ?

— Ma vie, qu'est-ce que tu en connais ? lui répliqua-t-elle sèchement.

Elle fit une pause puis, d'une voix tremblotante, commença à lui raconter l'épuisement de sa mère qui, très jeune, s'était retrouvée seule avec trois enfants. Ses difficultés pour les nourrir. Elle lui avoua les privations qui l'avaient parfois poussée à la mendicité, ses responsabilités en tant qu'aînée, tout ce qu'elle avait envié chez les petites camarades de son âge et qui lui était refusé par manque d'argent... Elle avait décidé qu'elle ne revivrait jamais les affres de la pauvreté, avait-elle conclu d'un ton affermi.

— Pourtant, avec ce qui vient de se passer entre nous, je pensais que tu éprouvais quelque chose pour moi, hasarda-t-il amèrement.

— Mais toi, tu es comme un frère pour moi.

— Ah ! Et tu fais ça avec un frère ?

— C'était pour te remercier !

Interloqué, il ne chercha pas à en savoir davantage. Lui, qui en devenait presque romantique auprès d'elle, prit sa réponse comme une claque. Il avait l'impression de s'être fourvoyé dans une histoire qui n'était pas la sienne, alors qu'il l'aurait souhaitée. Autrement dit, elle l'avait payé par un acte sensuel, ou plus exactement sexuel, ce genre d'acte dont il réprouvait le marchandage.

— Donc si je veux que tu m'aimes et que tu m'épouses, il faut que je devienne riche ?

— Oui, très riche même ! lui rétorqua-t-elle dans un grand éclat de rire.

La nuit s'était faite subitement sombre pour lui malgré les étoiles qui éclairaient le ciel. Le silence s'installa, pesant.

— Tu ne m'as pas dit quand tu partais pour Mildura.

Elle essayait de ranimer l'ambiance, mais François s'enfonçait dans une sorte de déception provoquée par une mise au point à laquelle il ne s'était pas préparé, malgré les doutes qu'il entretenait sur une éventuelle relation entre eux. Quoi qu'il en soit, il ne pouvait pas lui reprocher son honnêteté.

Au cœur de cette nature vibrante et de cette féerie nocturne, ils s'étaient efforcés de retrouver la complicité qui avait toujours existé entre eux. Mais ce surprenant geste de remerciement avait tout faussé. Un instant, il se demanda si elle en était coutumière. L'interroger aurait été indécent et inutile. Effectivement, plus rien ne le retenait à Sydney, dans cette ville où tout se payait si cher.

Une semaine plus tard, il montait dans le train pour Mildura.

13

Alors que le soleil pointait à peine, François s'était retrouvé, son bagage en main, dans le grand hall de Central Station. Son train partait à 7 heures : un peu plus de cinq heures pour gagner Cootamundra, une petite ville de Nouvelle-Galles du Sud. De là, il prendrait un bus qui le conduirait jusqu'à sa destination de Mildura, dans l'État de Victoria, tard en soirée.

En attendant, il s'attabla à l'un des snacks de la gare et commanda un copieux petit déjeuner. Le voyage s'annonçait long. Il avait prévu de quoi manger durant le trajet : un *meat pie*, cette tourte farcie à la viande, qu'il avait achetée fraîche dans une boulangerie proche du domicile qu'il venait de quitter, avec quelques muffins odorants qui sortaient tout juste du four. Pour le reste, il verrait en route.

Il ne savait pas s'il devait regretter Sydney ou si, pour lui, la ville n'avait que les yeux d'Anna. Pourtant, si l'endroit ne l'avait pas laissé indifférent, il lui avait aussi paru redoutable. Là, ce matin, une certaine appréhension l'habitait. C'était vraiment la première fois qu'il partait complètement livré à lui-même.

Tout naturellement, il avait opté pour la solution la moins onéreuse, une équipée qui lui convenait également, car elle lui permettrait de découvrir des contrées inconnues. Sans compter qu'il aurait ainsi le temps d'échanger avec ses compagnons de voyage.

Les paysages défilaient ; aux reliefs escarpés de la région de Sydney succédèrent d'épaisses forêts se teintant d'or et d'émeraude sous le soleil estival, pour déboucher sur une campagne vallonnée, aux prairies céréalières : une myriade de couleurs qui lui apportait un sentiment d'évasion. Bercé par le roulement des voitures sur les rails, il s'abandonnait à cette odyssée dans le temps et l'espace.

La nostalgie pointait parfois. Il aurait aimé pouvoir partager ses impressions avec son frère et sa mère. Quant à son père, même s'il ne lui en voulait plus pour l'avoir toujours condamné sans chercher à savoir, il regrettait qu'il ne puisse pas voir les risques auxquels il ne se dérobait pas. Il avait quitté la France croyant se sauver d'un acte dont personne ne l'accusait, une fuite qui avait fait de lui un exilé pour vingt ans. Pour tromper cet éloignement, il se dit qu'il gagnerait suffisamment d'argent pour les faire venir auprès de lui, un voyage qu'il assumerait dès qu'il aurait pu se fixer quelque part, acquérir une maison et avoir établi une réputation qui leur ferait honneur.

À Cootamundra, le bus attendait déjà devant la gare, un bâtiment de brique, pur témoin de la période édouardienne. En façade, un auvent en bois à arcades lui rappela les décors de ces westerns qu'il avait toujours aimés. Le chauffeur n'était pas encore derrière le volant et un papier collé au pare-brise indiquait l'heure du départ.

Un peu désemparé, il restait planté à côté des autres passagers, étrangers tout comme lui, devant ce parvis dénudé dans une campagne rase dont une rue rectiligne et déserte à cette heure de la journée desservait quelques maisons, plus loin. Ils se regardaient sans émettre le moindre mot.

— Vous en avez pour une heure et demie à attendre. Vous feriez bien d'aller manger un morceau, résonna derrière eux une voix puissante.

Il sursauta. Il n'avait pas remarqué qu'un homme les observait, visiblement le chef de gare.

— Vous continuez tout droit, vous arriverez à un snack. Laissez vos bagages dans le hall. Je garderai un œil dessus.

L'ambiance se fit aussitôt plus cordiale. Rien de tel qu'un bon café pour tisser des liens. Parmi eux se trouvait un Français du Puy-en-Velay. Revigorés, ils s'étaient rapprochés dans le bus : toutes ces heures à partager !

Ils ne venaient pas de la même région, mais François se sentit ragaillardi à parler français alors qu'il ne pouvait échanger qu'en anglais avec ses autres compagnons de voyage. Si tous deux avaient rempli leur contrat vis-à-vis des autorités australiennes, son nouvel ami, Bastien, était arrivé depuis plus de trois ans.

— Au Puy, il n'y a guère de travail pour un fils de métayer. J'aime bien mon Auvergne, mais je n'ai pas d'avenir là-bas. Sans compter que j'ai envie de découvrir d'autres horizons, des pays où il fait chaud...

Tandis qu'il poursuivait ses explications, François ne put réprimer un sourire, lui qui venait de passer deux ans dans la froidure des Snowy Mountains... Arrivé dans les mêmes conditions que lui, Bastien lui racontait son parcours australien. Il avait débuté à Goulburn, en Nouvelle-Galles du Sud, où il avait participé à la tonte des moutons dans une immense ferme.

— On était payés à la pièce !

Le travail était éprouvant, surtout les premiers jours : les muscles n'étaient pas aguerris au poids des bêtes qu'il fallait retourner sur le dos. Harnaché d'une élingue pour soutenir sa colonne vertébrale, le tondeur devait assurer un rendement élevé pour ne pas être renvoyé. L'éleveur exigeait une cadence difficile à suivre, car d'elle dépendait toute la chaîne d'activité du traitement de la laine.

Intéressé, François poussa plus loin ses questions.

— L'odeur du suint qui émane des toisons ovines, on pourrait encore s'y faire si on arrivait à s'en débarrasser le soir venu ou les jours de congé. Mais elle reste collée à la peau. Alors je ne te dis pas pour aller draguer les filles ! C'est moins que romantique, conclut Bastien dans un éclat de rire.

Il y était resté quelques mois, le temps de se constituer un pécule pour lui permettre d'aborder d'autres aventures tout en satisfaisant sa curiosité. Dans les zones arides de l'Ouest, il était venu gonfler les équipes d'aborigènes d'un exploitant forestier qui se consacrait au bois de santal, le *dutjahn*, « le plus vieux parfum de l'humanité », selon les autochtones. Bien que très différent, ce n'était pas un emploi de tout repos : il fallait couper, déterrer, arracher des arbres d'au moins trente ans et d'une circonférence dépassant les cinquante centimètres.

Par la suite, de contrat en contrat, il était devenu cueilleur, l'un de ces « *pickers* » que réclamaient les cultivateurs. Il s'était déjà fait embaucher à Mildura, et il y revenait volontiers pour un second séjour. Il abreuvait François de conseils, souvent des détails, bien qu'ils ne travaillent pas chez le même patron. De toute façon, leurs conditions de vie seraient similaires, et cet étalage rassurait le jeune homme.

Puis la fatigue le gagnant alors que Bastien semblait somnoler, il s'abandonna à cet univers ambulant qui exhalait un parfum d'aventure. Le soleil glissait sous l'horizon, laissant la place à une frange nacrée d'orange avant que l'obscurité s'empare d'un ciel presque noir piqueté d'une myriade d'étoiles. Il faisait nuit depuis longtemps quand ils parvinrent à destination. La lune éclairait des reliefs ondulés, accentuant le mystère d'un lieu inconnu.

Les cueilleurs qui ne restaient qu'une semaine ou deux, le temps d'une étape rémunérée pour continuer leur découverte du pays, dormaient généralement sous une toile de tente qu'ils transportaient dans leur paquetage. Certaines grandes fermes mettaient à disposition une sorte de dortoir, d'autres de petites habitations, moyennant un dédommagement pour leur location. D'autres *pickers* encore, plus fortunés, se logeaient chez l'habitant, en ville ou dans les alentours directs.

Ces dortoirs où il était impossible de s'isoler rappelèrent à François ses années d'internat. Il aurait aimé trouver quelque chose de plus intime, mais le coût écornerait trop son salaire. Payé à l'heure, il n'avait pas la certitude d'être employé régulièrement : tout dépendait des éventuelles intempéries.

Heureusement, la région de Mildura jouissait d'un climat chaud et sec, avec un ensoleillement largement prédominant sur les jours de pluie, et des hivers aux températures douces. La ville bâtie sur les rives d'un Murray paisible, le plus grand fleuve d'Australie, bénéficiait d'un vaste système d'irrigation. Ce qui rassurait et attirait tant de cueilleurs.

D'emblée, il s'intégra à cette jeunesse venue de différents horizons. Se retrouver dans les vignes lui plaisait et il se voyait déjà exposant ses connaissances acquises dans l'Hérault à un patron intéressé. Pourtant, il déchanta rapidement. On lui demandait uniquement du rendement.

Les semaines s'écoulaient, des équipes partaient, d'autres arrivaient, certains cueilleurs, tout comme lui, restaient jusqu'à la fin des vendanges. Malgré la fatigue, il faisait bon vivre sous le soleil. En fin de semaine, Bastien et lui rejoignaient un groupe avec lequel ils passaient de joyeuses soirées autour de pintes de bière.

Un après-midi, alors que, sécateur en main, il prélevait les grappes mûries d'une souche de raisin de table, il entendit derrière lui qu'on l'interpellait :

— Suis-moi au bureau ! J'ai besoin d'informations.

Le ton était impératif et la demande surprenante. Il se retourna brusquement et se retrouva face à la patronne du domaine. Jusque-là, il avait toujours eu affaire à elle : elle répartissait les équipes à leur arrivée, tenait le planning des employés, établissait les payes et les remettait, surveillait la livraison des casse-croûte du déjeuner et gérait les contremaîtres. Son mari, quant à lui, s'occupait des fruitiers, du maraîchage qu'il préparait pour assurer la récolte d'octobre, des tomates, et se consacrait présentement aux agrumes et aux asperges en pleine production. Il ne l'avait jamais aperçu.

— Maintenant ?

— Oui, maintenant. Ne t'inquiète pas, je ne défalquerai pas ton absence de ton salaire.

Il la suivit sans remarquer le regard narquois de certains de ses compagnons. À peine venait-il de pénétrer dans le bureau qu'elle le pria de se mettre à l'aise. Il ne comprenait pas ce qu'il devait faire.

— Vous avez un problème avec mon travail ? hasarda-t-il.

— Non. Par contre, on m'a rapporté qu'en France tu travaillais déjà aux vignes.

Le cœur de François fit un bond. Soulagé et fier à la fois, il était prêt à toute collaboration ; il était loin de se douter des prestations qu'on attendait de lui !

Après quelques questions anodines sur son parcours, elle fit le tour du bureau pour s'asseoir face à lui, la jupe relevée sur ses cuisses joliment galbées. Devant cette pose surprenante, il la détailla tout en commençant à s'interroger, s'efforçant de repousser toute connotation sexuelle.

Des mèches blondes encadraient son visage tanné par le soleil. Elle devait avoir une quinzaine d'années de plus que lui, pourtant ses mimiques et son regard la rendaient plus jeune. Plutôt jolie, elle usait d'un charme provocant. Sans ambages, elle lui intima de la suivre et ouvrit la porte d'une petite pièce à l'arrière qui faisait office de débarras.

— Viens ! On sera tranquille. Personne ne nous dérangera.

Se collant à lui, elle se leva sur la pointe des pieds pour l'embrasser.

— Il y a longtemps que tu n'as pas vu de femme ?

Il ne lui répondit pas, sensible à ses caresses de plus en plus précises qui éveillaient ses sens. Un peu contre sa propre volonté, il tenta de la repousser. Elle était suffisamment experte pour savoir qu'il ne lui résisterait pas longtemps.

Elle s'était détachée de lui et avait entrepris de le déshabiller. Puis elle s'allongea sur une table. Relevant sa jupe jusqu'à la taille, elle dénuda ses parties les plus intimes et lui prit la main pour qu'il la caresse à son tour.

— Ne crains rien ! J'ai fait ce qu'il fallait.

Elle s'offrait à lui, sans retenue, le maintenant par les hanches. Il ne chercha pas à résister. Seul l'aboutissement du plaisir guidait leurs gestes. Il s'y adonna, impatient et presque brutal, lui apportant ce qu'elle attendait de lui.

14

Le matin, à sa descente du camion qui amenait les cueilleurs vers leur lieu de travail, elle s'arrangeait parfois pour le croiser. Elle lui glissait discrètement une heure de rendez-vous. Et lorsque le moment venu il refermait son sécateur et quittait sa rangée, il sentait peser sur lui le regard ironique des plus anciens et affrontait leurs quolibets :

— Tu vas au rapport !

Il n'était pas amoureux, simplement animé d'un désir qu'elle savait attiser. Pourquoi l'avait-elle choisi lui ? Il ne se rendait pas compte du charme qui émanait de ses yeux foncés et fiers, bordés de longs cils noirs, de ses boucles qui encadraient son visage. À creuser dans la roche, il avait acquis une carrure sportive et, à travailler en plein air, il respirait la santé.

Il s'était ouvert de cette relation à Bastien.

— Tu as des allures d'hidalgo. Elle n'a pas mauvais goût.

— Un noble ? Je ne suis qu'un fils de paysan qui a fui la pauvreté, un immigré.

— À part les aborigènes, qu'est-ce que tu crois qu'ils sont tous, ces fermiers ?

Bien qu'il comptât y passer encore quelques années, Bastien n'envisageait pas réellement de s'établir en Australie. En fait, il n'était sûr de rien.

— Demain est un autre jour, concluait-il d'un ton fatidique.

Les semaines filaient. François appréciait son séjour à Mildura. Les rives paisibles du fleuve l'attiraient et, ses jours de congé, il aimait s'y promener à l'aube lorsqu'il prenait vie et que ses flots se paraient de reflets dorés. Canards au plumage bleuté, cygnes majestueux, ibis et pélicans s'y donnaient rendez-vous pour festoyer. Depuis les branches fournies des eucalyptus, le kookaburra, ce martin-chasseur géant, oiseau emblématique de la Nouvelle-Galles du Sud, faisait entendre son chant puissant qui s'apparentait à un rire rauque.

Le travail dans les vignes se terminait. Bientôt débuterait la récolte des fruits à noyau, puis, en décembre, ce serait celle des cerises et des poires. Qu'allait-il advenir de la relation qu'il entretenait avec sa patronne ? Car les plantations exploitées par son mari étaient éloignées du bureau où les amants s'ébattaient. Il n'aurait donc aucune possibilité de s'esquiver comme il le faisait.

À chacune de leurs retrouvailles, il s'interrogeait sur leurs liens. Il était visible qu'elle n'attendait pas de la tendresse de sa part. Un jour, il essaya de lui glisser quelques mots gentils. Sa réponse l'avait dérouté :

— Pas de sentiments entre nous ! Cela évitera toute peine au moment du départ.

Il se doutait bien qu'il n'était pas le premier et qu'il ne serait pas le dernier, surtout que Bastien lui avait évoqué une histoire assez similaire à la sienne. Il n'avait pas pu s'empêcher de l'interroger :

— Ton mari, s'il découvrait tes liaisons ?

Il avait volontairement utilisé un pluriel qu'elle ne releva même pas.

— Ici, on ne divorce pas ! On vit pour la terre, il n'est pas question de la diviser. De toute façon, lui aussi mène sa vie de son côté. Nous ne nous cachons pas l'un de l'autre.

La tendresse n'était pas à son répertoire. Pour elle, il n'était qu'un étalon, comme elle le surnommait d'ailleurs parfois. Seule comptait la vigueur de son sexe. Il en avait pris son parti : elle n'était qu'une étape dans son existence et lui n'était qu'une distraction facilement interchangeable.

L'affection, il la retrouvait dans l'amitié, surtout celle de Bastien, un peu plus âgé que lui. En réalité, ils avaient six ans de différence, mais les nouveaux papiers d'identité du jeune Martes n'en mentionnaient que cinq. Ce subterfuge ne pesa jamais réellement à François. Il avait sans trop de problèmes ni de scrupule d'ailleurs endossé le costume de son aîné.

— J'ai vu qu'en Tasmanie on recrutait des mineurs. Toutes sortes de mines : or, opale, plomb, argent... et surtout qu'on paye bien. Autre chose qu'ici.

Bastien tendit un feuillet à son ami.

— Après tout, j'ai pas mal bourlingué en Australie, cela ne me déplairait pas de découvrir la Tasmanie.

Effectivement, les salaires horaires étaient doublés, voire parfois plus.

— On pourrait y aller ensemble et se faire embaucher au même endroit. Qu'en penses-tu ?

François restait songeur. Il savait qu'il devrait quitter Mildura, pourtant il ne s'y était pas préparé. Toutefois, envisager de reprendre la route en compagnie de son ami avait quelque chose de rassurant. Alors, sans amertume, il accepta.

— Réfléchis-y !

— Et quand voudrais-tu partir ?

À vrai dire, la perspective de retravailler sous terre avait freiné François dans sa décision. Il appréciait la liberté d'un air qui caressait les visages, la folie d'une pluie au goût d'ailleurs, l'odeur sèche d'une campagne brûlée par le soleil, l'évolution magique des vignes au fil des saisons. Il avait tant de raisons de ne plus vouloir s'enfermer dans le ventre de la terre ! Toutefois, l'argument financier brandi par son compagnon et sa soif de cieux nouveaux l'emportèrent. Après tout, il n'était pas tenu d'y passer toute sa carrière. Alors, sans amertume ni regret, il accepta de se joindre à lui.

Les vendanges à peine finies, les deux amis chargés de leurs bagages s'installaient dans le bus qui quittait Mildura en milieu de matinée. François se demandait s'il y reviendrait un jour ou s'il allait rencontrer des lieux plus séducteurs. Bastien lui faisait l'effet d'un baroudeur qui, avec quelques dollars en poche, était prêt à affronter les routes et les climats. Moins de trois heures plus tard, ils arrivèrent à Swan Hill, « la Colline au cygne », une petite ville qui s'étalait au milieu d'une immense étendue de plaine agricole où les rizières en bordure de fleuve côtoyaient les céréales et les vignes. Ils disposèrent d'un peu moins d'une heure pour se restaurer et sauter dans le train qui les conduirait jusqu'à Melbourne qu'ils devaient atteindre en fin d'après-midi. Une étape de près de trois cents kilomètres avant de prendre la mer.

Le jour déclinait quand ils parvinrent à Melbourne. Aux montagnes couvertes de fougères arborescentes puis aux paysages ruraux succédaient de nombreux parcs et des pelouses impeccables qui attestaient d'une importante présence britannique. Le Yarra, le fleuve qui traversait la ville, s'imposait en frontière sociale entre les quartiers les plus cossus, installés sur la rive est, et les banlieues aux allures plus populaires situées de l'autre côté.

Dans un dernier soupir, le train s'était immobilisé en gare de Southern Cross, « la Croix du Sud ». Les passagers attendaient en file serrée pour en descendre. Parvenu sur le quai, François se sentit perdu sous l'immense structure métallique de cette gare, l'une des plus anciennes du pays. Il regarda son ami qui, lui en revanche, n'affichait aucune appréhension.

Ils avaient peu à marcher pour arriver à Station Pier où ils devaient embarquer à bord d'un ferry à destination de Devonport. François aurait aimé s'attarder à découvrir cette ville, installé sur l'une des banquettes de ces tramways d'un rouge brillant qui sillonnaient inlassablement les rues. Elle lui paraissait si différente de Sydney, avec son centre-ville mélange d'architectures victorienne et moderne qu'il avait à peine entrevu. Malheureusement, ils ne disposaient pas de suffisamment de temps. Il regretta de ne pas avoir insisté pour y passer ne serait-ce qu'un jour ou deux.

Ils avaient rejoint l'immense baie de Port Philipp, envahie d'infrastructures portuaires. Quelques plages s'étendaient tout au loin, bordant les faubourgs de la ville. Melbourne se voulait terrienne, tournant résolument le dos à l'océan Indien. Plus au sud, l'embouchure s'ouvrait sur le détroit de Bass, permettant aux navires de gagner la haute mer.

* *
*

Le *MS Princess of Tasmania*, le roulier qui assurait la liaison entre Melbourne et Devonport, ralentissait sa cadence. Le bruit des moteurs diminuait. La côte était en vue. On n'allait pas tarder à accoster. Déjà les passagers motorisés regagnaient leur véhicule tandis que les autres rassemblaient leurs bagages. François s'était accoudé au bastingage. À cette heure matinale, un vent humide soufflait du nord. Il remonta le col de son anorak et tendit son visage aux embruns, comme pour mieux s'imprégner de cette nouvelle terre.

Depuis l'embouchure du fleuve Mersey, un spectacle grandiose s'offrait à lui : fleuve, océan et montagne se rejoignaient, avec une palette de couleurs perdues dans les brumes et qui s'accentuait tandis qu'ils se rapprochaient du port. Une certaine émotion gagna François, un étrange sentiment de chaleur qu'il n'avait pas perçu face à la démesure déshumanisée des paysages australiens. Là, tout redevenait à échelle humaine.

Après un trajet en bus, ils parvinrent à Rosebery en fin de matinée : un village articulé autour de la mine, entouré d'une verdure tropicale qui attestait de la proximité de cours d'eau et de sommets.

— Ici, on nous appelle les « gens des brumes », leur avait expliqué le chauffeur dont la famille était originaire de Tullah, un centre minier tout aussi petit et installé sur les rives du lac, à moins de six miles, soit moins de dix kilomètres de Rosebery.

Un qualificatif qui entraînait une incontournable question. Avec la fierté de celui qui fait découvrir quelque chose, il poursuivit sans se faire prier :

— C'est une zone d'exploitation minière. Nous sommes entourés par la forêt, une forêt dense et humide, que domine le mont Black et qui retient la brume. Généralement, le ciel est laiteux tous les matins et parfois même toute la journée, ça dépend des saisons. On s'y habitue, vous verrez !

Depuis le bus, ils aperçurent de belles et grandes demeures blanches, situées un peu en dehors de la ville, au milieu d'une végétation luxuriante bien entretenue. Le chauffeur n'était pas en reste de ses explications :

— C'est là qu'habitent les dirigeants. Les mines, c'est plus loin. Je vous arrêterai devant le bureau des réceptions. En général, c'est eux qui s'occupent de votre logement pour démarrer.

Il les déposa presque à la fin de ce qui semblait être la rue principale, la Murchison Highway, qui n'avait de grande route que le nom, bordée de maisons sans grand intérêt, bâties de planches aux couleurs tristounettes. À une intersection se dressaient sur les deux côtés les bâtiments blancs coiffés de noir du *Top Pub*, un établissement qui assurait, outre le bar, le gîte et le couvert. Son architecture plus étudiée apportait une note plus festive au milieu de cet ensemble un peu disparate.

À cette heure-là, la ville était quasiment désertée. Le soleil avait déchiré la brume et découvert une nature exubérante. En ce mois de décembre, l'été débutait et la chaleur s'imposait sans excès.

Munis de leur lettre d'embauche, les deux amis franchirent une porte de bois à la peinture écaillée. Un homme était installé derrière un bureau métallique. À leur arrivée, il s'extirpa de la lecture de son journal et le replia. Avant même que de les saluer, il lissa sa moustache parfaitement entretenue et caressa sa barbe soigneusement coupée. Les présentations furent vite expédiées : combien de mineurs avait-il dû déjà voir passer...

— On a besoin de renfort au puits 12. C'est plus loin. Je vais vous y conduire pour que vous reconnaissiez le chemin. Je suppose que, si vous descendez tout juste du car, vous n'avez pas encore trouvé de logement.

— On nous avait dit que c'était la mine qui s'en chargeait.

— Ouais, grommela l'homme. En fait, je n'aurai pas grand-chose à vous proposer dans l'immédiat. Il faudra attendre un départ pour avoir mieux. Allez, venez !

Il referma consciencieusement la porte à clé derrière eux.

— Il n'y a pas grand-chose à voler et ce n'est pas dans les habitudes d'ici, mais on ne sait jamais, poursuivit-il d'un regard malicieux.

Ils quittèrent la rue principale pour s'engager vers le flanc de la montagne. Ils n'eurent guère à marcher. De toute façon, la ville ne rassemblait pas une importante population : juste quelques centaines de personnes, en majorité des mineurs, quelques commerçants et les infrastructures indispensables à la vie au quotidien. En fait, elle s'agrandissait au fur et à mesure que s'ouvraient de nouveaux puits. On fermait alors les anciens, dont l'exploitation ne dépassait jamais les dix ans, et on construisait de nouvelles habitations plus à proximité en y apportant à chaque fois une petite pointe supplémentaire d'un confort qui restait malgré tout sommaire. Une modernité toujours appréciée.

— Voilà, dans l'immédiat, c'est tout ce que je peux vous proposer ! Bien entendu, la compagnie ne prend pas de loyer.

Les deux amis se trouvaient face à une sorte de cabane avec un plancher en bois, montée sur pilotis, « à cause des fortes pluies », précisa leur guide. Le toit et les murs extérieurs étaient recouverts de tôle ondulée. À leur grande surprise, ils remarquèrent deux portes d'entrée : une pour chacun des occupants. L'installation se révélait des plus rudimentaires et, si les sanitaires se trouvaient à l'extérieur, un coin cuisine était aménagé de chaque côté d'une cheminée.

— Dès que j'ai un cottage qui se libère, il est pour vous ! Bien sûr, si vous préférez loger à l'hôtel, nous en avons un, mais vous devrez payer vos chambres.

Après la précarité dans laquelle ils avaient vécu à Mildura, François et Bastien ne rechignèrent pas. C'était de toute façon mieux qu'une toile de tente, et leur paquetage était bien maigre et peu encombrant !

Ils ne connaissaient rien de l'histoire de l'EZ Industry, l'Electrolytic Zinc Company of Australasia, qui exploitait les filons de la région. Leur guide n'était pas avare de détails. Il ne cherchait pas à pontifier, mais il était évident qu'il aimait provoquer l'intérêt. Il leur évoqua les débuts de Rosebery, dans les années 1890, grâce à un prospecteur du nom de Tom McDonald qui avait découvert de l'or dans un lavage alluvial, puis des roches de sulfure de zinc, du plomb dans la forêt tropicale du mont Black. Depuis étaient venus s'ajouter du minerai d'argent ainsi que du cuivre.

Tout en poursuivant ses explications, l'homme se passait régulièrement et avec délicatesse la main sur sa barbe. Une sorte de tic qui à chaque fois retenait l'attention de François. Un geste dont il ne comprenait pas la portée. Il ignorait que ce détail capillaire était tout à fait emblématique de ceux qui n'étaient pas confrontés aux poussières omniprésentes de la mine, mais occupaient des postes dans les bureaux : la reconnaissance d'une hiérarchie, peut-être un peu discriminatoire, dans ce monde d'ouvriers excavant à longueur de journée un sol dont la poussière les imprégnait de la tête aux pieds.

L'homme les avait conduits jusqu'à la fosse où il était prévu qu'ils démarrent dès le lendemain matin. Un bungalow se dressait à quelques pas de là.

— Vous vous présenterez auprès du contremaître qui vous remettra votre matériel. C'est aussi ici que vous pourrez vous changer. Si ça vous va, on va retourner au bureau, je vais établir votre contrat de travail.

François connaissait le rythme intense qu'imposait ce travail en « swing », comme on l'appelait : deux semaines de travail, sept jours sur sept, parfois jusqu'à douze heures consécutives, pour une semaine de repos. Il s'interrogeait sur la capacité de Bastien à maintenir cette cadence. De toute façon, il savait pertinemment qu'il ne garderait auprès de lui son compagnon que quelques mois au maximum : dès qu'il aurait amassé suffisamment d'argent, il reprendrait sa route. L'Australie n'était pas une finalité pour lui, simplement un voyage qui grâce à ces étapes rémunérées lui devenait accessible.

Ils passèrent leur première soirée au *Top Pub*, au milieu des rares habitués en ce milieu de semaine. Revigorés par les pintes de Boags, cette bière douce et maltée typique de la région, qui avaient accompagné leurs sandwichs, ils s'étaient retrouvés dans leur nouveau domaine alors que le soleil venait de disparaître derrière la montagne. Le ciel était encore loin de s'obscurcir, on en était aux journées les plus longues de l'année.

Ce qui pesait probablement le plus lourd dans le paquetage de Bastien était les livres qu'il transportait précieusement emballés dans un sac étanche. Seulement quatre volumes dont, selon lui, les poèmes recelaient toute la philosophie d'une vie.

Ce soir-là, il voyageait sur les vers de Victor Hugo, ses *Feuilles d'automne*. Il lisait à voix suffisamment haute pour que François les entende :

— « Oh ! Cette double mer du temps et de l'espace / Où le navire humain toujours passe et repasse... »

Et François se laissait emporter au rythme des vers, aux côtés de ce compagnon qui en devenait presque un ami.

15

Bastien éprouvait toujours une grande réticence lorsque le matin il regagnait le carreau de la mine. Il redoutait toutes ces heures à passer sous terre, sans voir la lumière du jour. Cependant, à la pensée des gains, il repoussait cette sorte d'appréhension dès qu'il commençait à descendre dans le puits. Ensuite, François n'était jamais avare d'une plaisanterie pour le détendre. Sans compter que disposer d'un long repos, et payé de surcroît, lui permettait de découvrir une région riche et séduisante.

Parfois, ils vagabondaient ensemble. Toutefois, leurs échappées communes étaient plutôt rares. Il arrivait à Bastien de s'absenter pendant plusieurs jours, ce qu'évitait de faire François qui trouvait des racines dans cette région aux petits matins embrumés. Les semaines passaient et certaines habitudes s'étaient installées. Les jours de congé, François prenait la plume et rédigeait des lettres à son frère qu'il agrémentait de croquis colorés. C'était sa manière à lui d'associer leurs terres si éloignées.

Son aîné lui répondait régulièrement. Il avait terminé sa licence et avait débuté dans le professorat à Toulouse. Il préparait l'agrégation. Il n'évoquait plus son souhait d'émigrer au Canada. Pour l'instant, ses projets étaient tout autres : il visait le doctorat qui lui permettrait d'enseigner en faculté. Il ne voulait pas non plus s'attacher sentimentalement, préférant se consacrer à ses études.

Tandis que l'expatrié voyait en son aîné un homme fort, la vérité était bien différente. En réalité, le futur doctorant redoutait tout engagement qui l'obligerait à s'impliquer. Il restait constamment sur une réserve qui s'apparentait à de la défensive. Les interrogations se bousculaient dans sa tête, paralysant ses choix, alors que comme tout le monde il aspirait à la satisfaction de ses envies, de ses désirs. Il ne se privait pas de porter des jugements de valeur sur son entourage, mais repoussait toute remise en question pour lui-même. De ce fait, il avait du mal à garder des amis.

Ce qui le perturbait par-dessus tout, c'était la vie de famille chaotique qu'il avait menée auprès de ses parents. S'il s'était toujours appliqué à bien faire, ce n'était pas seulement pour sa satisfaction personnelle, mais aussi et surtout pour celle des siens. Introverti, dissimulant ses pensées, avec une sensibilité à fleur de peau, il avait souvent envié son benjamin qu'il voyait comme le préféré de leur mère.

À plusieurs reprises, dans les courriers depuis son lointain exil, Louis lui avait demandé de relater à leur père l'injustice dont il avait été victime : *Même si je lui écris, il ne me croira pas davantage qu'avant. Mais si c'est toi qui le lui assures, il t'écoutera certainement. Tu sauras trouver les arguments.*

Toutefois, le véritable François n'entendait pas jouer les avocats de la défense pour diverses raisons, dont certaines peu avouables. Car, même si leur mère continuait à penser avec une tendresse infinie à son benjamin, elle se tournait à présent avec gratitude vers son autre fils :

— Heureusement que tu es là ! Que ferais-je si tu devais à ton tour partir au loin ? J'ai tellement besoin de te savoir proche de moi.

Aussi, cette relation enfin fusionnelle, il ne voulait pas risquer de la voir compromise par des regrets trop lourds à supporter. L'argument qu'il avança pour justifier de son silence fut la culpabilité que ressentirait leur père : une épreuve double à porter, car il devrait également affronter les reproches de son épouse. Sans compter qu'il faudrait bien lâcher le nom du véritable coupable et que la réaction paternelle pourrait s'avérer violente. En conséquence, il devenait préférable de ne pas éveiller la mémoire de l'agression. En outre, il devrait alors avouer le rôle qu'il avait joué dans l'expatriation de son benjamin, et il ne voulait surtout pas à avoir à rendre des comptes.

En réalité, il redoutait la question fatidique : « Depuis quand le sais-tu ? » Il avait bien envisagé des réponses, mais aucune ne lui convenait. Entre affronter une vérité tronquée et un silence plus facile, il avait choisi de préserver ce qui l'impliquait le moins. Il n'en éprouvait aucun remords. Après tout, n'avait-il pas sacrifié son rêve aventurier au profit de son frère ? Il estimait avoir agi au mieux, et l'addition lui avait été suffisamment lourde.

Parfois, il montrait à leur mère les lettres qu'il recevait de Rosebery, surtout lorsque Louis y joignait des photos. Sachant que son aîné partageait ces missives avec elle, il ne manquait jamais de glisser quelques mots de tendresse à l'intention d'Estrella dont la joie se mêlait de larmes nostalgiques. Elle était si heureuse de savoir son petit en paix. Le véritable François n'avait jamais évoqué l'usurpation de son identité, d'autant que Louis signait ses courriers du prénom qui était le sien.

Plus que jamais, François, devenu Frenchy, le Français, dans cette communauté aux origines multiples, s'acharnait au travail.

— Je veux acheter une maison pour accueillir mes parents, déclarait-il volontiers. Ils resteront tout le temps qu'ils le souhaiteront.

Bastien s'apprêtait à poursuivre sa route en direction de Hobart, lorsqu'il put déménager dans l'un de ces bungalows plus modernes et plus confortables, construits en dur, qui abritaient indépendamment trois personnes. Là encore, chacun avait son entrée, et sanitaires et douche étaient installés à l'intérieur.

Même s'il avait toujours su que son ami ne resterait pas à Rosebery, il n'avait pas imaginé qu'il reprendrait son périple après moins de quatre mois passés ensemble. Il regrettait son départ. Bastien lui avait bien proposé de l'accompagner, mais cette fois-ci il avait décliné.

— Tu sais que je tiens à avoir ma maison pour faire venir mes parents. Ils n'ont pratiquement jamais pris de vacances. Ils seront fiers de moi !

Sa réponse était sincère. Il se sentait à l'aise dans ce milieu solidaire, au sein d'une végétation généreuse, diverse et exubérante.

— Tu n'envisages pas de rentrer en France ?

— Non ! Dorénavant, ma vie est ici, lui avait-il répliqué, continuant à taire le motif réel de son refus.

Malgré toute l'amitié qu'il portait à ce compagnon, il ne lui avait jamais évoqué son passé douloureux. Ce n'était pas qu'il en éprouvait une certaine honte ou qu'il redoutât l'impact de ces révélations sur son permis de séjour, mais il avait cette faculté de refermer les portes lorsqu'il ne pouvait pas maîtriser la situation. Ce n'était pas de la lâcheté, mais tout simplement une sorte de protection contre des tourments de toute façon sans solution.

Ils avaient passé leur dernière soirée commune à boire des bières dans leur jardinet. Les jours précédents, il avait beaucoup plu. Toutefois, les brumes matinales se dissipaient plus rapidement et le soleil s'était de nouveau imposé. En ce mois de mars, l'automne venait de débuter, offrant une météo favorable à la végétation et agréable aux hommes. La nature s'habillait de teintes chaleureuses tandis que les journées restaient belles et encore chaudes même si les températures baissaient progressivement.

— C'est le meilleur moment pour voyager, lui assurait Bastien qui en réalité ne supportait plus de descendre dans la mine.

François éprouvait une certaine tristesse à le voir s'en aller. Bien sûr, il s'était lié avec d'autres jeunes gens, mais qui venaient d'horizons étrangers : Hollandais en grande majorité, Italiens ou Portugais, quelques Allemands... Bastien était le seul Français. Et pouvoir échanger dans sa langue maternelle accentuait le lien entre eux.

— Demain, tu seras à la mine quand je partirai. J'ai un petit cadeau pour toi.

Le voyageur lui tendit un ouvrage à la couverture bistre que François reconnut aussitôt : *Feuilles d'automne* de Victor Hugo.

— Ça te rappellera nos soirées et cette poésie que tu aimes tant.

— Il va te manquer !

— Ça fera moins lourd à porter, répondit Bastien, souriant de sa boutade et ajoutant : Je t'ai écrit l'adresse de mes parents. Essayons de garder le contact... au moins une fois par an. Quant à ton adresse future, même si tu déménages, Rosebery est petit et il ne sera pas difficile de te remettre mon courrier.

16

Bien évidemment, François regretta le départ de Bastien. Mais une fraternité certaine liait les mineurs, quel que soit leur poste. Les premiers temps, il s'attarda un peu plus au pub. Les soirées ne s'éternisaient guère à l'exception du samedi où les musiciens amateurs et la voix des chanteurs improvisés remplaçaient les disques du juke-box, dans une ambiance bon enfant.

Souvent, ceux de Tullah descendaient jusqu'à Rosebery. Ils étaient nombreux à s'accouder au zinc du *Top Pub* devenu une attraction pour être le plus long de toute la région. Sur leur route pour le mont Cradle, un site déclaré réserve naturelle par le gouvernement, des touristes affluaient également, attirés par la réputation d'une restauration généreuse et d'un accueil chaleureux. Une belle soirée d'étape avant la découverte des paysages grandioses dans cette montagne dont le nom faisait référence à la batée utilisée par les orpailleurs.

Rares étaient les femmes, car dans ces villages de mineurs il y avait peu de place pour elles. Celles des riches maisons blanches ne fréquentaient pas ce genre d'établissement. Il y avait bien quelques couples qui s'étaient formés, d'autres qui étaient venus installer un petit commerce, du personnel détaché, et quelques aborigènes qui occupaient des emplois subalternes. Toutefois, elles restaient peu nombreuses.

Pourtant, on ne connaissait pas de violences urbaines. Les bagarres étaient exceptionnelles, et la bière, largement consommée, étourdissait moins qu'un whisky beaucoup plus cher. En outre, dès le moindre problème, les trois policiers affectés au village intervenaient aussitôt.

Lors de ses jours de repos, François prit rapidement l'habitude d'effectuer de longues randonnées à la découverte de ces sites généreux et grandioses que les environs lui offraient. Il aimait tout particulièrement s'enfoncer dans ces sentiers à peine foulés qui se faufilaient au travers d'une forêt tropicale tapissée de mousse. Il remplissait ses poumons des odeurs retenues et amplifiées par une brume épaisse qui masquait parfois la canopée et qui s'effilochait entre les branches lourdes des fougères arborescentes.

Au milieu d'une nature préservée, il suivait l'évolution des saisons et s'enivrait du parfum tantôt subtil, tantôt entêtant des fleurs sauvages. Il oubliait le temps devant l'étalage spectaculaire de jaunes, d'orange et de rouges des flancs des montagnes aux contours déchiquetés, qui souvent encadraient les eaux glacées d'un lac. Dans cette communion, il était en paix avec lui-même.

Parfois, il se joignait à des amis motorisés qui partaient passer la journée à Zeehan, une localité plus importante à une trentaine de kilomètres, située à proximité d'une côte sablonneuse aux nombreux îlots. Ancienne ville minière d'où l'on extrayait le zinc, elle s'était reconvertie en un haut lieu de tourisme populaire.

Il ne réalisait pas la fuite du temps : il avait tant à découvrir ! À sa demande, son frère lui adressait de temps à autre un recueil de poésie. Pour Noël, il y avait joint un bloc de feuilles à dessin, un Canson au grain épais, ainsi qu'une boîte de ce qu'il avait d'abord pris pour de simples crayons de couleur avant de constater que c'était de l'aquarelle.

Cela faisait déjà plus de trois ans qu'il était arrivé à Rosebery. Si son pécule grossissait, en revanche il n'envisageait pas de vie maritale. À vrai dire, ses quelques aventures, brèves, lui convenaient parfaitement. Généralement, c'étaient des rencontres lors de ses échappées pour visiter principalement le nord de l'île. Toujours attiré par la viticulture, il se rendait assez fréquemment dans la vallée du Tamar où de grandes exploitations élevaient des cépages qu'il avait bien connus : pinot, merlot, sauvignon ou chardonnay. Il aurait aimé pouvoir se replonger dans ce monde, mais la rémunération offerte était non seulement irrégulière, mais également de loin inférieure à celle de la mine.

Il lui était arrivé d'entretenir de plus longues relations avec des jeunes femmes rencontrées à Zeehan ou Strahan. Toutes des étrangères qui avaient bien l'intention de poursuivre leur route ou tout simplement de rentrer au pays. Mais, à part Anna, il n'avait jamais jusqu'alors éprouvé un réel sentiment fusionnel, et encore s'interrogeait-il sur la nature de leur relation : n'avait-il pas confondu auprès d'elle amitié et amour entre deux déracinés ?

Ce n'était pas qu'il repoussât tout attachement ou que les femmes le déroutassent, mais il prenait en compte toutes sortes de critères qu'il érigeait en problèmes comme pour se protéger. Il se contentait de papillonner, satisfaisant une sexualité qui ne le tourmentait pas.

La concentration d'argent du puits auquel il était affecté s'épuisait. Le minerai extrait en grande quantité devait être traité pour séparer le précieux métal mélangé à de nombreuses impuretés. Il fallait creuser de plus en plus profond et l'opération ne s'avérait plus rentable.

— Demain, on va scinder les équipes : l'une s'occupera de reboucher le puits 12 et l'autre commencera à déblayer après le passage de l'excavatrice pour en ouvrir un nouveau.

Effectivement, à l'avant des installations en direction de Tullah, les gisements de blende étaient plus riches en plomb, zinc et même argent. C'était pour François une aventure qui débutait. Il avait pris ses habitudes au fond du puits 12. La plupart des galeries étaient suffisamment hautes pour que les hommes puissent se tenir debout. Il connaissait jusqu'au moindre recoin.

Il allait donc falloir aménager de nouvelles galeries, bâtir les soutènements, poser des rails, mettre en place la machine d'extraction qui permettait de faire descendre et remonter la cage dans le puits entre le « fond » et le « jour », etc. Une expérience bien différente de celle vécue dans les Snowy Mountains où l'on forait la roche et non pas la terre.

— Pour certains d'entre vous, ce changement de poste vous éloignera de votre logement. La camionnette viendra vous prendre. On vous précisera les horaires pour chaque bungalow en fin de réunion.

Les années qu'il avait passées à Rosebery permettaient à François, bien que très jeune, d'être admis dans le cercle des mineurs anciens. Il n'avait jamais repoussé leurs conseils de même que ceux-ci l'écoutaient quand il leur exprimait ses idées. L'un des porions, ces contremaîtres du fond, l'avait pris sous sa coupe, et il suivait son enseignement. Il était l'un des rares étrangers à être resté autant de temps dans le monde minier.

Enchaînant sur le travail des boutefeux, ces tireurs de mines pour creuser les galeries, les boiseurs avançaient plus rapidement que prévu. Il s'écoula peu de jours avant le démarrage des équipes. Avec leur marteau-piqueur, les abatteurs progressaient eux aussi à un rythme soutenu.

Bientôt, le filon s'annonça prometteur. Les premières découvertes procuraient toujours un moment d'émotion. François y était sensible. Il éprouvait une sorte de respect pour cette matière naturelle qui offrait tant de possibilités à l'homme. L'excitation le gagnait à la découverte d'une pierre de galène de plomb argentifère. Il la dégageait précautionneusement de sa gangue de terre pour mettre à nu ses formes cubiques comme un enfant qui venait de trouver une belle fleur. Explorateur du sol, comme il se pensait, il ne voyait plus avec les mêmes yeux cette terre dont il fouillait les entrailles.

17

Avec la découverte de nouveaux filons, les dirigeants de la mine de Rosebery agrandirent l'usine de traitement des métaux et développèrent le laboratoire, le dotant d'appareils de dernière génération. La réception et la préparation des échantillons pour les rendre représentatifs permettaient de passer à la caractérisation physique, géotechnique puis chimique des minerais. Un travail méticuleux fait de connaissances et de patience qui améliorerait la production. Ils firent appel à de jeunes diplômés formés à ces nouvelles techniques.

Ils installèrent un bureau d'études et ses techniciens, et recrutèrent aussi bien des ouvriers que des ingénieurs, principalement des responsables de fosse. Quant à François, il avait été promu à la qualification d'about, technicien polyvalent, à la fois mécanicien, charpentier, électricien. Il apprécia cette reconnaissance de ses chefs ainsi que l'augmentation sensible de sa rémunération qui allait de pair.

La direction avait octroyé un foyer, une large pièce, à son personnel, ouvriers comme cadres. C'était un lieu de rencontre doté d'une bibliothèque aux ouvrages écrits dans plusieurs langues, selon les étrangers de passage. Un panneau mural était consacré aux annonces de toute nature : échanges, prêts, petits services, etc. La moitié d'un pan était réservée à celles de la direction de la compagnie.

Ce matin-là, alors qu'il était de repos, François s'y arrêta : il cherchait quelqu'un disposant d'un véhicule qui accepterait un passager, moyennant une participation, pour se rendre à Launceston. Il aurait pu acquérir sans problème une voiture d'occasion, mais quelque chose le freinait toujours. À chaque fois que l'idée le titillait, il l'écartait bien vite, la reportant *sine die*.

Située à quelque deux cents kilomètres de Rosebery, Launceston était la deuxième plus grande ville de l'île, mais également l'une des plus anciennes. Étalée dans une plaine verdoyante au confluent du fleuve Tamar et des deux bras de l'Esk, elle réunissait un mélange de bâtiments victoriens, géorgiens et Art déco. Même si François préférait la nature et ses brumes, il aimait à l'occasion s'y rendre pour aller voir des expositions. Il n'en repartait jamais sans avoir visité une petite librairie où il lui arrivait de découvrir des ouvrages en français. Parfois, il y passait la nuit logeant dans un *bed and breakfast*.

Une annonce dactylographiée figurait en bonne place : elle proposait quatre cottages à la vente. *Le bureau des mineurs est à la disposition des personnes intéressées*. Le sang de François ne fit qu'un tour. C'était un signe du destin : il avait bien fait de résister à la tentation de l'achat d'un véhicule. Il en oublia sa recherche du jour et se dirigea d'un pas alerte vers le bureau des mineurs.

— Maintenant que le nouveau village installé le long de Karlson Street est terminé, on ne va plus utiliser les quelques cottages de Primrose Road. Il faudrait les moderniser et en plus ils sont trop éloignés. Aussi a-t-il été décidé de les vendre.

Quelques mois auparavant, François s'était vu attribuer l'un de ces habitats plus confortables, proche du centre de Rosebery. L'opportunité de posséder sa propre maison se présentait enfin. Il l'arrangerait au fur et à mesure de ses rentrées d'argent. D'ailleurs, il avait occupé, avec deux compagnons, l'un de ces logements pendant près de trois ans.

En ce qui le concernait, l'éloignement ne s'avérait pas rédhibitoire. Il aimait marcher dans cette fraîcheur matinale qui caressait son visage tout en décuplant les senteurs d'une nature en éveil, être enveloppé de cette brume qui peu à peu lui découvrait un paysage toujours aussi séduisant. Le seul véritable problème était le prix de vente. Il savait qu'il ne disposait pas de la somme entière et qu'il devrait solliciter un prêt auprès de la banque, à moins d'arriver à un accord avec son employeur pour qu'il lui prélève les mensualités nécessaires au règlement final.

— Je préférerais le lot 3, déclara-t-il, après examen.

Il n'y avait guère de différences entre les cottages. Son choix avait été motivé par le jardin qui l'entourait. Celui pour lequel il se décida était planté d'arbres déjà robustes.

Effectivement, le montant demandé dépassait ses économies. Mais il n'était pas homme à se décourager. Il allait se débrouiller pour trouver les fonds manquants. Tant pis pour Launceston, aujourd'hui il avait mieux à faire.

La première question que lui posa le banquier, il allait l'entendre moult fois :

— Vous êtes sûr de vouloir vous installer à Rosebery et que vous ne retournerez pas dans votre pays ?

Sa réponse ne variait pas :

— Je me plais à Rosebery. Même si beaucoup plus tard je décidais de rentrer en France, je pourrais toujours revendre la maison. De toute façon, cela m'étonnerait !

— Oui, je veux bien l'admettre, mais vous en aurez peut-être assez de ce travail dans les mines...

Il réfutait chaque objection, taisant bien entendu les motifs qui l'empêchaient de regagner son pays d'origine. Il arguait de son amour de la terre, de la nature, de son impossibilité à vivre dans un centre urbain... Il était sincère, car il s'était réellement pris à apprécier sa vie en Tasmanie, qu'il préférait à tout ce qu'il avait connu en Australie.

Le prêt lui fut accordé sans difficulté et, quelque deux mois plus tard, il s'installa à Primrose Road avec un minimum de confort, juste l'essentiel pour débuter.

Avec une grande fierté nichée au plus profond de lui, il écrivit à son frère. Il possédait enfin quelque chose à lui, un quelque chose qu'il avait gagné à la sueur de son front. Il devenait maître chez lui. Il imaginait déjà l'émerveillement de leur mère devant les photos qu'il allait envoyer dans son prochain courrier. Il attendait d'ailleurs avec une impatience toute puérile le développement de la pellicule.

Plus que jamais, il se concentra sur ses économies au quotidien pour acheter les matériaux nécessaires. Il entendait supprimer une des trois chambres existantes pour créer une grande pièce à vivre. Il envisageait ensuite de tout repeindre et surtout de ceindre son jardin d'une clôture de bois blanchi, pour les plus gros des travaux.

Lors de leurs jours de repos, ses amis lui apportèrent leur aide, et ils terminaient la journée autour d'une grillade largement arrosée de bières. Dans cette colonie d'expatriés, l'entraide n'était pas un vain mot. L'ambiance était à la fête.

— Un de ces quatre, tu vas devenir un véritable Tasmanien, lui avait déclaré le plus sérieusement du monde un ancien mineur qui était arrivé de Suède près de trente ans auparavant et qui avait fondé une famille à Rosebery.

— Pourquoi pas ? avait-il répondu tout aussi sérieusement.

Mais, en cette année 1965, il valait mieux ne pas opter pour la nationalité australienne. Du haut de ses vingt-six ans, François affichait une prudence qui confinait à la crainte. Il se remémorait tous ces soldats, dont d'ailleurs son frère, qui avaient été envoyés en Algérie. Or, depuis le début de l'année, les jeunes Tasmaniens partaient pour la guerre du Vietnam dans le cadre du service national. Beaucoup d'entre eux revinrent mutilés ou périrent dans cette folie meurtrière dont les populations rurales s'interrogeaient sur son utilité et surtout sur l'issue. Les questions se posaient : le gouvernement australien allait-il solliciter des rappelés ?

L'année suivante, d'importantes réserves de cuivre furent découvertes dans la région de Mount Lyell, à proximité du lac Burbury et de Queenstown, à moins d'une centaine de kilomètres de Rosebery. À cette annonce, les travailleurs affluèrent et certains finirent par pousser jusqu'à Rosebery. Parmi eux se trouvait un jeune Français de Lozère.

Il y avait si longtemps que François n'avait plus eu l'occasion de parler dans sa langue natale ! Il ne la pratiquait plus que dans sa correspondance avec les siens. Au début, il chercha ses mots, puis les automatismes revinrent. Évoquer ces régions méridionales lui procurait une certaine nostalgie. Ses pensées se tournaient aussitôt vers sa mère, sa tendresse qui l'envahissait d'une chaleur lénifiante. Mais, bien vite, il se ressaisissait et revenait à la Tasmanie où il avait décidé de s'ancrer.

Le travail sous la terre ne le rebutait pas, car cette proximité entre mineurs et la responsabilité de chacun resserraient encore un peu plus la solidarité des équipes. Auprès des anciens, petit à petit, il réapprenait la confiance.

Il essayait d'avancer le plus rapidement possible dans l'installation de sa maison. Il se détendait en organisant les plantations d'un jardin où, sur les arbres, régnaient une multitude d'oiseaux, des bruyants cacatoès aux perroquets et aux passereaux multicolores que patiemment il s'ingéniait à photographier. Il était rare qu'un serpent vienne se fourvoyer dans les herbes. En général, ils étaient timides, exception faite de la période des amours où ils n'hésitaient pas à se risquer près des habitations. Minces et longs, ils s'enfuyaient au moindre bruit.

* *
*

Parmi le personnel du laboratoire figurait une aborigène. Les autochtones étaient peu nombreux au village. S'ils n'étaient pas rejetés par les étrangers, ils faisaient l'objet d'un racisme virulent et odieux de la part des Blancs de Tasmanie. Déjà en 1828, la puissance colonisatrice avait déclaré une loi martiale contre eux dans les zones peuplées d'Européens. La majeure partie de ces natifs avait été déplacée de ses territoires. Il se disait que le dernier aborigène, de sang pur, avait disparu à la fin du XIXe siècle. Il s'agissait d'une femme, Truganini, qui n'aurait pas eu de descendance.

Pourtant, on en croisait toujours dans les grandes villes. Ils se faisaient discrets, ne cherchant pas la confrontation avec une population de colons descendant aussi bien de forçats et d'aventuriers que d'une aristocratie britannique qui depuis trois siècles gouvernait l'île. Certains n'hésitaient pas à les qualifier de « sauvages », et les portes des administrations leur étaient généralement fermées. Pourtant, malgré leur petit nombre, ils s'efforçaient de reconquérir dignement des territoires où ils avaient leurs origines.

François n'avait croisé que deux ou trois fois Emily, la nouvelle laborantine embauchée au début 1969. Elle partageait un minuscule logement avec une femme ingénieur venue des Indes. Discrète et habituée à se méfier des hommes, elle évitait de se montrer seule en ville, dès que le soir tombait. Ses jours de repos, généralement, elle prenait le car pour Launceston. Même si l'on ne savait pas grand-chose d'elle, on lui reconnaissait ses capacités professionnelles. Au fil des mois, on découvrit aussi ses dons de guérisseuse qu'elle tenait d'une aïeule.

Après une journée bien occupée par ses travaux d'aménagement avec des amis, François avait allumé un feu pour faire griller des steaks. Les bières se vidaient dans une ambiance décontractée. Dans un faux mouvement, François se trouva déséquilibré. Il renversa le foyer, et la braise se répandit sur sa cuisse. Même s'il réagit rapidement, la brûlure avait attaqué la peau. Le temps que l'un de ses compagnons aille chercher un seau d'eau froide pour le jeter sur la blessure, le mal était fait.

Avec précaution, il se défit de son pantalon. La chair atteinte fumait encore. Il serrait les dents sous la douleur.

— C'est pas beau ! lui dit l'un d'entre eux.

— Il faut voir un médecin ou alors aller à l'hôpital.

En effet, depuis l'extension de la mine, Rosebery s'était doté de nouvelles infrastructures dont l'agrandissement d'un hôpital au pied du mont Black, de l'autre côté de la grande route de Murchison.

— À cette heure-là ? En plus, ce n'est pas à côté. Moi, j'ai une meilleure idée. La laborantine, elle sait arrêter le feu et elle connaît les herbes. Elle habite à cinq minutes d'ici. Les gens qu'elle a soignés lui sont tous reconnaissants. Je vais la chercher.

À peine une vingtaine de minutes plus tard, il vit arriver la jeune femme, Emily, accompagnée de sa colocataire pour la rassurer. Consciente qu'il était important d'agir au plus vite, elle marchait d'un pas leste. Le moment n'était pas aux présentations.

— On peut le transporter sur son lit ? s'enquit-elle.

En fait de question, chacun la reçut comme un ordre. Tout en gémissant, François, appuyé sur ses amis, gagna sa chambre.

— Laissez-nous seuls, maintenant ! leur intima-t-elle.

Allongé sans son pantalon, François se sentait désemparé. Il s'excusa auprès de la jeune femme.

— Taisez-vous et fermez les yeux !

Il ne pouvait que s'en remettre à elle. Se penchant sur la blessure, elle ne la toucha pas. Il ne chercha pas à observer ce qu'elle faisait, mais il avait conscience d'une présence au-dessus de sa plaie. Petit à petit, sa souffrance s'atténuait. Lorsqu'elle l'autorisa enfin à ouvrir les paupières, il la vit se secouer les mains comme pour se débarrasser de quelque chose.

— Voilà ! J'ai fait ce que j'ai pu pour aujourd'hui. Restez couché ! Je vais me passer les mains sous l'eau froide.

Sa voix se cassait. Elle paraissait soudain épuisée comme par un effort surhumain. François ne l'avait jamais vraiment observée. Il n'avait remarqué que sa peau d'un brun un peu plus clair que ses congénères, probablement dû à un métissage, son nez légèrement épaté, mais surtout ses yeux en amande bordés de cils particulièrement longs qui lui conféraient un regard de biche. Mais là, étendu devant elle, il la détailla discrètement. Silhouette mince, aux hanches étroites et aux épaules larges, elle était d'une taille moyenne. Tout dans son allure attestait d'une féminité dotée d'une forte personnalité.

— Pas question de redescendre dans le puits avant trois ou quatre jours. De toute façon, je repasserai demain matin avant de me rendre au travail. Si ça ne va pas mieux, il faudra consulter un médecin ou aller à l'hôpital. Mes pouvoirs ont leurs limites.

François grimaça devant la perspective médicale. Cependant, rester au repos ne lui posait aucun problème : c'était sa semaine de congé. Elle le rassura :

— En principe, je vous ai enlevé le feu. Si vous deviez avoir très mal cette nuit, badigeonnez la brûlure avec cet onguent que je vous ai apporté. Cela vous soulagera. Vous avez eu de la chance : selon moi, vous n'avez été atteint qu'au second degré, ce qui est déjà beaucoup en termes de souffrance.

Soudain, il se sentit très las. Il lui réitérait ses remerciements presque en balbutiant. Il aurait aimé la questionner, faire plus ample connaissance, mais elle lui rappela qu'il était tard, qu'il devait se reposer et qu'elle était fatiguée. À peine se retrouva-t-il seul qu'il sombra dans un sommeil lourd.

Comme à l'accoutumée, il se réveilla de bonne heure. Son premier regard fut pour sa cuisse. Les chairs le tiraient comme lorsque enfant il se couronnait un genou et qu'une croûte se formait. À son grand étonnement, il constata que déjà elles se reconstituaient. Il se leva avec d'infinies précautions de peur de raviver le mal. Il n'en fut rien, juste une sensation désagréable tout à fait supportable.

Il venait de préparer son café lorsqu'il entendit frapper à sa porte. Il se rappela qu'elle l'avait prévenu de son passage. Il se précipita pour enfiler son jean avant d'aller lui ouvrir.

— Apparemment, ma prière vous a soulagé.

À nouveau, il se confondit en remerciements. Avec ses cheveux crépus disciplinés en un chignon serré, son sourire franc, elle lui parut plutôt jolie.

— Allez ! Laissez-moi examiner cette brûlure !

Il sentit une certaine gêne monter en lui. Après tout, un médecin lui aurait lui aussi demandé de tomber son pantalon. La différence résidait dans le fait qu'il avait en face de lui une jeune femme sensiblement du même âge que lui. Il s'exécuta sans commentaire.

— On va se contenter de l'onguent que je vous ai apporté hier soir. Badigeonnez-vous-en bien et ce soir je repasserai voir comment ça évolue.

Il aurait aimé la retenir. Cependant, il savait que ce n'était pas possible, elle devait partir au travail.

— Voulez-vous un café ? Il est encore bien chaud.

Elle accepta volontiers et, après l'échange de quelques banalités, il se hasarda à l'inviter à dîner. C'était bien le moins qu'il pouvait faire, estimait-il. Elle avait hésité un bref instant avant de lui répondre :

— On verra !

À peine avait-elle refermé la porte derrière elle que François ressentit comme un vide. L'absence lui apportait une sorte de vague à l'âme qui petit à petit se transforma en nostalgie.

Dehors, les brumes se dissipaient rapidement découvrant le bleu tendre et délicat du ciel. On en était arrivé à ces belles journées de printemps où le soleil prodiguait une chaleur langoureuse. Il n'était pas question de rester enfermé. Se munissant de son carnet et de son bloc de correspondance, il s'installa sous le gommier qui trônait au jardin. Ses racines plongeaient dans la terre d'énormes doigts noueux, et ses feuilles odorantes chantaient comme un air mélancolique sous le souffle d'une brise légère.

L'esprit ailleurs, il laissait son stylo courir sur le papier. Puis, quand il retrouva la notion du temps, il relut ses écrits et referma son bloc. Tout ce qu'il y avait noté était bien trop personnel : il le garderait pour lui.

Il se secoua pour revenir dans un monde plus concret. Si Emily n'avait pas décliné son invitation, ils n'avaient toutefois pas arrêté de date. Il fallait y remédier au plus vite.

18

Emily avait hésité avant d'accepter l'invitation du jeune homme. Ils ne savaient rien l'un de l'autre. François s'interrogea s'il était plus correct de réserver une table au *Top Pub* ou s'il était préférable, pour plus de discrétion, de manger à la maison. Il opta pour la seconde solution et, cabas à la main, il prit la direction des quelques commerçants de Rosebery. Ils n'étaient pas pléthore, et il devrait s'accommoder de ce qu'il allait y trouver.

De retour une heure plus tard, il se mit aux fourneaux. Il s'était procuré de belles écrevisses qu'il arroserait de citron caviar et de baie poivrée et qu'il accompagnerait d'un pinot gris aromatique de la Tamar Valley. Il avait également acheté un fromage bleu crémeux en provenance de King Island. Quant aux légumes et aux fruits, il n'avait eu que l'embarras du choix.

Tandis qu'il préparait son repas, il écoutait en sourdine la radio. Slim Dusty et les Bee Gees se disputaient les faveurs des ondes. Tout en chantonnant, il s'appliquait, suivant consciencieusement les directives du poissonnier.

Enthousiasme et fébrilité mêlés, François en avait totalement oublié sa brûlure. Il avait envisagé de dresser une table décorée de quelques fleurs du jardin. Toutefois, il préféra s'en abstenir pour ne pas provoquer l'équivoque d'un dîner en tête à tête.

Arriva enfin le moment où, par la fenêtre fermée de la cuisine, il l'aperçut devant le portillon d'entrée. Il admira la sveltesse de sa silhouette. Même habillée à la garçonne d'un jean, d'un pull-over au col montant et d'un blouson, elle restait féminine. Elle avait laissé libre son épaisse chevelure et avait égayé ses lèvres d'un rouge vif.

Il vint aussitôt à sa rencontre. Il boitillait après une journée aussi active, alors qu'elle lui avait conseillé le repos. Elle le remarqua d'emblée :

— Ça ne cicatrise pas bien ou vous avez abusé de votre journée ?

— Vous allez me réparer ! Je vous fais confiance. Rentrons vite, la température est plutôt fraîche ce soir.

Des effluves doux et agréables se répandaient dans toute la maison. François avait allumé le chauffage dès que le soleil avait disparu derrière la Black Mountain, laissant l'humidité vespérale peser sur la nature. La chaleur ambiante surprit la jeune femme et la fit frissonner.

François ne rechigna pas à tomber son pantalon quand elle le lui demanda. Elle examina ce qui restait de la brûlure et hocha la tête dans un signe de contentement.

— Allongez-vous sur le lit. Je vais faire une nouvelle prière. Je pense que ce sera suffisant. Quoi qu'il en soit, continuez à vous passer de l'onguent. Vous pourrez retourner à la mine comme prévu. Par contre, vous protégerez bien votre plaie. Surtout qu'elle ne prenne pas la poussière, elle pourrait s'infecter.

Le rituel lui parut moins long. Pourtant, il se déroula et se termina d'une manière identique : elle se secoua les mains et alla les laver sous l'eau froide pour ne pas attraper le feu dont elle venait de le délivrer, lui expliqua-t-elle.

— Comme prévu, je vous garde à manger. À moins que vous ne préfériez aller au *Top Pub*, conclut-il sa phrase presque dans un souffle.

Comme il l'espérait, elle déclina sa dernière proposition. Il ne fut pas long à dresser la table tandis qu'elle s'était installée dans un fauteuil du salon. Le repas fut gai, les questions affluèrent au fur et à mesure que les verres se vidaient. L'amitié se profilait, il en était heureux.

Lorsqu'il apporta le fromage, elle s'esclaffa :

— King Island !

— Vous connaissez, je suppose.

— C'est sur cette île qu'est installé le clan auquel appartient ma famille. Entre Pegarah et Grassy. Mon père y a longtemps vécu avant de venir sur la grande île, du côté de Crayfish Creek, sur la côte. Mais ses parents sont restés là-bas.

Elle évoqua les siens, leurs habitudes, le refus de leur intégration par les Blancs. Elle s'exprimait avec un certain respect au fond de la voix, laissant parfois des phrases en suspens. Elle racontait sobrement un mode de vie qui n'était plus le sien.

— Mais je parle, je parle et je ne sais rien de vous.

Comme toujours, il n'aborda pas les motifs réels qui l'avaient conduit en Tasmanie. Elle l'interrogeait sur sa famille, il répondait naturellement. À la pensée des siens, il en avait presque les larmes qui lui montaient. Il aurait aimé pouvoir se confier, mais cela lui était inenvisageable. Peut-être un jour... Mais qu'il était difficile de se taire ! Ne pas pouvoir partager, telle était sa punition alors qu'il n'était que victime.

Elle avait bien compris qu'il vivait avec une meurtrissure au plus profond de lui. Cependant, ils n'étaient pas assez intimes pour qu'elle se permette des questions plus personnelles. Ils revinrent à une conversation où la gaieté s'imposa à nouveau. Tous les deux aimaient ces longues marches à découvrir des paysages, essayer d'apercevoir entre les buissons, à la tombée de la nuit, un wombat ou un diable de Tasmanie. Une certaine familiarité s'installa entre eux.

— Tu photographies les oiseaux, les animaux, tu dessines les fleurs, moi je collecte les pierres.

Le ton s'était fait amical. Il sortit quelques clichés d'un tiroir qu'il lui commenta. La soirée fila trop rapidement. La nuit s'imposait dans un ciel tissé d'une obscurité triste où ne perçaient pas les étoiles.

— Il se fait tard. Demain, je travaille et je n'aime pas beaucoup rentrer dans le noir.

— Je te raccompagne !

Elle accepta. Au moment de se séparer, ils se serrèrent la main et François se hasarda à lui proposer un nouveau rendez-vous. Il avança une date qu'elle récusa aussitôt.

— Je serai à Launceston, lui précisa-t-elle.

— Tu y vas souvent ?

— Régulièrement, j'y ai de la famille, se contenta-t-elle de lui répondre.

Il était rentré chez lui d'un pas léger et ralenti. Les rues étaient désertes, à peine éclairées par les lumières des fenêtres que le brouillard atténuait. Il revivait cette soirée si différente de toutes celles qu'il avait connues ces dernières années.

S'il appréciait la femme qu'était Emily, il aimait également sa culture. Il était évident qu'il n'aborderait pas les mêmes sujets avec ses compagnons de labeur, qu'ils soient de passage ou installés au village. Auprès d'elle, il replongeait dans ce milieu intellectuel dont il avait besoin.

Par la suite, ils se retrouvèrent brièvement quelquefois après le travail, mais jamais lors d'un week-end. Cela l'intriguait, mais il gardait pour lui ses interrogations, redoutant d'abord de la froisser, puis persuadé qu'elle allait rejoindre sa famille dont elle lui avait avoué les liens serrés qu'ils entretenaient.

Ce n'était pas de la jalousie, loin de là ! Il n'était pas amoureux d'elle, mais elle lui était nécessaire comme le sont tous les véritables amis. Juste une présence rassurante, une écoute compréhensive, un partage, d'autant plus qu'au fur et à mesure ils se découvraient de nombreux points communs.

Une nouvelle fois, il lui proposa de dîner chez lui. Et cette fois-ci, il dressa la table avant son arrivée. Il n'avait aucune arrière-pensée et espérait retrouver la connivence qu'il avait connue avec Anna avant qu'elle ne quitte les Snowy Mountains. Le seul point qu'il souhaitait éclaircir portait sur ses déplacements réguliers à Launceston.

19

— Je vais rendre visite à mon fiancé.

La phrase tomba comme un couperet. François s'attendait à beaucoup de choses, mais pas à une annonce semblable. Le choc fut grand pour lui, même s'il ne voulait pas s'avouer qu'il était en train de tomber amoureux. Cela signifiait qu'un jour ou l'autre il perdrait cette amie, qu'il n'aurait plus droit de la fréquenter, qu'une fois de plus il ne pourrait pas se confier : un aveu, preuve d'une franchise, qui allégerait sa charge. La gêne s'installa.

— Je ne suis pas libre, insista-t-elle en baissant les yeux.

Le silence s'imposa quelques instants avant que François ne se ressaisisse et lève son verre, un rictus en guise de sourire. Il n'avait aucun droit sur la vie d'Emily. Il se laissait gagner par une certaine déception : il était las de ces compagnes qui n'étaient que de passage. Il avait espéré que ce serait différent avec elle.

— Trinquons à la future mariée ! Le mariage, c'est pour quand ? se reprit-il.

Emily paraissait troublée, ne partageant pas son apparente joie un peu forcée.

— Pour l'instant, il n'y a aucune date d'arrêtée.

Elle bafouillait presque.

— Tu n'as pas pu avoir un poste plus près de lui ?

Elle ne répondit pas. Il pressentit que quelque chose sonnait faux. Aimait-elle réellement ce fiancé ?

— Tu le connais depuis longtemps ?

— Oui, nos familles appartiennent au même clan. Nous avons toujours été proches et nos parents nous ont fiancés très jeunes.

— Et tu n'as pas eu ton mot à dire ?

— Il me plaisait bien. Je ne connaissais que les Palawas à cette époque. Il était grand, fort, responsable.

Les questions de François pleuvaient. Il s'aperçut que, même si elle lui avait évoqué la vie des siens, il ignorait beaucoup de choses d'elle et des coutumes dans lesquelles elle était enfermée.

— Il a repris un garage depuis peu. Il a appris la mécanique chez un patron. Nos familles ont décidé que nous ne nous marierions que lorsqu'il aurait sa propre affaire et un logement. J'en ai profité pour faire des études et trouver un travail en attendant.

Une question lui brûlait les lèvres, mais il n'osait pas la formuler, redoutant peut-être une réponse qui le blesserait.

— Donc le mariage, ce n'est pas dans l'immédiat ? poursuivit-il.

— Lui, il aimerait bien, mais il doit se conformer aux engagements pris auprès de nos parents et surtout de mon père, le chef de notre clan. Et puis, finalement, je dois avouer que cela m'arrange un peu. J'aime ce que je fais, et je n'ai guère envie d'y renoncer.

Cette déclaration n'était en rien celle d'une jeune femme amoureuse. Elle avait déjà l'impression d'avoir bousculé son monde en poursuivant des études supérieures et en travaillant pour des Blancs. Cependant, elle ignorait tout du mot « choix » et de la différence entre vivre et survivre.

À Rosebery, à les voir fréquemment ensemble, les langues se déliaient. François refusait d'entendre les mises en garde des plus anciens qui connaissaient l'antagonisme qui opposait les Blancs aux autochtones. Les conseils s'appuyaient souvent sur un racisme qui émanait de chacune des deux parties.

Toutefois, si la présence d'Emily lui était précieuse, la sachant destinée à un autre, il se contentait d'une relation toute fraternelle. Il se rappelait la situation qu'il avait vécue auprès d'Anna et ne voulait pas reproduire ce qu'il considérait comme un échec, une déception.

Anna et lui ne correspondaient plus guère depuis qu'elle avait ouvert sa propre boutique. Au début, elle affichait son enthousiasme. Puis ses lettres se firent plus courtes, plus laconiques. Elle invoquait le manque de temps, pour finir par lui avouer que si elle réussissait professionnellement, il n'en était pas de même dans sa vie sentimentale. Ce qu'avait redouté François pour elle s'était révélé être la réalité : elle n'était que la maîtresse cachée d'un riche homme marié qui n'avait nullement l'intention de rompre avec son épouse pour partager sa vie avec elle. Elle n'était pour lui qu'un objet sexuel qui lui servait à satisfaire des fantasmes qu'il ne pouvait assouvir auprès de sa femme.

Il avait perçu son désenchantement. Petit à petit, elle avait avoué à François ses désillusions. Pour l'argent, elle avait donc sacrifié ce qu'elle croyait être sa richesse personnelle, cette pureté si précieuse. Elle avait fait ses choix, mais s'était-elle fourvoyée ?

Aussi, repensant à Anna, il n'avait pas envie d'une existence où il devrait se contenter de rester dans l'ombre d'un autre. En outre, il avait appris à hiérarchiser ses projets. Maintenant que l'aménagement de sa maison était terminé, il envisageait de faire venir ses parents auprès de lui, le temps de deux ou trois semaines. Et cette idée le réjouissait. Au fond de lui sommeillait toujours un cœur d'enfant pour une mère qui lui offrait cet amour semblable à l'air, tellement banal qu'on ne le remarquait pas jusqu'à ce que l'on en manque : un sentiment éternel et fusionnel qui avait embelli ses jeunes années et l'avait aidé à grandir. Une mère dont il se sentait d'autant plus proche qu'il estimait que son père l'avait rejeté.

Depuis quelque temps, Emily se rendait moins souvent à Launceston, surtout quand les jours de repos de François correspondaient aux siens. Ce soir-là, alors qu'ils rentraient d'une marche de plusieurs heures, les yeux emplis d'images multicolores, il releva son courrier. Le facteur ne passait que trois fois par semaine, et précisément ce jour-là. Il y découvrit une lettre de son frère qui portait davantage de timbres que d'habitude. Intrigué, il préféra toutefois attendre de se retrouver seul pour l'ouvrir. Gagnée par la fatigue de la journée, Emily ne s'attarda pas.

Il se cala au fond de son fauteuil, un sandwich et une bière sur le guéridon à côté en guise de repas. Il lui tardait de se pencher sur les nouvelles reçues de France. Mais, comme à chaque fois, il prit son temps et passa délicatement la lame sous le rabat de l'enveloppe : un geste respectueux envers cet univers qui lui restait cher.

La lettre dépliée, il poussa un soupir d'aise pensant s'abandonner à sa lecture. Mais, dès la première ligne, il comprit qu'il allait devoir affronter le drame. Ce n'étaient pas les termes habituels de son frère. Ses yeux butaient sur les mots, comme s'il ne parvenait pas en saisir le sens. Il revint dessus à plusieurs reprises, le souffle court, la poitrine oppressée. Son frère lui apprenait le décès de leur mère.

Subitement, le temps venait de s'arrêter. Plongé dans un univers ténébreux, il ne cherchait pas à s'en extraire, comme s'il redoutait le vide qu'il allait devoir affronter. Submergé par une foule de sentiments, il passa du déni à la colère, puis à la frustration avant que la tristesse finisse par tout dominer. Il n'avait jamais intégré l'éventualité de ne plus revoir cette mère qui avait souffert de ses épreuves, qui sans parler lui avait toujours offert son amour inconditionnel. Ses projets de retrouvailles s'écroulaient alors qu'il en espérait tant...

Son aîné expliquait : le cœur qui s'était arrêté et qui avait refusé de repartir malgré les soins dispensés à l'hôpital. Lui-même n'avait été prévenu que le lendemain matin par leur père accablé. Il n'avait pas trouvé de solution plus rapide qu'un courrier express pour le joindre en Tasmanie par manque de liaison téléphonique.

Elle n'a pas souffert, avait-il précisé. Une bien drôle de remarque aux accents si différents lorsqu'elle vous touchait directement ! D'abord, comment pouvait-on juger du degré de la souffrance endurée par le malade ? Il n'arrivait pas à intégrer cette disparition. Il la refusait. Ses yeux restaient secs et brûlants. Il gardait gravé en lui cette scène où sa vie avait culbuté : l'incompréhension qu'il avait lue dans le regard de sa mère, la puissance du « non » jailli de ses entrailles, la douleur de sa supplique « je vous en prie » qui s'opposait à la froideur du « emmenez-le » paternel aux gendarmes venus le chercher.

20

Dans la solitude de la nuit, il s'abandonna à son chagrin. Il ne serrait plus les dents et ne contenait plus des larmes lourdes et silencieuses. Il n'avait pas réalisé la fuite des ans et ses conséquences. Le sommeil se refusait à lui alors qu'il ne cherchait pas à le repousser. Des images remontaient dans sa tête, se bousculaient, dans un désordre qu'il ne maîtrisait pas.

Même si c'était la logique de la vie, c'était arrivé trop tôt, il n'y était pas préparé. Petit à petit, la réflexion prenait le pas sur sa douleur. Il comprenait qu'il lui fallait la transformer en force, par respect pour sa mère disparue. Il se devait d'avancer. Il n'avait pas d'autre choix. La différence était énorme entre la savoir aux antipodes et à présent par-delà les nuages, dans l'intemporalité et l'immatérialité de la mort. Toutefois, il était évident qu'elle vivrait toujours dans son cœur.

Il aurait aimé avoir Emily à ses côtés, pouvoir parler, s'épancher. Or il ne pourrait éventuellement la retrouver que le lendemain soir. Sa semaine de congé épuisée, il devait reprendre son poste et descendre rejoindre son équipe au fond du puits.

Il finit par sombrer dans une sorte de léthargie dont il fut brutalement extrait par la sonnerie du réveil, les cils collés par les larmes. Il évoluait comme dans un rêve, ou plutôt un cauchemar où il ne se reconnaissait pas.

Avec mars venait de débuter l'automne. Les températures chutaient de jour en jour et le temps instable épaississait les brumes du matin. Le col de son manteau relevé, François avançait d'un pas rapide. Il apprécia cette froidure et cette humidité qui décuplait les odeurs d'une nature riche dont il ne percevait que les contours.

Dans la salle des pendus, les autres mineurs remarquèrent ses yeux gonflés, la tristesse de son visage. Des « ça va » interrogatifs lui arrivèrent en plusieurs langues. Hochant la tête, il leur avoua sa peine à laquelle tous compatirent. Se retrouver au milieu de ses compagnons, se consacrer à son travail l'empêcha de ruminer son chagrin. Il avait sa place parmi eux et, même si la parole était absente, une tape sur l'épaule, une poignée de main attestaient de leur solidarité.

Au fil des heures, la fatigue conjuguée au manque de sommeil se fit pesante. Il avait hâte de respirer le grand air. Lorsque enfin son équipe et lui remontèrent à la surface, il titubait presque.

— Viens boire un verre avec nous ! lui proposèrent certains de ses compagnons qui faisaient régulièrement une étape par le *Top Pub* avant de regagner leur logement.

Il refusa ; espérant, même s'il en doutait, qu'Emily vienne toquer à sa porte. Pourtant, tandis qu'il marchait d'un pas lent et lourd, emplissant ses poumons de la fraîcheur vespérale, il ressentait le besoin de se retrouver seul avec ses pensées.

Lorsqu'il parvint chez lui, il s'attendait à ce que son univers ait pris une apparence quelque peu différente. Il fut presque surpris de constater que rien n'avait changé. Désorienté par l'imperturbable – immuabilité de ces choses qui constituaient son cadre de vie –, il se cala dans un fauteuil et ouvrit l'album dans lequel il conservait les photos reçues de son frère. La lettre fatale était restée sur la table basse, il la déplia à nouveau. Il en connaissait chaque ligne par cœur et glissait sur les mots, mais l'avoir en main le rapprochait des siens. Le chagrin s'imposait. Il déglutit pour contenir ses larmes. Le temps s'était arrêté. Il était revenu à Lautrec.

Un bruit le fit sursauter. On frappait chez lui. Il reconnut aussitôt la voix d'Emily qui s'annonçait. Il se leva sans précipitation.

— Je viens d'apprendre ce qui t'arrive.

Elle se tenait face à lui, dans l'encadrement de la porte, le visage triste et inquiète.

— Rosebery est un village où tout le monde se connaît, et tout se sait.

Il resta sans réaction et finit par s'écarter pour la laisser entrer. Elle le prit dans ses bras comme le fait une mère qui console son enfant. Il s'abandonna contre ce corps vibrant et protecteur. Puis, se ressaisissant, il l'entraîna dans le salon. Il entreprit de lui servir à boire mais, en proie à une agitation désordonnée, il y renonça et s'assit à ses côtés.

L'album était resté ouvert, elle y jeta un œil.

— Ta maman ? lui demanda-t-elle en pointant un cliché.

Il opina de la tête, la gorge trop serrée pour parler. « Maman », un terme qui l'atteignit brutalement. « Mère » eût été moins puissant, avec une certaine neutralité. Dans la chaleur de sa proximité, il sentit qu'il perdait pied. Il n'éprouvait pas le besoin de lutter et se laissa aller. Les larmes ne tardèrent pas à arriver.

Elle sortit son mouchoir et épongea ses joues où elle déposa tendrement un baiser consolateur qu'il perçut comme une décharge. Il tourna son regard vers elle et leurs lèvres s'effleurèrent puis se cherchèrent. S'abandonnant à leurs pulsions, ils tombèrent dans les bras l'un de l'autre, s'embrassant avec fougue. Les sens en éveil, ils n'avaient plus conscience de la situation. Sous l'excitation de leurs désirs, les contours de leurs corps s'estompaient, se mêlaient. Aucun des deux ne chercha à repousser l'autre. Ils ne se détachèrent qu'une fois la jouissance aboutie.

Le silence s'était installé. Leurs corps dénudés et repus, ils restaient blottis l'un contre l'autre. François caressait la peau fine et veloutée d'Emily : une peau satinée comme il n'en avait encore jamais connu. Il leur fallut longtemps avant de revenir à la réalité. Chacun appréhendait le moment où il devrait reprendre la parole, une parole qui risquait fort de rompre le charme ambiant. Alors ils prolongeaient ces instants, analysant tacitement leurs sentiments et redoutant ceux de l'autre.

Pour François, cette impétuosité lui apportait une sorte de sérénité, de calme dans sa peine. Déjà, depuis quelque temps, il avait compris que ce qu'il ressentait pour Emily évoluait. À plusieurs reprises, il avait repoussé son envie de l'entourer de ses bras. La frontière était si ténue entre amitié et amour qu'il ne savait plus où il en était. Elle était fiancée et il redoutait de la perdre prématurément par un aveu qui ne répondrait pas aux sentiments qu'elle lui portait. Et pourtant, il était chaque jour un peu plus certain qu'elle était la femme de sa vie, celle avec laquelle il désirait fonder un foyer.

La nuit était tombée depuis longtemps. La douceur d'un éclairage indirect les isolait encore plus du monde extérieur, les plongeant dans un univers feutré où tout devenait possible. Ils se regardaient, les paupières mi-closes, un léger sourire aux lèvres qui exprimait toute la tendresse qui les habitait.

Leurs baisers se firent plus suaves et leurs caresses plus délicates. Puis l'excitation les gagna. Les mains d'Emily maintenaient fermement le bas du dos de son partenaire dont le sexe durcissant s'agitait dans sa cavité chaude et humide. Lorsque le plaisir se fit plus intense, il n'eut que le temps de s'en échapper pour prévenir tout risque éventuel de grossesse.

— Il est tard, trop tard pour me quitter, glissa François en utilisant une remarque à double sens.

Elle ne releva pas son allusion. Ensemble, ils se préparèrent un en-cas, se frôlant à la moindre occasion. Il déboucha une bouteille de vin de sa première cuvée dont il était très fier. L'alcool fut prompt à réchauffer les esprits et à délier les langues.

— Le week-end prochain, je travaille. Tu vas à Launceston ? aborda François d'un ton sérieux.

La réponse fusa :

— Non ! À moins que tu ne veuilles pas de moi, ajouta-t-elle en baissant la voix.

Le jeune homme jouissait d'une bonne réputation. On ne lui connaissait pas d'histoires de femmes. Cela en avait étonné plus d'un, mais il était évident qu'il n'était pas porté sur des relations masculines.

— C'est la première fois qu'une femme venue chez moi dort dans mon lit.

— Tu le regrettes ?

Le ton était volontairement au badinage pour masquer l'angoisse du lendemain. Lâchant ce qu'il préparait, il la prit dans ses bras, la serra fort contre lui et lui chuchota à l'oreille :

— Je ne veux pas que tu me quittes !

Ce fut la première nuit qu'ils partagèrent. Bien que gagné par la somnolence, François réfléchissait. Lui qui n'avait jamais vraiment cru en un amour qui le lie pour la vie, voilà qu'à présent il avait trouvé celle qu'il désirait pour compagne, pour toutes ces années à venir. Alors qu'il sombrait dans le sommeil, le visage de sa mère lui apparut, souriant, plein de tendresse, le regard empli d'une sérénité en signe d'approbation.

* *
*

François avait cette capacité, croyait-il, à cloisonner les différents moments de son existence. Pourtant, ce matin-là, au fond de la mine, il maîtrisait mal ses émotions, et son travail s'en ressentit. Il balançait entre chagrin et enthousiasme, deux sentiments opposés et forts qui finissaient par s'entremêler et le plongeaient dans une fébrilité inhabituelle.

La journée lui parut fort longue. Lorsque enfin il prit la direction de son domicile, les interrogations le tiraillèrent. Emily viendrait-elle le rejoindre ? À présent, il fallait poser les bonnes questions pour se projeter dans un avenir commun. Accepterait-elle de braver sa famille en remettant en cause des fiançailles qui s'éternisaient ?

Une pluie fine et pénétrante engluait l'atmosphère, intensifiant les riches odeurs d'une végétation aux teintes chatoyantes. Un paysage qu'il aurait tant aimé faire découvrir à sa mère... Chemin faisant, il en profita pour faire quelques courses. À vrai dire, il redoutait de se retrouver chez lui, face à lui-même, à sa solitude, attendant Emily. « Et si elle ne venait pas ? » lui soufflait une petite voix qu'il repoussait aussitôt. Il fouillait du regard les rues avoisinantes et ne l'aperçut pas. Ce fut le cœur tourmenté qu'il ouvrit sa porte d'entrée. Il était encore trop tôt pour préparer le repas du soir. Cependant, il préféra s'y atteler comme si cela la rapprochait de lui.

La photo d'Estrella était restée sur la table du salon. À sa vue, il eut un sursaut, un peu comme un spasme, l'estomac convulsé par la peine qui s'imposait à nouveau. Il se reprocha de penser à son bonheur alors que la mort venait d'emporter sa mère. Perdu dans de sombres réflexions, il n'entendit pas qu'on toquait à sa porte. Au son de la voix d'Emily qui l'appelait, il se ressaisit et se précipita pour lui ouvrir.

Il la serra longuement contre lui. Puis les premières paroles arrivèrent :

— Comment s'est passée ta journée ?

— Le froid va bientôt être là...

Des banalités qui couvraient une certaine gêne et qui, en s'imposant, perturbaient leur spontanéité.

Puis la question fatidique arriva enfin :

— Comment vois-tu notre relation ? lui demanda la jeune femme d'une voix feutrée.

Il n'avait pas l'intention de se dérober, bien au contraire ! Sans fausse pudeur, il lui avoua ses sentiments et sa volonté de construire sa vie avec elle. Il guettait sa réaction sur son visage. Son sourire l'incitait à poursuivre. Le bonheur se lisait dans ses yeux. Les mots d'amour arrivèrent, scellant leur destin. Elle lui confessa que cet aveu, en réalité, elle l'espérait.

Tout était nouveau pour l'un comme pour l'autre. Jamais son fiancé ne lui avait fait une telle déclaration, jamais elle n'avait ressenti auprès de lui une flamme si puissante. Formatée depuis son enfance par les traditions, par son clan, elle avait été longue à réaliser que l'amitié n'avait rien à voir avec cet amour qui bouleversait l'âme et invitait à bâtir un futur commun.

Là, dans le cocon de la soirée, ils refaisaient le monde, leur monde. Cette nuit-là encore, elle découcha. Toutefois, dans l'immédiat, elle ne souhaitait pas emménager chez lui. Elle préférait attendre que leur relation se solidifie avant de s'engager définitivement. Ensuite, il y avait ce fiancé, avec lequel elle se devait de rompre, et sa famille, et surtout son père, le chef, celui qu'on appelait respectueusement le Maître des secrets, dont elle redoutait la réaction.

François, s'il comprenait ses réticences, avait malgré tout du mal à les admettre. Pour lui, il était évident qu'elle était la femme de sa vie. Il souhaitait lui offrir le meilleur de lui-même, se consacrer à elle, à son bonheur. Il faisait sienne une maxime de Bouddha qu'il appréciait tout particulièrement : *Quand vous aimez une fleur, cueillez-la ! Mais quand on aime une fleur, on l'arrose tous les jours. Celui qui comprend cela comprend la vie.* Il venait de comprendre !

Au fil des jours et de leurs nuits, ils se sentirent prêts à construire une vie commune. Le jeune homme nageait dans un bonheur apaisant. Il ne réalisait pas les embûches auxquelles son couple mixte allait se trouver confronté. Il savait que la plupart des Australiens blancs de souche, et donc des Tasmaniens également, éprouvaient du mépris qui confinait au racisme à l'encontre des aborigènes. Il ignorait cependant que la réciproque était tout aussi valable, si ce n'était pire.

Emily avait laissé passer trois semaines avant de se décider à se rendre à Launceston. Ce samedi-là, François serait de repos et il lui avait proposé de l'accompagner au moins jusqu'à la ville. Il percevait la gêne, voire l'angoisse, qui habitait sa compagne. Un sentiment dérangeant qu'il comprenait parfaitement.

— Il faut que j'assume seule. Ensuite, peut-être que je pousserai jusqu'à Crayfish Creek, pour rencontrer mon père et lui en parler. Tout ça dépendra de comment se sera passée la rupture.

— Qui redoutes-tu le plus ? s'enquit-il.

— Mon père !

Sa réponse l'avait presque rassuré. Il craignait un mauvais coup de la part de l'éconduit. On disait tellement de choses sur les Palawas, des brutes primaires comme les qualifiaient ces Blancs venus les envahir, les soumettre à leurs lois, allant jusqu'à vouloir les exterminer. À vrai dire, il connaissait bien peu de choses sur eux, juste ce qu'Emily lui avait raconté. Pourtant, ils avaient une histoire particulièrement douloureuse.

Alors qu'ils avaient été les premiers humains à peupler la Tasmanie, l'isolement des aborigènes avait pris fin en 1642 avec l'arrivée et l'intrusion des premiers Européens, sous la conduite d'Abel Jansen Tasman, un navigateur néerlandais.

S'ensuivirent des expéditions françaises meurtrières, avant que les Britanniques s'emparent de l'île pour y établir des bagnes pour leurs condamnés.

Le gouvernement colonial s'était d'emblée révélé violent, peu enclin à les considérer comme des êtres humains à part entière. Cruauté gratuite, tortures, exécutions, mutilations étaient devenues leur lot commun. Nombreuses étaient les histoires relatant la brutalité des chasseurs de phoques, pour la plupart des marins renégats, des condamnés évadés ou des ex-détenus, envers les femmes autochtones qu'ils maintenaient en esclavage et généralement en faisaient leur objet sexuel.

Au début du XIXe siècle, Tarenorerer, une jeune aborigène vendue en esclavage à des « phoques blancs », l'appellation donnée à ces chasseurs de phoques, avait appris l'anglais et s'était familiarisée avec l'utilisation des armes à feu. Après leur avoir échappé, elle était retournée à Emu Bay, d'où elle était originaire, et avait rassemblé de nombreux hommes et femmes de différents clans pour mener la guerre contre les « *luta tawin* », les hommes blancs.

À la fin du siècle, tous les Tasmaniens de sang pur avaient disparu, exterminés ou ravagés par les maladies. Il ne restait plus que des descendants issus d'autochtones et de phoques blancs, dont le clan des Palawas qui réclamait haut et fort son statut d'aborigène.

Même si, en 1967, le gouvernement de Tasmanie avait approuvé l'intégralité des droits constitutionnels des peuples autochtones, la haine d'un côté et le mépris de l'autre restaient toujours profondément vivaces. Une haine entretenue de génération en génération, dont François ne réalisait pas l'étendue.

* *
*

— Attends-moi ! Va t'installer à l'appartement ! Je n'en ai plus pour très longtemps, lui avait lancé son fiancé après lui avoir plaqué un baiser sur la joue.

C'était justement ce qu'elle voulait éviter. Elle préférait se retrouver en terrain neutre. Ce n'était pas qu'elle redoutait une réaction violente à l'annonce de sa décision. Malgré tout, il se montrait parfois imprévisible, et elle se sentirait plus en sécurité avec du monde à proximité.

— Je termine une réparation, mon client passe avant la fin de la matinée pour récupérer sa voiture. Comme ça nous serons tranquilles après.

Comme tous les samedis, il ne quittait pas son atelier avant midi. Le bus qui avait déposé la jeune femme à Launceston arrivait sur les coups de 11 heures. Elle n'aurait guère à attendre. Cependant, elle lui avait imposé de se retrouver au *Scatpub* sur Brisbane Street, une artère animée qui débutait sur la rive de la rivière North Esk et qui présentait l'avantage d'être facile d'accès pour lui qui s'y rendrait en voiture. C'était un bar qu'ils fréquentaient à l'occasion et qui n'avait aucun *a priori* à accueillir une clientèle d'aborigènes.

Jusqu'à François, il avait été le seul homme de sa vie. Elle avait cédé à ses exigences réitérées lorsqu'il avait insisté pour qu'elle se donne à lui. L'amour était différent avec lui : fougueux, possessif à en être presque dominateur, il se montrait peu à l'écoute d'elle et de ses désirs. Plus d'une fois, elle avait ressenti une sorte de frustration qu'elle se reprochait, comme si elle en était responsable.

Avec François, elle avait découvert autre chose : la passion, certes, mais surtout la tendresse, la délicatesse, l'écoute de l'autre. Il ne connaissait pas la haine ni le besoin de revanche. Il cherchait simplement à être heureux et à partager ce bonheur avec ceux qui croyaient en lui. Il ne voulait pas entraver son épanouissement personnel, bien au contraire, alors que son fiancé souhaitait la voir quitter l'emploi qu'elle aimait pour se rapprocher de lui, sans en peser les conséquences qu'elle en subirait.

Depuis qu'elle lui avait imposé ce rendez-vous, il avait réfléchi aux raisons qui la poussaient à refuser de regagner un domicile qui serait un jour le sien. Dès que son client s'en alla, il se dépêcha de monter à son appartement pour faire un brin de toilette avant de sauter dans sa voiture.

— J'espère que je ne t'ai pas trop fait attendre, lui déclara-t-il d'une voix qui sonnait faux.

Elle ne l'avait pas entendu arriver. Elle referma le livre dans lequel elle s'était efforcée de plonger pour meubler le temps. Apparemment, il s'était changé et aspergé d'une eau de Cologne un peu entêtante. Il s'installa en face d'elle. L'inquiétude doublée d'une certaine impatience se lisait dans son regard.

— Qu'est-ce qui se passe ? Pourquoi m'avoir fait venir jusqu'ici ?

Son timbre était autoritaire. Il s'empara de sa main, elle hésita un infime instant et ne la lui retira pas.

— Après tout, tu as eu raison, cela nous fait une sortie. Tu te souviens la dernière fois que nous y sommes venus ? l'interrogea-t-il d'un ton qui se voulait guilleret.

Elle hocha la tête en guise d'approbation avec un pauvre sourire. Surpris de sa tiédeur, il comprit qu'il y avait un problème. Mille questions lui traversèrent l'esprit.

— Tu restes avec moi jusqu'à dimanche soir, comme d'habitude ? Surtout que cela fait déjà près d'un mois que tu ne m'as pas rendu visite, poursuivit-il, espérant que sa réponse éluciderait la situation.

— Non ! C'est justement de ça que je veux t'entretenir.

Elle inspecta la salle. À cette heure, elle n'était pas encore envahie par les consommateurs. Elle déglutit comme pour se libérer des mots bloqués dans sa gorge. Elle commença à parler sur le ton de la confidence, presque à voix basse :

— Voilà ! Notre mariage : en fait, ce sont nos familles qui nous y ont poussés. Une histoire de clan. Nous avons été manipulés. Mais, maintenant, je vois les choses différemment. Je ne crois pas que ce soit une bonne chose. Ni pour toi ni pour moi.

Il sursauta et voulut intervenir.

— Non ! Ne m'interromps pas ! Laisse-moi parler.

Elle évoqua sa profonde et sincère amitié pour lui, une amitié qu'adolescente elle avait confondue avec de l'amour, ses projets pour s'affirmer professionnellement en tant que femme, sa peur de le décevoir. Elle n'aborda qu'à la fin son manque de passion pour leurs effusions sexuelles.

Il avait d'abord refusé ses arguments, même s'ils l'atteignaient et lui faisaient craindre la rupture. Mais ce dernier aveu porta plus que tous les autres. Elle lut comme un éclair au fond de son regard. Toucher à ses sentiments était une chose, s'en prendre à sa virilité en était une bien différente.

— Tu ne m'as jamais repoussé, que je sache. Au contraire, tu avais l'air d'aimer.

Elle crut qu'il n'avait pas bien saisi la situation. Ses prouesses au lit n'étaient qu'un détail. Elle essaya de revenir sur ses explications. Il ne les entendait plus. La colère sourdait en lui.

— Tu es ma promise depuis longtemps. En tant que chef de famille, maintenant c'est moi qui décide !

— Non ! Je reprends ma vie. D'abord, je n'appartiens à personne. Je te demande seulement de me pardonner si je te blesse, et peut-être même de m'accorder ton amitié.

— N'y compte pas ! Tu ne sais plus ce que tu dis.

Le doute s'instillait en lui.

— Tu as rencontré quelqu'un ?

Elle s'attendait à cette question. Sa réponse, elle l'avait mûrement réfléchie. En aucun cas elle n'entendait lui révéler la vérité.

— Non ! conclut-elle sans autre commentaire.

Leur entrevue ne s'éternisa guère. La salle se remplissait pour le déjeuner. Il ne voulait pas s'afficher en public. Il prenait conscience qu'il jouait le mauvais rôle. Dépité, blessé et vexé, il lui lança une dernière bravade avant de se lever et de quitter le *Scatpub*.

— Ne cherche pas à revenir un jour vers moi. Sans compter que ton père va être particulièrement mécontent quand il va l'apprendre !

Elle avait l'impression que tous les regards étaient braqués sur elle. Pourtant, elle se sentait soulagée. Elle venait de se libérer. Elle n'en concevait aucune honte ni culpabilité réelle, même si l'épreuve infligée à son fiancé ne la laissait pas indifférente.

Elle préféra ne pas s'attarder au *Scatpub* pour éviter que les souvenirs ne remontent à la surface, et surtout pour fuir certains regards indiscrets. En ce début d'avril, le temps se montrait changeant dans la même journée. Une averse avait obscurci le ciel et rafraîchi l'air. Elle releva machinalement le col de son anorak. Elle décida de marcher jusqu'au bord du fleuve. Elle avait besoin d'évacuer la tension nerveuse accumulée durant cette scène de rupture. À l'horizon, comme un présage de paix, un arc-en-ciel chevauchait les collines.

Elle frissonna et poussa la porte d'un coffee-shop. Mâchouillant un sandwich, elle réfléchissait. Elle avait envisagé de louer une voiture pour rendre visite à son père dans son village proche de Crayfish Creek. Toutefois, elle hésitait. Elle aurait préféré se retrouver auprès de François. Les journées se faisaient plus courtes et le trajet lui prendrait au moins trois heures. Elle n'aimait pas conduire la nuit venue et, de toute évidence, il lui serait difficile de repartir le soir même.

Devant sa tasse de thé, elle essaya de se persuader que se rendre à Crayfish Creek restait la meilleure solution. Résolue, elle régla sa note et sortit. Tandis qu'elle se dirigeait vers le garage du loueur de véhicules, elle eut l'impression d'être suivie. Elle se retourna à maintes reprises, s'arrêta devant un magasin pour inspecter les alentours directs dans le reflet de la vitre. Il lui semblait que le parfum dont s'était aspergé son ex-fiancé flottait dans l'air. Finalement, elle aperçut sa silhouette, elle la reconnaissait entre toutes. Elle regarda sa montre : si elle se dépêchait, elle attraperait le bus qui rentrait à Rosebery. Elle hâta le pas, une sorte de peur au fond du ventre.

21

À peine de retour chez elle, à Rosebery, Emily s'était précipitée dans la salle de bains. Elle laissa longuement couler l'eau de la douche sur tout son corps comme pour évacuer les moments de tension vécus plus tôt dans la journée, pour se laver de sa passivité passée et faire peau neuve.

Elle préférait repenser à la situation avant de se rendre chez François et se lova dans un fauteuil. Elle avait besoin de se retrouver face à elle-même. Puis, lorsque le calme revint en elle, elle prit enfin la direction de Primrose Road. Il l'attendait avec une impatience soucieuse, mais ne la bombarda pas de questions. Il se contenta d'un « Ça a été pénible ? ».

Elle ne s'était pas étendue sur la scène de rupture et n'avait surtout pas mentionné le dernier point qui avait fait réagir si vivement celui qu'elle venait de quitter.

Depuis qu'il la savait libérée de cette union planifiée, François était aux anges et l'entourait d'attentions. La vie lui souriait enfin. Cependant, lorsqu'il le lui évoqua, elle repoussa sa proposition de s'installer d'emblée chez lui, prétextant du qu'en-dira-t-on et d'une transition qui lui paraissait indispensable. Quelque peu déçu, il n'avait pas insisté, respectant son choix. En fait, déjà depuis quelque temps, ils se retrouvaient presque tous les soirs, et fréquentes étaient leurs nuits communes.

— Il faut que ce soit moi qui l'annonce à mon père. Je ne veux pas qu'il l'apprenne par quelqu'un d'autre ! Il ne comprendrait pas. J'irai le week-end prochain. Je louerai une voiture au garage de M. Smithson. J'espère qu'il acceptera.

— Et pourquoi refuserait-il ? Il y trouve son avantage.

— Tu oublies mes origines.

François sursauta : on en était encore là ! Cette ségrégation lui était inconcevable. Et pourtant, elle existait bel et bien. L'exclusion, bien qu'illégale, continuait de sévir à l'encontre de ceux que les Blancs considéraient comme appartenant à des « *half castes* », des demi-hommes en quelque sorte. Si certains s'intégraient sans trop de problèmes, nombreux étaient encore ceux que les Blancs repoussaient, sans se rendre compte qu'ils entretenaient un rejet réciproque.

Emily redoutait la réaction de son père. Elle savait que l'affrontement serait rude. Les mauvais traitements infligés aux natifs, au cours des siècles, avaient eu pour conséquence un fort mouvement de solidarité raciale parmi la population aborigène même divisée en plusieurs clans. Or son père appartenait à une lignée de Palawas apparentée à Truganini, dont on disait qu'elle était la dernière aborigène de sang pur. Pour avoir défié les autorités coloniales britanniques lors de la Guerre noire, elle était devenue l'égérie d'un peuple en quête de reconnaissance.

Une fois de plus, François lui proposa de l'accompagner.

— Comme ça, je loue la voiture à mon nom et je t'emmène jusqu'à Wynyard. Je profiterai de la plage en t'attendant, conclut-il d'un ton qui se voulait plaisantin, tout en reprenant aussitôt presque en confidence : Je vais trop m'inquiéter pour toi si je reste ici à tourner en rond.

Il s'était montré persuasif, et elle avait fini par accepter. C'était vrai que la route lui aurait paru bien longue sans sa présence à ses côtés !

Ils quittèrent Rosebery alors que le jour pointait à peine, étouffé par un épais manteau brumeux. L'humidité de la nuit rendait la chaussée glissante. Pour l'instant, ils ne distinguaient pas grand-chose de la réserve forestière John-Lynch. La silhouette sombre des arbres qui bordaient la route de Murchison cachait un ciel qui se bleutait timidement entre des nuages menaçants.

Ils parlaient peu et surtout évitaient d'évoquer l'objet de leur déplacement même s'ils ne faisaient qu'y penser. Ils n'étaient pas pressés d'arriver. À la forêt humide succédèrent des montagnes rocailleuses, puis des plateaux et des champs où dominait l'ocre foncé de la terre. Il leur fallut à peine deux heures pour parvenir à Wynyard.

Le ciel était resté couvert et la pluie menaçait, rendant encore plus morose l'ambiance et accentuant l'appréhension de la jeune femme. François essayait de la distraire, mais la ride qui barrait son front attestait du souci qui l'habitait. Ils s'étaient arrêtés dans une taverne, le temps d'un café et des dernières recommandations de la part de François.

— Prends le prospectus, tu auras leur numéro de téléphone ! Si tu rencontres le moindre problème, laisse un message pour moi. Je vais rester dans les environs et repasserai ici régulièrement.

Il avait suivi des yeux la voiture qui s'éloignait. Que n'aurait-il donné pour être plus vieux de quelques heures ! Il n'avait jamais ne serait-ce que croisé la famille d'Emily, mais il savait son père autoritaire jusqu'à l'intransigeance. Il souffrait des moments pénibles qu'elle allait devoir affronter. Même volontaire, elle restait si fragile…

Contrairement à lui, Emily gardait son calme, un calme plus apparent qu'intérieur. Le trajet pour parvenir chez ses parents ne lui prendrait qu'une vingtaine de minutes. Il y avait déjà des mois qu'elle ne leur avait plus rendu visite. Elle serait heureuse de les retrouver, tous, proches et amis. Ils vivaient dans des maisons aux allures de chalets, érigées en bois gris, généralement surmontées d'un étage et regroupées sans plan précis à proximité du fleuve, là où il s'étalait pour former une retenue. Bateaux et véhicules encombraient les lieux entourés d'une végétation généreuse qui isolait les habitants du reste du village bâti en dur et qui s'étirait, un peu plus loin, le long d'une remarquable plage de sable fin.

Une odeur de poisson grillé et d'écrevisses flottait dans l'air. Généralement, le samedi midi, les familles se regroupaient autour de barbecues où chacun apportait son écot. À les voir tous ainsi réunis, Emily en oublia presque le motif de sa visite. Lorsque sa mère l'aperçut, elle poussa des cris de joie et alerta le reste de sa parentèle. Comme toujours, l'accueil fut chaleureux.

Après les incontournables embrassades, son père prit la parole :

— Je suis content que tu sois là. Mais ton fiancé ne t'accompagne pas ?

Autrement dit, il n'était pas au courant de la situation. Le moment était venu. La visiteuse se racla la gorge, ravala sa salive avant de se lancer :

— Justement, papa, c'est de cela que j'aimerais te parler.

— Ça y est ? Vous avez enfin fixé une date ?

Elle hocha négativement la tête.

— Je t'en prie, éloignons-nous un peu ! Je n'ai pas envie que les autres entendent ce que j'ai à te dire.

Une fois seuls, sur la berge du fleuve, le front baissé comme si elle ne voulait pas affronter son regard, elle lui avoua la rupture qu'elle avait provoquée. Il l'écoutait, le visage fermé. Il était évident que cette nouvelle lui déplaisait et mettait à mal les projets qu'il nourrissait pour sa fille.

— Mais qu'est-ce que tu lui reproches ? Il est amoureux de toi. Il fait tout pour t'offrir une vie tranquille. C'est un brave garçon, travailleur et honnête.

— Je le sais. C'est moi qui ai changé. Je ne veux pas de la vie qu'il m'offre.

Son père commença à s'emporter :

— Et qu'est-ce que tu veux ?

Alors elle lui évoqua ce métier qu'elle aimait, ses ambitions où son fiancé ne trouvait pas sa place, ses sentiments pour lui qui avaient évolué... Il écoutait, visiblement contrarié.

— Un homme, on apprend à l'aimer une fois qu'on est mariée. Autrement dit, j'ai fait une bêtise en te laissant aller à l'université. J'étais fier de toi, de tes capacités. J'aurais dû comprendre qu'une fois instruite tu renierais tes origines.

Elle protesta, mais son père poursuivait, l'interrompant sans égard. Cependant, visiblement, aucun des arguments qu'il avançait ne l'atteignait : les traditions, le clan, cet époux qui gérait la famille... Finalement, le doute le traversa.

— Tu as rencontré un autre homme ! C'est ça ?

Elle hésita un instant qui lui parut particulièrement pesant. Il n'était pas encore temps de lui avouer les sentiments qu'elle portait à François. Alors, se mordant les lèvres, elle lui mentit.

— Je te préviens, ne nous ramène jamais un Blanc !

Elle perçut sa remarque comme une gifle qui la fit réagir.

— Et pourquoi pas, si cela devait arriver ? Après tout, nous avons du sang de Blanc dans nos veines.

— Du sang criminel d'un homme phoque sans scrupule qui avait acheté notre aïeule, en avait fait son esclave après l'avoir violée et qui abusait de son corps dès que l'envie le prenait. Ne l'oublie jamais ! Je te préviens, sois maudite si cela devait arriver !

— Les temps ont changé...

Il lui coupa la parole avant qu'elle termine sa phrase :

— N'oublie jamais les souffrances de notre peuple, et mets-toi bien dans la tête que je n'accepterai jamais de te voir dans les bras d'un Blanc ! Malheur à lui si cela devait arriver !

22

Elle ne s'était pas attardée et les avait quittés habitée par un profond malaise. Sa mère aurait voulu la garder auprès d'elle, « au moins pour le déjeuner », avait-elle insisté, mais l'attitude paternelle lui avait fait comprendre qu'il valait mieux qu'elle s'en aille. Si cette rencontre lui avait permis d'aborder une certaine réalité, elle lui laissait le goût amer de l'intolérance et de la crainte d'un mauvais sort. Désormais, elle devrait vivre avec son mensonge sans savoir quand la vérité se ferait au grand jour et quelles en seraient les conséquences. Elle connaissait les pouvoirs de son père, le Maître des secrets, qui confinaient presque à la sorcellerie. Elle sentait peser sur elle une culpabilité injustifiée.

François fut surpris de son retour si rapide. Il lui parut évident que la rencontre s'était mal déroulée, d'autant plus que ses paupières rougies attestaient de ses larmes. Il la maintint serrée tendrement contre lui avant de l'interroger d'un simple « Alors ? ».

D'une voix enrouée, avec des mots hachés, elle lui raconta l'affrontement subi sans lui évoquer toutefois la malédiction qu'il lui avait lancée si elle tombait dans les bras d'un de ces Blancs haïs. Elle lui relata sa répulsion pour ces hommes qui n'étaient pas de leur race, et que de ce fait elle n'avait pas pu lui avouer leur volonté de bâtir une existence ensemble. Il ne fallait pas qu'il s'attende à rencontrer un jour sa famille, une famille qui le rejetait sans même le connaître. Il était profondément ému et reconnaissant du choix qu'elle était amenée à faire : leur amour ou sa famille. Il ne devait pas la décevoir.

À leur retour à Rosebery, la vie avait repris avec ses horaires de travail, ses échappées à la découverte de la faune et de la flore, les projets communs qu'ils nourrissaient. Deux êtres avec leurs différences, leurs passés, leurs éducations, deux rivières qui se rejoignaient même si elles n'avaient pas le même débit, la même force, qui en s'unissant ne formaient plus qu'une seule rivière, plus puissante que toutes deux cheminant séparément.

Un jour, à la grande surprise du jeune homme, elle lui évoqua la possibilité de migrer en France. Il réalisa qu'il ne lui avait jamais révélé la raison de son départ. Le temps était enfin venu de se libérer du secret qui, après l'avoir tant meurtri, lui devenait presque indifférent. Alors il lui expliqua sa peur, sa fuite, son changement d'identité, l'injustice dont il avait été victime, ce père qui lui aussi l'avait repoussé. Il osait espérer qu'il ne l'avait pas banni de sa vie et que parfois il lui arrivait de penser à lui, à l'enfant qu'il avait été.

— Décidément, nous avons de drôles de pères, soupira François.

— J'espère que tu ne seras pas comme eux, le jour où nous aurons des enfants, enchaîna Emily, un grand sourire aux lèvres.

Avoir un enfant, François n'y avait jamais réellement songé. Cette simple petite phrase l'amena à longuement réfléchir et lui fit prendre conscience que, même s'il se sentait immature, il avait dépassé les trente ans. L'idée ne le dérangeait pas. Toutefois, il préférait attendre. Ce qui ne contraria pas sa compagne quand il le lui avoua, car elle aussi n'était pas pressée.

— Il faut être confiant en l'avenir, car il nous révèle toujours ses secrets, nous aide à réaliser nos rêves et à construire notre univers.

Plusieurs mois passèrent sans qu'Emily ait le moindre contact avec sa famille. Ce silence était pour elle comme une épine au cœur. Alors elle s'abandonnait encore plus à son amour et à son travail. Si elle continuait à payer sa quote-part pour l'appartement qu'elle occupait avant, elle n'y mettait plus guère les pieds. En réalité, elle avait emménagé à Primrose Road depuis l'été.

À présent, elle dirigeait une petite équipe de chercheurs laborantins, tous des Blancs, et en tirait une grande satisfaction. Elle se prit à espérer que son père serait fier de sa réussite. Elle décida alors d'écrire à sa mère. Sa lettre tenait en une page, mais elle contenait l'essentiel : elle était heureuse et pensait souvent à sa famille qu'elle aimait profondément.

Moins d'un mois plus tard, sa journée de travail achevée et alors qu'elle avait tout juste regagné son domicile en colocation, elle le vit sur le trottoir : son père solidement campé sur ses jambes, l'air sombre comme à son habitude lorsqu'il abordait une difficulté. Elle comprit d'emblée qu'elle était le problème. Il effleura à peine sa joue en guise de bonjour.

— C'est gentil d'être passé me voir, lui dit-elle, espérant que cette visite ne se terminerait pas en affrontement.

Elle le précéda pour entrer. Quels que soient les motifs de sa venue, une certaine discrétion s'imposait.

— J'arrive de chez nos cousins de Waratah, pour la préparation de la fête de notre Serpent arc-en-ciel. Je tenais à te rappeler la date. Quels que puissent être mes sentiments, tu te dois d'y participer.

Elle dissimula sa surprise, elle espérait qu'il se soit déplacé pour faire la paix ! Il était simplement là pour la ramener à ses obligations dans leurs croyances, cette doctrine holistique, dont il était le représentant sur terre. Un culte totémique, lié au Temps du rêve, de celui d'un ancêtre, dont ce Serpent arc-en-ciel était un mythe récurrent pour les aborigènes de Tasmanie. Identifié comme un énorme serpent vivant dans le plus profond des eaux australiennes, il était descendu sur terre depuis la Voie lactée et se révélait sous la forme d'un arc-en-ciel pénétrant les ondes ou la pluie. Exceptionnellement puissant et dangereux, il conditionnait la vie des natifs de génération en génération qui devaient respecter une large série de devoirs et d'interdits, se conformer aux rites sacrés des anciens et les préserver pour maintenir l'ordre qu'ils avaient établi. Malheur à ceux ou celles qui enfreignaient ses diktats !

Elle s'efforça de cacher sa déception et dans un élan lui proposa de passer un moment en sa compagnie.

— Je n'ai pas grand-chose à t'offrir, mais il y aura toujours une bière ou un jus de fruits. Veux-tu que nous dînions ensemble ? se hasarda-t-elle, tout en se félicitant d'avoir gardé un pied-à-terre et de ne pas tout avoir déménagé chez François.

Il déclina son invitation, prétextant qu'il souhaitait rentrer à Crayfish Creek avant la tombée de la nuit. Il n'était encore jamais venu chez elle et s'étonna de l'impersonnalité de son appartement, si ce n'étaient quelques photos au mur de sa chambre.

— Je suis en location. Plus tard, on verra.

— Tu avais une maison à Launceston, ton fiancé l'avait choisie pour toi. Belle et grande !

« Il l'avait choisie pour elle » : quand son père comprendrait-il, s'il y parvenait un jour, qu'elle ne voulait pas dépendre d'un homme ? Ses choix, elle y tenait et les assumait.

Il ne s'éternisa pas ; le dialogue était difficile, une fois évoquée la famille par des « tout va bien ».

— Je te préciserai le début des festivités dès que tout sera fixé.

Le ton était impératif, comme toujours.

— Arrange-toi pour prendre au moins deux jours de congé ! Il y aura le clan Tommeginer au complet. Ton fiancé y compris. J'espère bien d'ailleurs que le retrouver te remettra les idées en place ! Ton absence ne sera pas tolérée, tu le sais.

Elle l'avait raccompagné jusqu'à sa voiture. En guise de tendresse, il avait déposé un baiser sur son front.

— Et rappelle-toi ce que je t'ai dit !

Son départ la soulagea. Dès que la voiture eut disparu au bout de la ligne droite, elle tourna les talons et prit le chemin de Primrose Road. François l'attendait un peu inquiet de son retard. Et, quand elle se retrouva dans ses bras, elle oublia aussitôt le sentiment d'amertume que lui avait laissé la visite inopinée de son père.

23

Elle avait confié à François les menaces déguisées de son père et sa volonté de ne pas se rendre à ces festivités dont elle ne reconnaissait plus le bien-fondé. En effet, de par sa profession, elle avait acquis un certain scepticisme qui s'apparentait à de l'agnosticisme. Et surtout, elle tenait à éviter de se retrouver en présence de ce fiancé qui, selon les dires de son père, se remettait mal de leur rupture, atteint autant dans son amour que dans sa fierté.

Malgré les encouragements de François, peu insistants au demeurant, à rejoindre les siens à cette occasion, elle maintint sa décision. Ne disait-on pas que la nature avait mis le bonheur à la portée de tous et qu'il suffisait de savoir le choisir ? À son tour, elle avait choisi, elle était désormais maîtresse de son chemin. À la grande joie de son compagnon, elle quitta définitivement sa colocation pour s'installer chez lui. Le déménagement ne leur prit guère de temps : depuis déjà des mois, elle avait migré à Primrose Road.

Ce fut la visite de son père et son intransigeance qui la décidèrent à assumer sa nouvelle vie. Après tout, elle n'était pas responsable des sentiments qu'elle inspirait. Ses moments de nostalgie étaient principalement provoqués par l'éloignement avec sa mère. Parfois également elle repensait avec une certaine tendresse à celui qu'elle avait repoussé. Elle ne lui voulait aucun mal, bien au contraire. Elle aurait aimé le savoir heureux à son tour.

Elle ne possédait pas de meubles, cependant elle tenait à apporter une touche personnelle dans ce domaine qui devenait le sien. François y avait créé un confort plutôt rudimentaire qui convenait parfaitement au célibataire qu'il était. Déjà depuis quelques mois, ils s'organisaient une vie de couple. Le premier changement avait été le remplacement du lit à une place par un lit double qu'ils avaient choisi ensemble. Ils firent l'acquisition d'un poste de télévision, souscrivirent un abonnement téléphonique ; elle installa des rideaux fleuris à chaque fenêtre, garnit les étagères de ses livres, etc. Bref, elle mettait sa marque dans un domaine devenu sien.

Ils s'accordaient à merveille et les points d'achoppement se faisaient rares. Ils partageaient intérêts et passions. Ensemble, ils découvraient la Tasmanie de l'Est et du Sud, s'émerveillaient devant les mêmes paysages et patiemment guettaient les animaux.

— Tu m'apprends le français ? lui demanda-t-elle un jour de forte pluie qui les retenait à l'intérieur.

Sa démarche le toucha et il commença par les mots usuels. Il écrivit à son frère pour qu'il lui fasse parvenir des manuels scolaires à destination des étrangers. La correspondance entre les deux hommes ne s'était jamais interrompue même si elle se faisait plus rare. L'aîné visait un poste d'inspecteur d'académie et préparait le concours qui lui permettrait de donner une nouvelle orientation à sa carrière. Il évoluait dans un milieu intellectuel et préférait les sentiments exprimés au travers des textes d'Eschyle, Longus et son célèbre *Daphnis et Chloé* ou encore Pindare et Platon et jusqu'à Aristophane, le poète outrancier. Les Grecs étaient ses maîtres à penser et il était peu en phase avec les simples émotions d'un quotidien, d'un monde ordinaire dans lequel il ne se projetait plus. Le fossé s'était creusé entre les deux frères, seuls leur restaient des souvenirs d'enfants qui ne revêtaient pas la même importance pour l'un et pour l'autre.

Le cadet n'était pas indifférent aux événements que vivait la France, mais dorénavant sa vie s'était ancrée parmi les gens des brumes, cette sorte d'anopsie protectrice qui lui offrait ses rêves. La présence d'Emily à ses côtés était sa plus belle réussite, et la voir se plonger dans l'étude du français, abordant une culture si différente de la sienne, lui faisait particulièrement chaud au cœur.

Grâce à la télévision australienne, il restait informé de ce qui se passait aussi bien en France que dans le monde.

— Un jour, nous irons en France, lorsque je n'aurai plus à dissimuler mon identité. Le voyage est interminable. Nous prendrons de longues vacances.

Huit ans encore avant qu'il puisse franchir les frontières sans encombre. Il redoutait que, s'il quittait la Tasmanie, il ne soit pas autorisé à y revenir. Il songeait bien à se faire naturaliser, mais si sa supercherie était découverte en France, tout s'écroulerait. Il s'épanchait dans les lettres qu'il adressait à son frère et lui confiait ses doutes, que celui-ci entretenait dans ses réponses. Alors il attendrait l'échéance. À vrai dire, cela ne le traumatisait pas.

Ses élans patriotiques se réveillèrent quand, au matin du 10 novembre 1970, les ondes annoncèrent le décès du général de Gaulle. Héros devenu mythique, il était le symbole d'une France courageuse et fière. Le 12 novembre, une messe en sa mémoire à Notre-Dame de Paris réunissait, hors de toute préséance, de très nombreux chefs d'État venus du monde entier. *Grâce à lui, l'espace d'un matin, la France allait connaître le vaste et prodigieux rapprochement de toutes les religions du globe de tous les pays du monde*, ainsi commentait la revue *Paris Match* que François avait reçue quelques jours plus tard de son frère.

Quant à Emily, elle ne réalisait pas l'importance que cette nouvelle revêtait pour son compagnon. Elle se tournait vers des lectures plus professionnelles, des brochures scientifiques, surtout que depuis quelques mois avaient été mis en lumière les travaux de Charles McCusker, chercheur d'origine anglaise arrivé en Australie en 1958 en tant qu'enseignant à l'université de Sydney. On évoquait son nom pour le prochain prix Nobel de physique depuis qu'il avait annoncé avoir découvert le quark, cette mystérieuse particule qui serait l'ultime constituant de la matière.

Alors qu'on s'apprêtait à fêter la nouvelle année 1971, Emily se sentait fatiguée parfois jusqu'à l'épuisement. Des vertiges la surprenaient à n'importe quel moment de la journée. Les signes d'une grossesse s'imposaient à la plus grande joie des futurs parents. Plus que jamais François se montrait attentionné. Cette naissance venait consacrer leur union. Pourtant, il ne pouvait s'empêcher de la redouter : allait-il être à la hauteur ? Ce dont il était certain c'était qu'il s'efforcerait de ne pas reproduire les erreurs de son propre père à son égard.

Les trois premiers mois touchaient à leur fin. Emily perdait sa carrure sportive pour des formes qui s'arrondissaient. Les nausées et malaises s'éloignaient. Si ce n'était cette fatigue qui ne la quittait pas, tout allait bien dans le meilleur des mondes.

La cloche du portillon retentit tandis qu'elle s'affairait à la cuisine. Elle n'attendait personne. Étonnée, elle se retourna vers la fenêtre. Elle resta figée, son cœur se mit à battre plus fort. Il était là, toujours solidement drapé dans son assurance et sa fierté : son père. Elle hésita quelques secondes avant de se décider à sortir lui ouvrir : comment avait-il eu son adresse ? Et surtout, que pouvait-il bien lui vouloir ?

Leurs retrouvailles furent frileuses en ce qui la concernait, et franchement froides de la part du visiteur. Son regard inspectait le logement qu'apparemment il trouvait peu à son goût. Malgré leur désaccord, Emily ne s'attendait pas à une telle retenue. Elle lui proposa une limonade qu'il accepta de boire dans la cuisine.

— Quand je pense que tu étais destinée à partager la vie d'un brave et courageux garçon. Il pouvait t'offrir une belle vie, une belle maison en ville, et tu t'es amourachée d'un mineur, un travail avec peu de perspectives.

Vexée une fois de plus, elle s'apprêtait à répliquer, retrouvant son assurance. À présent, elle lisait une sorte de mépris dans ces yeux qui la dévisageaient de la tête aux pieds.

— Les difficultés ne lui ont jamais fait peur. Sans transgresser nos lois, il a été fait citoyen d'honneur de Launceston, poursuivit-il.

Elle connaissait les exploits de ce fiancé. Il avait fait preuve d'un grand courage lors de la récente inondation qui avait durement meurtri la ville de Launceston, causant de lourdes destructions et multipliant les pertes humaines. Une marée de tempête, un typhon, accompagnée de vents violents et de pluies torrentielles avait provoqué un raz-de-marée jusqu'à l'intérieur des terres empêchant les eaux du fleuve Tamar et des rivières South et North Esk, qui traversaient la ville, de s'écouler normalement.

— Et ton mineur, un jour, il va rentrer dans son pays. Qu'est-ce que tu deviendras alors ? Tu crois qu'il va s'encombrer d'une aborigène ?

Emily n'en pouvait plus de l'entendre déblatérer sur celui qu'elle aimait, celui en qui elle avait toute confiance.

— D'abord, qu'est-ce que tu sais de lui ? Je ne te permets pas de juger.

— Non ! Mais avec un enfant de lui, aucun homme ne voudra de toi. Parce que tu es bien enceinte ? Tu le portes sur toi.

Elle ne pouvait pas le cacher et ne chercha pas à le faire.

— Tu sais ce que j'en pense : je n'admets pas ta situation. Depuis l'homme phoque, aucun autre Blanc n'est venu ternir notre lignée. Je ne tolérerai pas cet enfant dans notre clan. J'y veillerai !

Intérieurement, elle tremblait de tout son corps. Elle était glacée. Mais elle ne voulait pas lui donner la satisfaction de la voir effrayée par sa malédiction. Elle savait combien étaient redoutables les menaces de celui auquel on avait accordé le titre de Maître des secrets, celui qui était le dépositaire des pratiques ancestrales. Il avait la connaissance des plantes, de leurs usages même les plus funestes. Il se disait sous le manteau qu'il ordonnait et présidait aux cérémonies crématoires des nouveau-nés issus de ces relations indésirables qui venaient salir l'intégrité du clan. Elle avait peur de ses pouvoirs.

— Je ne te crains plus ! lui déclara-t-elle au prix d'un grand effort et le regardant droit dans les yeux. Fais ce que tu veux de ton cœur, de ta vie, mais je t'interdis de faire ce que tu veux de moi ! Ce n'est vraiment pas ce que j'attendais d'un père, de mon père. Je ne te retiens pas ! conclut-elle d'une voix affermie.

Alors qu'il franchissait la porte d'entrée, il se retourna une dernière fois et lui lança sèchement :

— Lorsqu'on renie ses croyances, on altère son destin. Tant pis pour toi !

24

À peine avait-il disparu au bout de la rue qu'elle s'écroula dans un fauteuil. Elle se répétait comme pour s'en persuader : « Il ne peut rien contre nous. » À son retour du travail, François la trouva encore tremblante. Constatant les traces sèches et blanchâtres qui sillonnaient ses joues, il comprit qu'elle avait pleuré. Elle lui raconta la visite de son père, tout en atténuant cependant la violence de ses propos. Elle garda pour elle ses sous-entendus de malédiction, ses menaces dont elle le savait capable.

— J'admets que tu sois peinée à l'idée de ne pas le revoir. Mais s'il doit te mettre dans cet état à chacune de vos rencontres, il vaut mieux qu'il se tienne éloigné de toi.

Elle opina de la tête dans un signe qui ne signifiait ni oui ni non. Tant d'histoires, presque des légendes, couraient sur lui... Elle se blottit dans les bras de François. Auprès de lui, elle se sentait en sécurité. Néanmoins elle resterait sur la défensive, se promit-elle.

Moins d'une semaine plus tard, elle fut prise de nausées, ce qui ne l'étonna guère : c'était l'un des malaises propres à une grossesse. Mais, bientôt, des contractions secouèrent le bas de son ventre. En compagnie de François, elle alla consulter.

Le médecin lui prescrit en premier lieu du repos puis quelques vitamines et lui conseilla de boire des tisanes, notamment agrémentées de gingembre.

Dans l'immédiat, il n'était plus question qu'elle se rende à son travail. À vrai dire, elle s'en sentait incapable tant elle était épuisée. Après tout, la perspective du futur bébé compensait largement les inconvénients présents. François se chargeait de l'organisation de leur foyer, faisait les courses, préparait les repas. Il ne voulait surtout pas la voir se fatiguer.

Cet été, l'air était doux, les températures étaient élevées sans être excessives. On gardait les fenêtres et la porte d'entrée ouvertes du matin au soir. On en était arrivé aux journées les plus longues de l'année. Le soir, ils en profitaient pour dîner dehors. Durant toutes ces heures pendant lesquelles elle attendait son retour de la mine, elle se reposait sur une chaise longue à l'ombre d'un large hêtre myrte qui rappelait que quelques décennies plus tôt la forêt tropicale recouvrait ce qui était devenu une ville. La plupart du temps, elle lisait. Parfois, la somnolence la gagnait et elle se laissait glisser dans un monde lénifiant.

Pourtant, à plusieurs reprises, dans une semi-inconscience, elle eut l'impression d'être observée. Dans un premier temps, elle ne s'en formalisa pas puisque le jardin bordait la rue. Puis, un après-midi, dans la pénombre des bosquets de laurier, elle crut discerner une silhouette qu'elle connaissait bien : une carrure massive, les jambes légèrement écartées pour mieux faire corps avec le sol. Elle se releva brutalement, comme si elle avait aperçu un fantôme. La tête lui tourna un peu. Quelques secondes s'écoulèrent avant qu'elle ne reprenne ses esprits. L'ombre avait disparu. Elle se dirigea vers la clôture pour inspecter la rue et ne vit rien qui puisse justifier ses craintes. Elle dut faire un gros effort sur elle-même pour se ressaisir, se persuadant qu'elle avait été l'objet d'une hallucination.

Lorsque François rentra du travail, il la trouva perturbée : cette petite ride du lion qui froissait son front à la moindre contrariété l'interpella. Elle écarta sa question par un « rien » qui ne le rassura pas. Devant son insistance, elle finit par lui avouer sa frayeur.

— Tu as si peur que ça de ton père ?

— De ses pouvoirs, oui ! Il est dangereux et sans pitié.

— Les lois existent pour nous protéger.

— On ne prouve jamais rien contre un mauvais sort.

Il s'était passé un long moment avant qu'il la sente apaisée. Elle s'était bien gardée de lui apprendre l'histoire de ces nouveau-nés issus d'un couple mixte, tués alors qu'ils sortaient à peine du ventre de leur mère, puis brûlés, selon une prétendue coutume, afin d'effacer toute preuve de violence. Elle savait que cet acte barbare perdurait, même s'il se faisait rare, pour avoir écouté en cachette un conseil de ces sages réunis autour de son propre père.

Dans la nuit, les douleurs abdominales s'accentuèrent, arrachant des gémissements à la future maman. François décida de la conduire aussitôt à l'hôpital. Il était très tôt mais, à cette époque de l'année, le jour imposait ses premières lueurs dès les 5 heures et demie.

Elle dut attendre un bon moment avant d'être dirigée vers la salle d'accouchement pour un examen. Le médecin de garde lui posa moult questions qui la surprirent. Oui ! Elle prenait des tisanes comme lui avait recommandé le praticien. Non ! Elle ne pouvait pas s'être trompée sur les plantes dont elle se servait pour les décoctions : elle possédait cette science des végétaux transmise par sa mère. Toutefois, ce dernier point l'interpella. Quelqu'un, en l'occurrence son père, pensa-t-elle aussitôt, aurait-il pu pénétrer chez elle et mélanger dans ses préparations de l'herbe de la Saint-Jean dont on savait qu'elle provoquait un empoisonnement qui décrochait le fœtus ? Peut-être n'avait-elle pas rêvé lorsqu'elle avait cru le voir. Elle finit par s'en persuader. Employer le dosage parfait pour un avortement sans tuer la mère n'était pas l'acte d'un néophyte.

Cette fausse couche la plongea dans une prostration dans laquelle elle se laissa glisser sans résistance. François aussi était choqué, mais sa rationalité l'emportait sur les doutes et les interrogations de sa compagne. Il taisait sa peine : Emily avait besoin de sa force et de ses soins. Elle était beaucoup plus ébranlée qu'il ne l'aurait cru. La peur l'habitait, tout autant que la déception.

— C'est ma faute, répétait-elle.

François essayait de réfuter sa sentence. Mais elle persistait. Les larmes lui venaient sans raison. Elle souffrait d'une sorte de dépression post-partum, avait déclaré le médecin.

— Nous recommencerons dès que tu iras mieux, et nous ferons un beau bébé, lui affirmait-il.

Maux de tête, anxiété et tristesse profonde bousculaient son quotidien. Puis, au fil des jours, son état émotionnel s'améliora. L'épreuve souda le couple. Ils l'avaient traversée chacun à sa manière, respectant le ressenti de l'autre. Leur amour réciproque les guidait dans des décisions basées sur le partage.

Depuis plus d'un an, il était beaucoup question parmi les autochtones d'un projet gouvernemental qui devait aboutir dès 1972 par l'ouverture du Tasmanian Aboriginal Centre à Launceston. Le choix de la ville n'était pas anodin. Launceston avait toujours été une région où les frontières se rencontraient, où l'eau douce venait se mêler à l'eau salée, où les rivières Esk se jetaient l'une dans l'autre pour former le fleuve Tamar, où les premiers peuples des Midlands du Nord commerçaient avec ceux des riverains du Tamar.

C'était dans cette vaste zone humide riche en sauvagine que les aborigènes avaient ancré leur croyance, le « Temps du rêve », qui désignait la période remontant au néant jusqu'à la création de toutes choses. Il était porteur d'un message fort véhiculant à travers les âges la responsabilité de l'homme et de ses droits, face à l'ensemble de tout ce qui vivait. Tout être humain était donc lié spirituellement aux lieux et aux rites sacrés de ses ancêtres qu'il était tenu de préserver pour maintenir l'ordre établi par eux.

Ce nouveau centre représentait donc une étape majeure dans la reconnaissance des « peuples premiers », que les historiens appelaient les natifs, ces martyrs sacrifiés au nom d'une colonisation brutale. Il constituait un outil indispensable pour conserver leur culture holistique teintée de métaphysique ainsi que ce qui restait de leur langue, le *palawa kani*, en grande partie disparue des mémoires. Bien entendu, le père d'Emily y apportait une large contribution, et son action faisait de lui un personnage important même si le mépris continuait à entacher les rapports à l'encontre des populations autochtones.

25

Emily continuait à se sentir observée de temps à autre : des ombres furtives qui disparaissaient dès qu'elle cherchait à les découvrir. Elle en ressentait un malaise qu'elle parvenait de plus en plus difficilement à dissiper. Les premières fois, elle voulut se persuader qu'elles n'étaient que le fruit de son imagination et préféra ne pas en parler à François.

Souvent, elle s'interrogeait sur les raisons de cette haine insensée que son père nourrissait à l'encontre des Blancs. Comment pouvait-on éprouver des sentiments si extrêmes alors que des générations s'étaient écoulées ? Et pourtant, elle-même devait encore essuyer les affronts des colonisateurs et de leur descendance : discrimination dans les opportunités de travail, d'études, mépris au quotidien, elle s'y était toujours trouvée confrontée. Ils ne cherchaient plus à dominer, mais à exclure les natifs de la société.

Malgré tout, il ne fallait pas généraliser. Elle avait des amis blancs, surtout parmi les nouveaux arrivés du monde entier, reconnaissait-elle. Mais l'auraient-ils acceptée si facilement si elle n'avait pas été la compagne de François ? Grâce à lui, ils avaient appris à la connaître et à l'apprécier. En conséquence, l'acharnement de son père lui échappait totalement.

D'autant plus qu'il refusait toute explication, estimant que ses déclarations et ses prises de position ne pouvaient pas être contestées.

En fait, elle ignorait tout de ses raisons. Or, depuis son enfance, il traînait un lourd et douloureux secret qui le hantait encore parfois la nuit. Jamais il ne pourrait effacer de sa mémoire les images de la scène à laquelle il avait assisté, une soirée d'hiver alors qu'un brouillard épais étouffait la nature. Les cris de cette toute jeune fille qui, les vêtements arrachés, se débattait vainement sous les coups de trois hommes blancs la maintenant au sol pour la violer résonnaient toujours en lui. Le pire fut ce silence simplement entrecoupé des ahanements des brutes, alors que, pour la faire taire, ils lui avaient bourré la bouche de terre. Étouffée, elle ne bougeait plus. Ils avaient usé de son corps à maintes reprises puis, lassés, l'avaient jeté dans l'eau glacée de l'étang.

Ils avaient apaisé leur appétit sexuel sans se soucier le moins du monde d'elle. Juste un objet dont on se sert et abuse sans le moindre scrupule, et dont on se débarrasse. Les disparitions, surtout de femmes jeunes, étaient chose courante. Les recherches, lorsque les autorités acceptaient de les effectuer, n'aboutissaient qu'exceptionnellement.

Il était resté caché dans ses buissons, évitant tout bruit, car ne disait-on pas que les jeunes garçons subissaient le même sort. Il aurait voulu hurler, mais s'était mordu les lèvres jusqu'au sang et enfoncé les ongles dans la paume de ses mains. Seul, il était impuissant contre eux. Quand enfin ils étaient partis, il avait couru vers la rive toute proche. Mais, dans l'opacité de la brume et le soir tombant, il n'avait rien pu distinguer.

Tout tremblant, perdu dans un univers surréaliste, il était rentré chez ses parents. Toutefois, il n'avait jamais pu répéter ce qu'il avait vu et entendu. Les mots étaient trop difficiles à sortir de sa gorge. Ses nuits étaient devenues cauchemardesques. Il redoutait de fermer les yeux, la scène s'imposait, une fois les paupières baissées. Pendant des mois, il se réveilla en sursaut, mouillé d'une sueur gluante. À plusieurs reprises, il se cacha pour pleurer, comme pour évacuer ce trop-plein de violence à laquelle il avait assisté impuissant. Une impuissance qu'il se reprocha longtemps alors qu'il était évident qu'il n'aurait rien pu faire.

Dès qu'il croisait un Blanc, il cherchait à reconnaître en lui l'un des tortionnaires. Il redoutait tellement de se retrouver face à l'un d'entre eux, sachant à quelles extrémités ils étaient capables de se livrer. Alors cette haine qui s'installa en lui ne fit que grandir et étouffa sa peur. Combien de fois avait-il entendu son propre père déclarer que pour être libre, il ne fallait pas céder à ses craintes. Et pour lui liberté rimait également avec fierté.

Cette relation que sa fille entretenait justement avec un Blanc représentait pour lui une véritable trahison. Bien sûr, il ne s'en prendrait jamais à elle directement. Quant à se retourner contre son amant, il n'aurait jamais la loi de son côté. Il le savait. Aussi, la seule chose qu'il pouvait empêcher était que de cette aventure naisse un enfant qui porterait en lui les gènes de ces barbares.

L'année 1972 s'annonçait riche en événements. Le premier était le dixième anniversaire de l'arrivée de François à Rosebery et de son embauche aux mines. Même s'il n'avait plus changé de poste dans les dernières années, il avait acquis des responsabilités auprès des ingénieurs. Pour le contremaître qu'il était devenu, il connaissait tout de l'aérage, de la répartition de l'air au fond du puits. Il avait appris à analyser les gaz et lutter contre les poussières.

— L'air, c'est la vie !

Une évidence dont il était parfaitement conscient.

Emily avait réuni leurs amis les plus proches et confectionné un de ces énormes gâteaux crémeux et colorés qui étaient de toutes les festivités. En ce mois d'octobre, à mi-chemin vers l'été austral, l'humidité persistait. Le temps était frais. Au loin, une neige tenace recouvrait la cime des montagnes. Il faudrait encore un bon mois pour qu'arrivent les belles journées et leur chaleur.

Au nombre des invités, il n'y avait aucun Français. En fait, les Français ne venaient pas en Tasmanie pour se faire embaucher dans les mines. Ils participaient aux travaux agricoles, aux cueillettes de fruits, aux vendanges, en supplément des équipes locales. Parmi les mineurs étrangers, rares étaient ceux qui prolongeaient leur contrat au-delà de deux ans. L'assiduité d'Emily à assimiler sa langue maternelle amusait François, mais surtout le touchait. Mais elle avait encore tant à apprendre pour entamer une véritable discussion…

Grâce à la télévision et aux lettres de son frère, il suivait les nouvelles de son pays d'origine : la grève générale des mineurs de Lorraine, la naissance de la Communauté européenne, la mort de Fernandel ou celle de Maurice Chevalier… Il n'était pas indifférent non plus à ce qui se passait dans le monde secoué par des drames qui faisaient la une des journaux internationaux : l'attaque du Pakistan par l'Inde, l'incendie qui avait ravagé le *Queen Elizabeth*, les bombardements américains qui s'intensifiaient sur le Nord-Vietnam, les manifestations d'Afrique du Sud, les affrontements en Irlande du Nord…

En réalité, ce qui par-dessus remportait l'intérêt, c'étaient ces vingt et unièmes jeux Olympiques organisés à Munich où les athlètes australiens s'étaient illustrés, et notamment une jeune nageuse d'à peine seize ans, Shane Gould, revenue en héroïne dans son pays. Pourtant, au-delà des succès, après la fierté arriva la consternation. Les Australiens, tout comme le monde entier, étaient bouleversés par la prise d'otages, puis le massacre, le 5 septembre, de onze athlètes israéliens par les membres de l'organisation terroriste palestinienne Septembre noir. La presse mondiale relaya dans ses colonnes le scandale des trois *fedayins* survivants du commando qui, grâce au gouvernement libyen et à la faiblesse des autorités ouest-allemandes, échappaient à la justice et se retrouvaient libres.

Ce fut à la fin de l'année, alors que se préparaient les festivités pour accueillir 1973, qu'Emily découvrit sa nouvelle grossesse.

— Tu es sûre ? réitérait François tout à sa joie.

— Oui ! Je suis enceinte de plus d'un mois.

Elle ne ressentait qu'une légère fatigue et ne souffrait plus de nausées ni de vertiges. Tout s'annonçait sous les meilleurs auspices. Pourtant, une certaine crainte se nichait au plus profond d'elle-même. Son père allait-il l'oublier ? En tout cas, elle ne voulut pas alarmer le futur papa.

26

Chaque jour, François scrutait sa compagne. La grossesse se déroulait sans problème. Cependant, il décelait comme une sorte d'appréhension au fond de son regard.

— Ne t'inquiète pas ! Tout ira bien, tu verras. Ce n'est pas comme la fois précédente où tu ne t'es pas sentie bien dès le départ, lui répétait-il.

Un peu superstitieux, ils n'avaient parlé à personne de son état gravide. Il serait bien temps lorsqu'ils seraient assurés que tout se passait normalement. Alors qu'Emily déplorait presque le gonflement douloureux de sa poitrine, comme sous l'effet d'un mauvais coup, François se délectait de voir ses courbes s'arrondir. Elle avait dépassé les deux mois d'une grossesse qu'elle ne pouvait plus dissimuler.

De nouveau, elle guettait la rue, surtout depuis qu'elle avait cru y percevoir une ombre en observation. La folle du logis se remit à la tourmenter, provoquant des sautes d'humeur que François mit sur le compte de son état.

Arrivée à peu près à la même période que sa première grossesse, elle vit un jour son père sonner au portillon. À vrai dire, avant même d'avoir cru distinguer des ombres suspectes, le pressentiment de sa venue s'était niché dans son tréfonds.

Elle s'y était préparée, décidée à ne pas avoir peur, ou tout du moins à ne pas le lui montrer.

Il avait attendu un moment où elle serait seule à la maison. Il ne voulait pas se trouver confronté à celui qui salissait sa lignée. Sans lui, elle serait fragilisée, estimait-il. L'accueil fut encore plus froid que la fois précédente. Il la fixait avec une telle intensité que malgré sa volonté, l'espace d'un instant, elle ferma les yeux.

— Décidément, tu ne tiens pas compte de mes injonctions ! L'expérience précédente ne t'a pas suffi ?

Elle ne répondit pas, submergée par une colère sourde qui bloquait ses mots au fond de sa gorge.

— S'il devait m'arriver quelque chose, à moi ou au bébé, je porterais plainte, finit-elle par lui retourner.

— Et tu irais te plaindre auprès de qui ? Des Blancs ? Ils se moquent bien de nous. Si on pouvait tous disparaître, cela leur conviendrait tout à fait. Et puis encore faudrait-il pouvoir fournir des preuves. Et notre science dépasse largement leurs connaissances, si modernes qu'elles soient. Ça, tu le sais parfaitement !

Il s'arrêta un instant tout en l'observant d'un regard toujours dominateur, comme celui d'un prédicateur, d'un juge. Puis, sans lui laisser le temps de riposter, il reprit :

— Les Blancs nous ont apporté leurs mœurs dégradées, leurs maladies alors que nous vivions heureux. Ce qui prouve que tout peuple pacifique est appelé à disparaître s'il ne dispose pas de moyens suffisants pour se faire respecter. Désormais, la lutte fait partie de notre propre existence, de notre survie.

Il parlait haut, mais sans crier, l'air sévère, la fixant comme pour l'hypnotiser. Entre eux, le dialogue était impossible.

— N'oublie pas ce que je t'ai déjà dit : lorsqu'on renie ses croyances, on altère son destin ! Ton ventre ne donnera jamais aucune vie qui ne soit pas de notre race pure. J'y veillerai !

Il avait tourné les talons après l'avoir sèchement saluée et était reparti de son allure solidement ancrée au sol. Lorsqu'il ne fut plus à portée de sa vue, elle souffla longuement, cherchant à évacuer le stress qui la paralysait. Ses muscles tendus qui ne se relâchaient pas, la crispation de son visage, les fourmillements jusque dans les mains la laissèrent aussi désarticulée qu'un pantin abandonné.

Vulnérabilisée par sa grossesse, par le souvenir douloureux de la précédente visite de son père et de la fausse couche qui s'était ensuivie, elle était incapable de réagir. Dans sa tête, elle essayait de s'organiser, de reprendre ses esprits, de retourner à ses activités quotidiennes, mais ses gestes ne répondaient pas.

Lorsque François rentra, elle était affalée dans un fauteuil, les bras pendant le long des accoudoirs, le regard dans le vide. La voyant ainsi prostrée, il s'affola :

— Tu as mal quelque part ? J'appelle le docteur !

L'entendre la ramena sur terre, au sein de son foyer.

— Non ! Je vais bien. Mon père est revenu. Il menace notre bébé.

Sa voix était hachée, entrecoupée de hoquets. Elle s'accrocha à lui.

— J'ai peur, tu sais. Il est redoutable.

Il s'évertua à la rassurer. Mais la contraction de ses traits trahissait à la fois son inquiétude et ses doutes.

— Il ne peut rien contre nous. L'autre fois, ce n'était qu'une coïncidence. Il ne faut pas lui prêter des pouvoirs qu'il ne détient pas.

— Si ! C'est le Maître des secrets, c'est l'un des plus importants personnages de la communauté aborigène. Tous lui obéissent et le craignent.

Elle entreprit de lui raconter ce qu'elle savait de son voyage initiatique alors qu'il était très jeune. Il avait accompagné son père à l'occasion du pèlerinage qu'il rendait à leurs ancêtres. Ils avaient franchi cette mer de Tasman qui, à la fin de la période glaciaire, avait isolé l'île du continent australien et ne s'étaient pas attardés à Melbourne pour gagner l'Outback. Ils s'étaient enfoncés dans les territoires centraux à la terre ocre. Ils avaient mis plusieurs jours en bus pour parvenir à leur but : Uluru, berceau sacré de la culture aborigène, que les anglophones avaient baptisé Ayers Rock, en 1873, du nom du Premier ministre d'Australie-Méridionale.

Énorme monolithe rouge, Uluru se dressait tel un iceberg au milieu du désert. Les crevasses et les anfractuosités qui le striaient représentaient les balafres laissées par les combats mythiques de deux esprits-serpents : Kuniya, le python, et Liru, le serpent venimeux. L'escalader aurait été une profanation, le seul chemin qui menait au sommet traversait la piste du Temps des rêves.

Là, face au rocher sacré, il avait été frappé par les esprits et avait ressenti ce lien charnel à une nature sauvage, libre, immense et dominatrice. Il venait de recevoir ce pouvoir tellurique qui le mariait à la terre et lui permettait de façonner les formes du monde. Il venait de créer son paysage.

Avant de s'en retourner, il avait empli un sac de quelques petits morceaux de roche dont la tradition énonçait qu'ils portaient malheur. Il les destinerait à ceux auxquels il voudrait nuire.

— Pour nous, esprits cartésiens, il est difficile de croire au pouvoir de ces pierres et de toutes ces légendes, lui avait rétorqué François, le regard plein de tendresse, tout en ajoutant : Ce n'est pas un simple caillou qui va perturber notre vie.

27

Petit à petit, l'anxiété s'éloignait de la jeune femme. Toutefois, elle sursautait encore facilement et paraissait parfois absente tandis qu'il lui parlait. Si la peur semblait l'avoir quittée, la fébrilité continuait à l'habiter.

Alors que l'été battait son plein, François examinait chaque jour « ses vignes », comme il qualifiait fièrement les quatre rangées de pieds qu'il avait plantées. Le temps était idéal, on en arrivait à la véraison. Les grains se ramollissaient, gonflaient à souhait et commençaient à prendre la couleur qu'ils auraient à maturité. D'ici à peine plus d'un mois, il pourrait vendanger.

Heureux de retrouver son domaine, même modeste, mais surtout Emily, il sifflotait. Il disposait d'une bonne heure avant que la jeune femme quitte à son tour son travail. Il avait largement le temps de préparer le dîner. Cette idée lui tira un sourire : il avait gardé les habitudes de son enfance quand leur mère s'attelait à la cuisine. Plus d'une fois, il lui avait servi d'arpette, son « assistant » comme elle l'appelait, un mot qu'il n'oublierait jamais. Même si le rappel de sa disparition lui restait comme une amputation, sa souffrance n'était plus aiguë, elle s'était transformée en un sentiment doux mêlé de regrets et de tendresse. Alors préparer à son tour des petits plats pour l'être aimé la rapprochait d'elle.

Tandis qu'il allongeait la main pour saisir la poignée du portillon, il s'arrêta net dans son geste. Il n'en croyait pas ses yeux : les grappes s'étaient desséchées et avaient tourné au marron. Il se précipita pour examiner les ceps et se pencha sur les cadavres rabougris d'une récolte ruinée.

Enfermé le jour durant dans les entrailles de la terre, il ne voyait du temps que le matin tôt et le soir tard sur le chemin de son travail. Or, en plein été, les pluies se faisaient exceptionnelles. La bande rosée qui ceinturait l'horizon au petit matin, pour se noyer lentement dans le bleu du ciel, ne laissait présager aucune averse ni grêlons.

Perturbé, interrogatif et surtout contrarié, il se pencha sur les branches. Quelques feuilles, surtout parmi les plus jeunes, étaient fanées, mais s'accrochaient encore. Il ramassa une poignée de terre, la frotta dans ses mains, aucune odeur inhabituelle ne s'en dégagea. La situation était incompréhensible. Il inspecta, passa et repassa d'un pied à l'autre, mais ne trouva aucun indice. Il se prit à espérer qu'avec ses connaissances en géologie Emily puisse lui apporter la solution.

Devant la mine déconfite de François, celle-ci réalisa d'emblée qu'il y avait un problème. Elle pensa aussitôt à son père et à sa malédiction.

— Viens, je vais te montrer ! Je ne comprends pas ce qui est arrivé.

À son tour, elle examina la vigne pied par pied, palpant les quelques raisins qui restaient encore gonflés.

— Ça ne peut pas être de la pourriture avec le temps qu'il fait. Nous n'avons pas vu de pluie depuis des semaines.

Elle avançait lentement, s'attardant sur le moindre détail. En tant que géologue, même si elle s'était spécialisée dans le domaine minier, elle avait appris à déchiffrer les secrets de la terre, la composition et la structure des roches. À un moment, elle se pencha et se releva brusquement.

— Tiens, regarde ! Si je ne me trompe pas, c'est de l'arkose.

Avec le bout d'un bâton, elle pointa un petit caillou d'une teinte rouille, d'une couleur beaucoup plus foncée que les autres pierres presque blanches des sillons. Elle arrêta François dans son geste pour s'en emparer.

— Surtout, ne la ramasse pas !

— Pourquoi ?

— Laisse-moi d'abord voir !

Évitant de la toucher, elle s'accroupit pour mieux l'examiner.

— Va chercher la pelle, nous allons la mettre dans une boîte en fer et demain je l'analyserai au laboratoire.

— Mais pourquoi toutes ces précautions ? Ce n'est qu'une pierre.

— Oui, du grès feldspathique. Mais si c'est bien de l'arkose, on n'en trouve pas ici et surtout pas de cette couleur ! Je redoute que ce soit un œil de Maian ginja.

Devant l'incrédulité de François, elle poursuivit :

— Le seul endroit où on peut en trouver, c'est à Uluru. Et que je sache, la seule personne qui en possède chez nous, c'est mon père.

La légende se réinvitait dans leur couple. « Maian ginja » : l'esprit qui tuait, le porteur de mort. Le Maître des secrets était en communion avec le surnaturel. Les menaces proférées à l'encontre d'Emily et de sa progéniture revinrent aussitôt l'assaillir.

— Non ! Je me refuse à y croire ! Il doit y avoir une explication.

Emily était de nouveau en proie à la peur et répétait :

— Il nous veut du mal. Il ne nous laissera pas tranquilles. Jamais !

Il fut difficile pour François de la raisonner et leur nuit fut chaotique. Bien entendu, le lendemain matin, dès qu'elle arriva au laboratoire, elle se saisit de la pierre à l'aide d'une pince et en préleva un échantillon. Sa main ne tremblait pas, elle avait endossé son rôle de chercheuse. L'identification des minéraux présents, le petit filon blanc, la foliation ne lui laissèrent aucun doute quant à la provenance : Uluru ! Elle récupéra tous les éclats et la pierre pour les refermer dans la boîte en fer. Elle devait s'en débarrasser au plus vite pour conjurer la malédiction.

François était venu l'attendre à la sortie de son travail. À la vue de la contrariété qui se lisait sur son visage, il comprit aussitôt qu'Emily replongeait dans les affres du culte ancestral.

Il essaya de la réconforter et se montra particulièrement attentif. Au creux de ses bras, elle retrouvait une sorte de sérénité. Malgré tout, il était évident qu'un trouble qui s'apparentait à de l'appréhension l'habitait au plus profond d'elle-même.

— Il faut nous en débarrasser au plus vite !

Il acquiesça d'un geste de la tête avant de lui demander :

— Où veux-tu que nous la jetions ?

— Le plus loin possible de nous et l'enterrer au plus profond.

Ils optèrent pour la toute première mine, aujourd'hui comblée, dont la terre, même si elle s'était tassée au fil des ans, restait encore suffisamment meuble pour y creuser un trou. À sa grande surprise, quand François s'empara de la boîte pour l'ensevelir, elle était tellement brûlante qu'il faillit la lâcher. Ses doutes ébranlés par cette manifestation, dont il ne savait pas à qui ni à quoi l'attribuer, il ne rejeta plus l'éventualité d'un surnaturel malsain.

Peu de jours plus tard, Emily fut victime d'étourdissements, puis elle ressentit des douleurs indéfinissables, un dégoût pour la nourriture. À l'hôpital, le médecin consulté ne lui fut d'aucune aide. Elle recommençait à entrevoir des ombres qui l'observaient. La situation dégénérait.

François s'efforçait de repousser des appréhensions qui le gagnaient à son tour. Un malaise imprécis le poursuivait. Le doute s'instilla réellement en lui le jour où il releva dans la boîte aux lettres deux mots griffonnés : *Maian ginja*, sans autre commentaire que le dessin primaire d'un serpent aux couleurs arc-en-ciel.

Son premier mouvement fut de détruire le message avant qu'Emily ne le découvre. Il entreprit de le brûler. En vain, le papier se gondola, les coins se racornirent, mais le feu n'en vint pas à bout. Il le renifla et ne décela aucune odeur d'un produit ignifugeant.

Emily arrivant sur ces entrefaites, il le froissa et l'enfourna dans sa poche. Bientôt, il ressentit une vive brûlure, pourtant, lorsqu'il s'en saisit, le papier était froid. Il fallait qu'il s'en débarrasse. Il prit le premier prétexte qui lui venait en tête et s'éclipsa un peu comme un voleur. À aucun prix il ne voulait risquer de perturber l'équilibre difficilement retrouvé de la future maman grâce à l'attention de son entourage et au suivi psychologique qu'elle avait accepté.

À pas rapides, il se dirigea vers les premiers contreforts de la colline, là où la forêt commençait à s'épaissir. Il creusa et enfouit le morceau de papier toujours entier qui semblait le narguer. Le lendemain, alors qu'il se trouvait seul chez lui, il éprouva le besoin de vérifier chaque recoin de la maison et du jardin en quête d'une autre pierre, ou d'un sachet de tisane suspect, de la présence d'un paquet qui ne proviendrait pas de leurs achats… À la fois soulagé, mais aussi inquiet, il ne découvrit rien.

28

François n'y comprenait plus rien. La situation lui échappait, et les craintes d'Emily le gagnaient. Il sentait peser sur eux une chape qu'il ne parvenait pas à briser. Tout ce qu'il savait c'était que les choses devaient changer.

Les rires se faisaient rares. Les trois premiers mois de grossesse s'étaient écoulés et l'état physique de la future maman ne s'améliorait pas. À son tour, il crut apercevoir des ombres qui les observaient. Chaque jour, même si ce n'était pas jour de passage du facteur, il vérifiait le contenu de la boîte aux lettres.

Il était conscient qu'il leur fallait s'extraire de cette paranoïa. Partir loin lui paraissait être la seule solution envisageable.

— Ça ne peut pas continuer. Nous allons quitter Rosebery, déclara-t-il à Emily.

Elle sursauta, mais devant le sérieux de son visage, elle comprit que sa décision avait été mûrement réfléchie.

— Pour aller où ? Il nous retrouvera toujours. Et puis, ici, tu as ta maison.

— Tant pis ! On la vendra. On en tirera suffisamment d'argent pour redémarrer ailleurs. Le travail ne me fait pas peur. Je trouverai bien à me faire embaucher.

Jamais il ne lui aurait avoué combien cette vente lui serait un véritable déchirement. Il avait d'abord envisagé de regagner les Snowy Mountains, du moins dans un premier temps. Il y avait passé suffisamment de temps pour retrouver des repères là-bas. Il avait pris sa décision. Peu importait le choix.

— Et tu as une idée d'où nous nous installerons ?

— Dans l'immédiat, je ne sais pas précisément. Il faut que nous en discutions. En tout cas, pas dans une grande ville.

Emily se sentait triste de lui imposer de renoncer à tout ce qu'il avait bâti.

— C'est pour notre enfant ! Nous avons une responsabilité de parents à assumer.

À cet instant-là, il n'imaginait pas qu'un autre simple petit mot glissé dans la boîte aux lettres allait bousculer tous ses plans. Le cœur battant la chamade à la vue du papier plié en quatre, il le déplia les mains tremblantes. Cette fois-ci, le texte était plus long :

Pour vous étrangers, l'Australie est un vaste pays. Pour nous, c'est la terre de nos ancêtres, nous faisons tous partie d'une même famille et, où que vous alliez, j'en serai toujours prévenu. L'œil de Maian ginja pèsera toujours sur vous.

Comment avait-il fait pour être au courant de leurs projets ? François imagina un micro dissimulé dans un meuble ou derrière une lampe. Il enfouit le mot dans sa poche et se précipita pour tout vérifier une fois de plus. Comme précédemment, il ne trouva rien.

Il cogita très vite, de même que l'avait fait autrefois son frère. « L'histoire est un perpétuel recommencement », se dit-il, esquissant un rictus douloureux. La solution qui s'imposait était d'éloigner le plus rapidement et le plus loin possible Emily.

— Partir en France ? l'interrogea-t-elle, comme si elle n'avait pas compris ce qu'il lui annonçait.

— Oui, je vais téléphoner à mon frère. Il viendra te chercher à l'aéroport et s'occupera de t'installer, au moins le temps de ta grossesse, à Lautrec, chez notre père. C'est un vieux monsieur pas facile, mais peut-être que l'âge et le veuvage l'auront rendu plus aimable… Cela dit, c'est un brave type malgré tout ce qu'il m'a laissé endurer. Il est honnête. Sans compter que lui aussi avait fui son pays pour trouver un ciel plus accommodant. La maison est grande, vous ne vous gênerez pas.

— Mais… et toi ? Parce que tu veux que je parte sans toi ? C'est ça ?

La question fusa. Incrédulité et inquiétude se lisaient sur le visage de la jeune femme.

— J'y ai réfléchi. Je vais demander la nationalité australienne. Les autorités françaises ne pourront plus rien contre moi. Je sais bien que je prends un risque, mais il est infime : il n'y a aucune raison pour qu'elles découvrent ma véritable identité. Nous irons nous installer loin de la région de Toulouse.

Il pensait qu'il ne rencontrerait guère de difficultés à devenir citoyen australien. Il était demandé de pratiquer l'anglais, de résider depuis un certain nombre d'années et d'avoir un travail régulier. Il possédait tous les critères requis.

Il eut du mal à convaincre Emily du bien-fondé de sa décision. Elle trouvait des arguments qu'elle estimait insurmontables :

— Il va falloir que je quitte rapidement mon poste. Je ne peux pas le faire du jour au lendemain. Ensuite, il va falloir de l'argent pour vivre à l'étranger.

Elle redoutait non seulement de partir dans un pays inconnu, mais également et surtout elle déplorait le fait de s'éloigner de l'homme qu'elle aimait.

— Si tu deviens citoyen australien, tu ne seras pas autorisé à rester en France. Là-bas, dans ton propre pays, tu seras un étranger.

Elle décortiquait le moindre détail.

— Nous nous marierons et nous émigrerons au Canada. Ils recherchent certainement des géologues comme toi ou des mineurs professionnels. Et, si besoin, j'apprendrai un autre métier qui réponde à leurs attentes.

Le temps défilait. François regarda sa montre : il était 16 heures. Il se dirigea vers le téléphone.

— J'appelle mon frère. Pour lui, c'est encore le matin. Il doit être en train de prendre son petit déjeuner.

Il préféra ne pas se retourner vers sa compagne : il la devinait en pleurs, elle reniflait, essayant vainement de se contrôler. Il en souffrait et ne le supportait pas. L'épreuve s'avérait difficile pour lui aussi. Mais il avait toute confiance en elle, en leur amour. Elle possédait une personnalité complexe, à la fois fragile et paradoxalement forte. Elle l'avait prouvé en tenant tête à son père et en réussissant ses études envers et contre tous préjugés. La poitrine oppressée, il écoutait la sonnerie de son appel qui retentissait chez son frère. Trois longs bips déstabilisants.

Les deux hommes se téléphonaient rarement. Mais ils se retrouvaient toujours avec le même plaisir. Au début de leur entretien, François qui sentait peser sur lui le regard d'Emily bafouillait. Puis il se reprit, expliquant sans entrer dans les détails :

— Emily a besoin d'être éloignée du racisme, déclara-t-il, se gardant bien de lui préciser de quelle discrimination il s'agissait.

La communication s'éternisa jusqu'à ce que l'aîné abrège : il devait se rendre à la faculté pour y donner une conférence. Toutefois, avant de conclure, il avait accédé à la demande de son benjamin.

— On se rappelle très rapidement, dès que tout est fixé.

La couleur foncée de la peau d'Emily dissimulait à peine un teint plombé. Son visage s'était creusé ; son nez pincé, ses lèvres serrées attestaient de son affliction. L'amertume ressortait du son de sa voix devenue atone.

— Pourquoi ne pas partir directement au Canada, comme tu me l'as évoqué ? insista-t-elle. Je suis robuste et, malgré mon état, je peux travailler.

N'obtenant aucune réponse, elle réitéra sa demande. Pour François, il devenait évident qu'il lui devait la vérité sur les menaces reçues. Il lui répéta les deux mots émanant sans nul doute de son père. Il lui fit lire celui qui venait de motiver sa décision et qui ne laissait planer aucun doute sur ses intentions nuisibles.

29

— Tu me promets que tu viendras vite me rejoindre ? interrogeait inlassablement Emily.

François promettait. La voix d'une hôtesse résonna dans un micro, annonçant l'embarquement des passagers sur le vol à destination de Sydney. On en était au temps des séparations. Il l'arracha presque à ses bras.

— Il faut y aller maintenant. Nous nous retrouverons bientôt. Prends bien soin de toi et de notre bébé ! Tu m'appelles dès que tu es arrivée.

Entre deux sanglots, elle lui proférait des mots d'amour. Un deuxième appel incita les voyageurs à se rendre sans tarder en salle d'embarquement. Elle releva la tête, essuya ses larmes et se dirigea vers la zone accessible uniquement aux passagers. Il la suivit des yeux avant qu'elle ne disparaisse derrière un portillon. Il regagna le grand hall pour l'apercevoir tandis qu'elle avançait sur le tarmac, et garda son regard braqué sur elle jusqu'à ce qu'elle pénètre dans l'avion.

Il ne s'éloigna de l'aéroport que lorsqu'il ne lui fut plus possible de distinguer le kangourou blanc qu'arborait la dérive rouge du Boeing de la compagnie Qantas. Désemparé, il était remonté dans la voiture de location. En cette fin février, les journées s'étiraient. Il serait rentré bien avant la nuit. Il était insensible au paysage, se limitant à trouver sa route. Ses pensées se concentraient sur Emily, son voyage et ses premiers contacts avec un pays qu'elle ne connaissait qu'à travers ce qu'il lui avait conté.

Que la maison lui parut vide, presque agressive ! Pourtant flottait encore le parfum de sa compagne. La vue du lit qu'il serait désormais seul à occuper lui tira des larmes qu'il ne chercha pas à refouler : elles l'apaisaient.

Sans s'en rendre compte, il sombra dans un sommeil lourd bousculé par des flashs. Il se réveilla tôt alors que les premières lueurs du jour coloraient l'horizon. Ses tempes battaient douloureusement. Quand il refit son lit, il caressa précautionneusement le second oreiller que la nuit n'avait pas fripé. Il n'était pas question qu'il l'enlevât. Combien de temps s'écoulerait-il avant qu'Emily ne le joigne au téléphone ?

De son côté, la jeune femme se sentait brisée. Le trajet était si long et éprouvant pour ses reins ! François avait souhaité qu'elle voyage en classe supérieure, mais les portes de la « *first* » lui avaient été fermées, très vraisemblablement en raison de ses origines.

— Tu es fou ! C'est bien trop cher ! avait-elle réitéré alors qu'il insistait.

Mais pour lui, rien n'était trop onéreux pour celle qu'il aimait et qui portait son enfant. Il avait réussi à obtenir un siège en *first* pour la section Sydney-Paris. Elle avait protesté pour la forme, mais elle apprécia le confort de pouvoir allonger ses jambes, profiter d'un service de qualité et d'être traitée comme tous les autres passagers, sans considération de la couleur de sa peau.

Plus de trente heures plus tard, elle était enfin arrivée à Toulouse où le véritable François l'attendait dans le hall de l'aéroport. Son frère lui avait déjà envoyé des photos. Toutefois, il avait préféré se munir d'un carton portant le nom de la voyageuse. Emily, quant à elle, n'eut aucun mal à le reconnaître, panneau ou pas. Les deux frères se ressemblaient malgré les différences apportées par un mode de vie contrasté.

Le ton de sa voix l'avait surprise également, il lui rappelait tant celui de son compagnon. Elle hésita à utiliser son prénom. Pour elle, François ce n'était pas cet inconnu, mais celui qu'elle aimait. Pourtant, plus d'une fois il lui avait évoqué cet aîné, usant de son véritable prénom. Elle éprouvait une gêne certaine et même un sentiment de frustration, comme si on voulait lui voler son amour. Comment allait-elle intégrer à son monde un François quasiment étranger, alors que son François à elle jouait un tout autre rôle dans sa vie ?

— Vous devez être très fatiguée !

Le froid se faisait mordant. Son François l'avait prévenue que l'hiver dans sa région était rude. Elle grelottait malgré la capuche de son anorak relevée sur sa tête.

— Je vous conduis chez moi. Nous pourrons téléphoner tranquillement à Louis, dans la soirée. Vers quelle heure se lève-t-il ?

— En général, à 6 heures, surtout en été.

— On l'appellera après dîner. Le climat doit vous changer : ici, nous sommes en plein hiver. Demain, nous irons au Bouriou. Je vous ai fait préparer la chambre de Louis. Je pense que cela vous permettra de vous sentir plus proche de lui.

Elle lui en fut reconnaissante. C'était le premier geste intime qu'il lui réservait. Durant le trajet, elle essaya de s'intéresser au paysage urbain : des faubourgs impersonnels comme l'étaient tous ceux qui reliaient un aéroport à sa ville. Puis il évolua alors qu'ils approchaient de la Garonne. François occupait un appartement moderne allée de Barcelone, en bordure du canal de Brienne, tout à proximité des universités et du square Héraclès. L'immeuble n'avait pas de réel cachet, si ce n'était qu'en temps normal il était protégé des nuisances par une rangée d'arbres plantés symétriquement des deux côtés de la rue. Malheureusement, leurs branches serpentiformes, dépouillées de leurs feuilles par les rigueurs hivernales, ne dissimulaient pas grand-chose.

Il se gara en sous-sol, précisant pour faire un semblant de conversation :

— En ville, c'est indispensable d'avoir un parking.

Ils s'engouffrèrent dans l'ascenseur, jusqu'au cinquième étage. Elle imaginait déjà l'agencement de son appartement : sobre, sans fantaisie. Devant le fouillis qu'il prétendait « organisé » de piles de livres et de journaux, le canapé enfoncé dans lequel il devait souvent s'endormir, elle comprit que c'était là le logement d'un homme sans femme. D'autant plus que, hormis ce salon et son bureau, tout le reste répondait d'un ordonnancement strict. Dans la cuisine, tout trouvait sa place. Aucun désordre ne régnait dans sa chambre : une impersonnalité à laquelle elle n'était pas habituée.

Il lui offrit à boire et à manger. Mais devant ses yeux qu'elle avait du mal à garder ouverts, il lui proposa :

— Vous devriez aller vous reposer avant le dîner. Je vais vous laisser ma chambre, vous y serez mieux.

Un peu confuse, elle ne se fit toutefois pas prier. Elle s'était rafraîchie dans une salle de bains carrelée sobrement de blanc et de bleu. Là encore, tout était consciencieusement rangé.

Quand elle émergea, la nuit était tombée depuis longtemps. Sa montre lui indiquait l'heure de Tasmanie. C'était le matin, très tôt. D'ici une bonne heure, elle pourrait joindre son François. Lorsqu'elle regagna le salon, son hôte referma le livre dans lequel il était plongé.

— Ça va ? Bien reposée ?

Elle hocha la tête en guise d'assentiment.

— Je vais préparer quelque chose à manger.

— Je peux vous aider ? proposa-t-elle.

— Non ! Je suis passé chez le traiteur. Je ne suis pas un grand cuisinier et, à vrai dire, si j'apprécie les petits plats à l'occasion, je n'aime pas beaucoup cuisiner. J'ai autre chose à faire.

« Enfin une première vraie différence entre les deux frères », pensa-t-elle. À l'examen des lieux, il lui était évident qu'elle était dans la tanière d'un célibataire endurci. Elle n'y trouva aucune touche féminine. Jusqu'au réfrigérateur qui était pratiquement vide.

— J'ai pris un alicuit de canard. Vous verrez, c'est moins pesant qu'un cassoulet. J'espère que vous aimerez. C'est un petit ragoût de nos paysans d'antan.

Quand il ouvrit le placard où reposait la vaisselle, elle vit qu'il disposait tout juste du nécessaire. Tandis qu'ils mangeaient, ils parlèrent peu. Il avait débouché une bouteille de gaillac qui aida à délier les langues avant une croustade aux pommes en dessert.

Il l'observait franchement, surpris de ne pas retrouver chez elle une certaine lourdeur dans les traits, comme il avait pu le noter en étudiant les aborigènes des générations précédentes. Sa peau n'était pas non plus d'un noir ébène, mais d'un caramel foncé et soyeux. Au fond de lui se réveillait son rêve de jeunesse. Tout en elle lui évoquait ses désirs de terres lointaines, de cette Australie à laquelle il avait tellement cru ! Il finit par enchaîner les questions. Elle y répondit volontiers.

— Bon, maintenant, je pense que l'heure est correcte pour appeler mon frère.

Le cœur d'Emily se mit à battre la chamade, presque comme la première fois qu'il l'avait embrassée. Magie de la technique, quelques instants après il était là au bout de la ligne, juste un fil, un petit appareil de bakélite, qui les réunissaient par-delà les océans.

François avait quitté la pièce, il ne voulait pas se montrer indiscret. Les amants n'étaient séparés que depuis peu, mais déjà ils avaient tant de choses à échanger. Elle racontait, il multipliait ses recommandations. Bien qu'enfermé dans son bureau, François entendait tout ce que disait Emily et comprenait aisément leur conversation. La tendresse de sa voix, les mots d'amour, la communion de leurs sentiments éveillèrent en lui presque une douleur. Jamais il n'avait connu une situation semblable : ses aventures étaient éphémères, sans projection à long terme, sans réel élan, trop réfléchies. Il avait toujours privilégié le côté intellectuel. S'il avait mené bien mieux que Louis sa carrière professionnelle, la vie de son frère était embellie par des joies et des sentiments profonds et sincères dont il s'était privé. Où donc se trouvait la réussite ?

30

François lui avait laissé sa chambre et avait dormi sur le canapé du salon. Emily avait sombré dans un sommeil perturbé. L'important décalage horaire avait chamboulé son horloge biologique. Elle avait perdu la conscience du temps. Des effluves de café et ceux gourmands d'un pain qui grillait la sortirent de sa somnolence. Elle se leva vacillante sans avoir récupéré l'intégralité de ses forces.

François avait dressé le petit déjeuner sur la table en Formica de la cuisine. Quand il l'aperçut, il lui décrocha un sourire qui s'apparentait plus à de la politesse qu'à de la joie. L'accueil n'était pas des plus chaleureux, mais elle le savait peu expansif. Combien cette situation paraissait surréaliste à la jeune femme ! Elle faisait face à un inconnu, un François dédoublé, qui ressemblait physiquement tant à son François à elle.

Il lui semblait avoir perdu le fil de sa vie. Elle s'égarait dans leurs projets, dans l'ignorance d'un pays dont elle ne parlait que très sommairement la langue. Certes, elle disposait de ses économies ; toutefois pendant combien de temps suffiraient-elles ? Son amant avait convenu avec son aîné qu'il lui effectuerait chaque mois un virement destiné à l'aider au maximum.

— De toute façon, lui avait assuré le véritable François, en cas de besoin, tu pourras toujours compter sur moi.

Il l'avait d'ailleurs largement prouvé, et Louis lui vouait une reconnaissance éternelle et une profonde confiance.

— J'ai prévenu notre père de votre venue. La maison est suffisamment grande pour que vous ne vous gêniez pas. Je suppose que Louis vous aura parlé du Bouriou et de notre père ?

Il s'exprimait dans un remarquable anglais un peu emphatique, alors qu'elle ne bafouillait que quelques phrases de français. Elle avait du mal à intégrer que dorénavant elle devrait utiliser le prénom de Louis quand elle évoquerait celui qu'elle avait laissé en Tasmanie.

Ils mangeaient dans le calme qui précédait des questions délicates. Pour essayer d'égayer l'atmosphère, elle lui demanda s'il aimait les voyages. D'un ton sec, il lui répondit qu'il n'avait guère la possibilité de s'absenter trop longtemps de la région : il ne voulait pas savoir son père livré à lui-même. Emily comprit que cette réflexion justifiait le fait qu'il ne soit jamais venu rendre visite à son frère à Rosebery. Il reprit aussitôt, changeant de sujet :

— Avec votre grossesse et votre fatigue, il n'est pas envisageable que vous cherchiez un travail quelconque, même dans votre profession. La seule possibilité serait peut-être de donner des cours particuliers d'anglais, d'autant plus que vous n'avez pas de papiers français.

— J'y ai réfléchi. Effectivement, je ne vois que cette solution pour l'instant. En tout cas, la priorité serait de bien apprendre votre langue.

— Déjà, vous allez devoir converser avec mon père, si tant est qu'il le veuille bien, et avec les gens du village. Ensuite, je pense qu'il serait bon que vous vous inscriviez à un cours par correspondance. Je peux le faire pour vous.

Elle accepta sans hésitation et le remercia.

— Dès que vous serez prête, je vous conduirai à Lautrec, chez nous au Bouriou. Je resterai aujourd'hui là-bas. Mais, de toute façon, j'y passe presque tous les week-ends, je ne peux pas laisser mon père s'enfoncer dans sa solitude. C'est un vieil homme usé par les travaux.

Ce qu'il se gardait bien d'avouer, c'était qu'il y retournait aussi pour se ressourcer, retrouver une enfance, une jeunesse qu'il avait perdue. Sentimentalement, il vivait davantage de souvenirs que de projets.

Les valises entassées dans le coffre de la voiture, ils prirent la route de Lautrec. Une humidité poisseuse étouffait une nature triste. Une humidité si différente de ces brumes qui endormaient la forêt tropicale et qui libéraient une palette de parfums du plus musqué au plus délicat ! Fatigue, inquiétude, tout se mêlait en elle. Elle ne devait pourtant pas se laisser aller !

Ils avaient quitté les faubourgs de la ville et gagné la campagne. Le décor lui parut moins hostile. Elle s'étonna de voir autant d'habitations disséminées au milieu des champs, des routes si sinueuses et une multitude de petits villages qui se succédaient. En Tasmanie, on pouvait couvrir des miles sans croiser de ferme ou de maison.

Tandis qu'il conduisait, elle l'examinait de profil cherchant davantage les dissemblances que les ressemblances entre les deux frères. Alors qu'ils avaient pratiquement le même âge, Louis paraissait beaucoup plus jeune. Sa chevelure brune était plus fournie tandis que les tempes de son aîné commençaient à se dégarnir. Des rides marquaient le visage du véritable François, lui conférant un air sévère, et l'abaissement, même faible, des commissures de ses lèvres soulignaient un désabusement certain.

La matinée s'étirait tristement tandis que le chauffeur conduisait sans brusquerie. Elle chercha à s'intéresser à ce qui les entourait, les cultures, l'origine des hameaux, la signification des lieux. Il répondait doctement, sans élan ; elle l'écoutait poliment, sans grande curiosité réelle.

— Nous n'allons pas tarder à arriver. Mon père aura certainement rentré le bois : vous ne devriez pas avoir froid dans la maison. Une dame du village passe deux fois par semaine pour faire le ménage et lui préparer à manger. Je l'ai prévenue, elle va s'occuper du repas. Je vais rester ce soir avec vous. Je repartirai demain. Vous verrez, il n'est pas bavard, mais il n'est pas désagréable. De toute façon, si vous avez besoin de quoi que ce soit, vous m'appelez au téléphone.

Lorsqu'ils parvinrent au Bouriou, les brumes se dissipaient lentement, découvrant un paysage frileux. Au pied du village, il tourna sur la droite pour s'engager dans le chemin des Sols. Quelques centaines de mètres plus loin, ils se retrouvèrent devant la grille d'un portail dans l'alignement des clôtures qui longeaient le chemin. La végétation était quasiment inexistante, comme anéantie par les premiers frimas, pourtant le jardin semblait entretenu. Au bout d'une petite allée se dressait, massive, une bâtisse aux murs gris qu'égayait à peine un bosquet de buis planté de chaque côté de l'entrée. La façade n'était guère engageante et ne rompait pas avec la tristesse ambiante.

L'intérieur lui parut sombre. Une odeur d'encaustique régnait dans la pièce principale qui était encombrée de meubles au bois foncé.

— Papa ne rentrera de son travail qu'en toute fin de matinée. En attendant, je vais vous faire les honneurs de la maison.

Une fois de plus, Emily ne savait pas définir la nature de son ton : sa présence représentait-elle une gêne pour lui ? Elle croyait percevoir chez lui comme une amabilité forcée par une bienséance conventionnelle. Un accueil chaleureux l'aurait tellement aidée dans cette épreuve...

— Il travaille toujours ? s'étonna-t-elle.

— En fait, il rend surtout de petits services. La vigne, ça a été toute sa vie. Il la connaît bien.

Cette précision tira un sourire à Emily, repensant aussitôt à son François et à ses vignes.

— Ça lui donne un but, ça l'occupe et en plus il gagne quelques sous. Souvent, on le garde le midi. Mais, aujourd'hui, il sait que vous arrivez et il se joindra à nous pour déjeuner. En attendant, on va déposer vos bagages dans votre chambre.

De nouveau, la fatigue la submergeait : le décalage horaire était trop important pour se dissiper en quelques heures et une nuit. Avant même de gravir l'escalier, son souffle se fit court, une boule se forma au fond de sa gorge. Puis la porte ouverte sur l'univers de Louis, elle ne savait plus si elle devait sourire ou pleurer. L'émotion l'étreignait : il était à la fois si loin et présent ! Un très bref instant, elle ferma les yeux et huma l'air, cherchant la moindre odeur qui s'apparenterait à celui qu'elle avait quitté. Une fois qu'elle eut refermé derrière elle, elle frémit, pénétrant un monde au décor inconnu alors que son homme le lui avait décrit moult fois.

31

Des voix masculines, qui lui parvenaient du rez-de-chaussée, la firent émerger de sa somnolence. Elle se leva, réajusta sa tenue et, intimidée, descendit sans précipitation.

Ils étaient assis face à face, devant un verre de vin. La table était déjà dressée. François lui sourit dès qu'il l'aperçut. Son père tourna la tête vers elle. Il la détailla d'un regard circonspect qui brillait à peine, les yeux entourés de rides profondes zébrant une peau burinée par tant d'années passées à travailler dans les champs. Il n'y avait rien d'agressif dans son attitude, simplement de l'étonnement. Il ne devait pas s'attendre à la couleur aussi foncée de la peau de la jeune femme.

— C'est vous l'amie de Louis ?

Une question qui n'était qu'une évidence. Sa voix était éraillée d'un accent qu'elle ne put déceler. En fait, c'était sa manière à lui de la saluer et de lui souhaiter la bienvenue. D'un geste, il lui désigna la place en bout de table.

— Bon ! Si on mangeait ?

Une interrogation qui valait ordre. Emily ne sut comment interpréter cet accueil, ignorant l'importance que revêtait pour cet homme rude le partage d'un repas : une reconnaissance spontanée que la banalité des mots ne pourrait que trahir.

Le déjeuner n'était entrecoupé que de remarques sur le quotidien. En fait, ils parlèrent peu, se concentrant sur la nourriture. Du coin de l'œil, Emily les observait tous les deux. Une évidente ressemblance existait. Mais leur plus grand point commun était leur voix, leurs intonations qui lui rappelaient celles de Louis. Ils étaient bien du même sang, même si les traits de Louis s'apparentaient plus à ceux de leur mère.

Les assiettes à peine vidées, José quitta la table en maugréant : il avait besoin de sa sieste. Une fois de plus, François voulut excuser son père, Emily l'arrêta. En réalité, elle appréciait la discrétion dont le vieil homme faisait preuve. D'un pas lent, il s'était dirigé vers un fauteuil de velours au dossier haut, dans lequel il s'affaissa.

Lorsque tout fut débarrassé, François entraîna Emily dans le jardin à l'arrière de la maison. À nouveau, elle ne put contenir un sourire : des rangées de vigne couraient jusqu'au bout du terrain. Une belle parcelle parfaitement entretenue, dénudée de son feuillage flamboyant de l'automne pour plonger dans un repos hivernal. José avait entrepris la pré-taille des longs sarments et avait déjà buté les ceps pour les protéger du froid.

— La fierté de notre père : ses vignes ! Il a toujours travaillé pour les autres. Son rêve était d'exploiter les siennes. Un demi-hectare : une richesse pour lui. Et il fait sa propre vendange.

— Décidément, tel père tel fils ! lâcha la jeune femme tout en enchaînant sur l'intérêt commun qu'ils y portaient, et lui évoquant les plantations viticoles de Louis, des trémolos dans la voix.

L'après-midi, il la conduisit à Lautrec. Le temps s'était dégagé, mais le froid mordait, accentué par une bise qui soufflait du nord. Il lui indiqua les quelques commerçants qui officiaient dans le village. Emily ne cachait pas son étonnement devant les maisons à colombages. Jamais elle n'avait vu de cité médiévale fortifiée ni de moulin à vent à la voilure impressionnante. Les églises de Tasmanie, de facture moderne, n'avaient rien de comparable à la collégiale Saint-Rémy dont la construction remontait au XIVe siècle. François était ravi de l'intérêt qu'elle portait à leur visite.

Dans les tout premiers jours après le départ de François pour Toulouse, Emily, perturbée et ne sachant pas comment s'organiser pour lutter contre un douloureux sentiment d'abandon, aurait aimé se tourner vers José. Celui-ci ne se montrait pas désagréable, mais il était seulement absent, même quand ils étaient réunis.

Depuis Toulouse, François appelait pratiquement tous les soirs pour demander si tout se passait bien. Puis il s'attarda un peu plus au téléphone. Au début, elle avait l'impression qu'il ne le faisait que par devoir. Petit à petit, elle réalisa que sa voix perdait de son atonie. Alors elle lui contait sommairement sa journée, butant parfois, et même souvent, sur des mots qu'il lui rectifiait jusqu'à ce qu'elle les prononce correctement. Elle ne s'en offusquait pas, bien au contraire.

D'emblée, elle essaya de nouer un semblant de conversation avec José. Il se dérobait systématiquement. Pourtant, elle ne percevait aucune agression de sa part. Elle ne voulait pas s'imposer et se faisait très discrète. Toutefois, elle s'aperçut de petits progrès dans leur relation. Pas grand-chose, certes ! Des signes d'apprivoisement qui lui laissaient espérer que la carapace finirait par céder. En vérité, déjà au bout de trois jours, il commença à se montrer plus sociable. Il appréciait sa présence peu envahissante qui ne bousculait pas l'isolement dans lequel il s'était enfermé, surtout depuis la disparition d'Estrella. Elle n'empiétait pas sur son domaine, respectant ses habitudes. Il lui en était reconnaissant.

— Et le petit, c'est pour quand ?

Une simple question dont il connaissait la réponse, mais qui lui permettait d'entamer un semblant de conversation. Entre Emily et José, les liens se tissèrent petit à petit. Il avait décelé en elle cette souffrance d'une expatriation forcée comme il l'avait vécue autrefois. Alors que lui avait quitté son Espagne natale avec Estrella à ses côtés, Emily se trouvait face à un esseulement qui risquait fort de se prolonger.

Dans la journée, la jeune femme s'occupait à diverses petites tâches. Elle montait régulièrement au village, le matin, ne serait-ce que pour se rendre chez le boulanger. Les gens ne l'ignoraient plus : une parole, un sourire, elle appartenait à leur paysage. Ses cours lui prenaient également du temps. Elle était déterminée à maîtriser le français. Les après-midi lui paraissaient plus longs malgré un repos qui s'avérait nécessaire dans son état. Combien elle aurait apprécié avoir Louis à ses côtés, qu'il puisse poser la main sur son ventre quand le bébé remuait... Combien elle avait besoin de son amour rassurant !

En général, Louis appelait le matin, en semaine. Son père avait déjà quitté la maison. José enfourchait sa bicyclette, la casquette enfoncée presque jusqu'aux yeux. Les jours de très mauvais temps, il utilisait sa voiture, toujours sa vieille 4 CV témoin d'une importante tranche de sa vie. Une fois son petit déjeuner avalé, il partait chaque jour, qu'il pleuve ou qu'il vente.

Depuis l'arrivée d'Emily, il s'attardait un peu devant son bol de café chaud, les tartines beurrées qu'elle lui avait préparées. Il retrouvait un certain confort qu'il avait perdu avec la disparition d'Estrella.

Quant à Emily, son travail aussi lui manquait. Un métier qu'elle avait choisi et pour lequel elle avait poursuivi des études, bravant ainsi l'autorité d'un père qui au lieu de se montrer aimant lui était devenu nuisible. Un après-midi où le temps s'était éclairci, elle s'était dirigée vers la vigne à l'arrière de la maison. La terre était belle, brunâtre, un peu lourde, un sol graveleux, équilibré, mêlant l'argile et sa fraîcheur aux propriétés filtrantes des pierres calcaires. José, intrigué, l'observait depuis la fenêtre de la cuisine. Elle s'était penchée pour ramasser une petite poignée de terre qu'elle frotta dans ses mains avant d'en respirer l'odeur dégagée. Elle ne s'était pas rendu compte qu'il ne la quittait pas des yeux.

Il était sorti à son tour et, s'approchant d'elle, ne put contenir une remarque :

— Elle est belle ma terre !

— Oui, elle est pauvre en acide. Vous la travaillez bien !

Interloqué par son jugement, il la questionna :

— Vous vous y connaissez en vigne ?

Alors elle lui évoqua son métier, l'attention que Louis portait à sa vigne, ce qu'il lui avait appris... De ses paroles se dégageait une grande émotion à laquelle son interlocuteur était sensible, une connivence qui s'installait. Elle était heureuse de pouvoir en parler ; quelques phrases, un intérêt commun, qui la ramenaient auprès de celui qu'elle aimait et de son pays.

32

Même si les jours rallongeaient, les frimas s'imposaient avec âpreté. Février restait le mois le plus redoutable à affronter. Pourtant, le ciel se faisait parfois plus clair, égayant une campagne qui avait du mal à se réveiller de sa torpeur hivernale, surtout au petit matin lorsque les premiers rayons se posaient sur les ramilles givrées. La neige aussi était tombée, paralysant la vie, étouffant les bruits, isolant du monde. À l'approche de mars, elle n'avait tenu que peu de jours, laissant des flaques boueuses dans les champs, striant de blanc les rangées de vignes, s'endormant au fond des fossés.

José, tout comme son fils, ne voulait pas voir Emily s'aventurer seule jusqu'au village : elle en était à son quatrième mois de grossesse. Le verglas persistait par plaques. Il n'était pas question qu'elle soit victime d'une mauvaise chute, d'autant plus qu'elle se sentait très fatiguée et que ses reins se faisaient douloureux. Le médecin de famille était venu l'ausculter et lui avait préconisé un repos maximal.

Pour éviter l'ennui, elle trouvait moult occupations qui ne l'épuisaient pas. Elle préparait des recettes que lui avaient données ses rencontres au village, s'appliquait à suivre des émissions de télévision, la radio lui était beaucoup plus difficile à comprendre. Elle se penchait sur les livres restés sur les étagères dans la chambre de Louis. Grâce aux cours qu'elle prenait, elle parvenait à déchiffrer des textes simples.

José ressentait une sorte de pitié pour son état qui la privait en grande partie d'autonomie. Des liens se tissaient entre eux. Il n'était guère loquace, pourtant parfois il faisait référence à son enfance espagnole, des trémolos dans la voix, dont elle ne percevait pas s'ils étaient un signe de nostalgie ou seulement un accent dont il n'avait jamais pu se défaire. Il ne parlait pas de Louis alors qu'elle cherchait à l'évoquer. Cependant, il n'avait jamais supprimé les quelques rares cadres qui montraient la famille réunie.

Contre toute attente, alors que mars pointait son nez, la neige tomba dru la nuit durant, au point que le lendemain matin il fallut faire appel au cantonnier pour les aider à déblayer la porte d'entrée. José, se retrouvant bloqué au Bouriou, trépignait de se sentir ainsi prisonnier ; maugréant, il s'éternisa devant le bol du petit déjeuner et resta auprès d'Emily tandis qu'elle préparait des crêpes.

Le téléphone sonna une première fois, de son appel strident, impératif, itératif. François s'inquiétait pour eux et venait aux nouvelles. Un geste qui toucha son père et qu'il s'évertua à dissimuler :

— Ne te fais pas de souci ! Nous avons tout ce qu'il faut à la maison. Je comprends bien que tu ne puisses pas venir demain samedi.

À peine avait-il terminé leur conversation que la sonnerie se manifesta à nouveau. Cette fois, ce fut Emily qui décrocha sous le regard inquisiteur de José. Le visage de la jeune femme se transforma aussitôt, le sourire revint sur ses lèvres, sa voix se fit douce, câline.

— *Just wait !* ordonna-t-elle à son correspondant tout en faisant signe à José de s'approcher en lui tendant le combiné.

Son premier mouvement fut de refuser. En effet, au ton des quelques mots prononcés, il avait compris que ce n'était pas François qui rappelait, bien qu'il l'ait souvent entendu parler en anglais avec Emily. Devant son insistance, il tourna les talons et sortit de la pièce. À l'autre bout du fil, Louis était loin de se douter de la scène qui venait de se dérouler. Elle était consciente que cela demanderait du temps et de la diplomatie pour faire admettre au vieil homme qu'il ne devait pas persévérer dans son entêtement. Elle connaissait la véritable histoire et supportait mal de voir Louis condamné alors qu'il n'avait pas grand-chose à se reprocher.

Au fil des jours, José s'amadouait. Il n'avait jamais fait grand étalage de ses sentiments. Mais, avec l'âge, il commençait à redouter son isolement. Ce fut lui qui, toujours d'une manière détournée, finit par évoquer Louis :

— Et comment il va faire, Louis, pour reconnaître le petit ?

Plus d'une fois, Emily s'était posé cette question. Ils n'étaient pas mariés : de quelles preuves disposait-elle pour attester de sa paternité ?

— J'espère que Louis rentrera en France… sans problème, précisa-t-elle après un bref silence.

— Les problèmes ? Il les a cherchés.

L'occasion se présentait enfin. Elle savait parfaitement qu'innocenter le fils signait la condamnation du père pour ne pas l'avoir écouté et défendu. Elle devait amener l'aveu le plus progressivement possible : un échange rendu encore plus difficile au regard de leur méconnaissance réciproque du français, surtout de sa part à elle. Elle évoqua sa problématique situation militaire, espérant que José rebondisse sur le sujet, mais ce jour-là il n'en fit rien. Elle percevait qu'il allait clore leur conversation, alors elle s'élança :

— Quoi qu'il ait fait, tout cela est bien loin. Il reste votre fils à jamais. C'est un homme qui a souffert.

Elle attendait une réplique, une interrogation, mais au lieu de cela José s'extirpa de son fauteuil, se déplia lentement et, une fois de plus, esquiva toute discussion.

François s'attardait un peu plus au Bouriou. Il arrivait généralement les bras chargés de paquets en prévision de la future naissance. Bien que reconnaissante, Emily en éprouvait quelque gêne. À plusieurs reprises, il l'avait conduite à Castres où, d'ailleurs, il était prévu qu'elle accouche. Ensemble, ils avaient fait le tour des boutiques pour les petits, s'exclamant parfois comme des enfants. Lorsqu'elle lui faisait remarquer qu'il dépensait trop d'argent, la réponse arrivait, toujours la même :

— Je suis l'oncle et j'espère bien le parrain !

La maison de famille avait retrouvé une ambiance plus légère, surtout maintenant que le printemps s'annonçait. Le jardin s'ornait de violettes discrètes, de pensées colorées, de modestes mais nombreuses pâquerettes, tandis que coucous, jonquilles et tulipes dressaient fièrement leur tige vert tendre, prêts à voir éclater leurs fleurs.

Emily avait pris l'habitude d'égayer la table d'un petit bouquet. Les volets restaient grands ouverts, laissant pénétrer la lumière dès la première heure. Elle s'était permis de retirer quelques objets trop encombrants et de disposer des napperons d'un blanc impeccable. Au travers de ces changements, bien que minimes, elle amenait une touche féminine qui faisait revivre la maison. José y était somme toute sensible et loin de s'en offusquer.

Emily, dont le ventre s'arrondissait de jour en jour, vivait au ralenti tandis que José retrouvait son activité dans le jardin. Lorsque le soleil disparaissait à l'horizon, elle l'appelait pour le goûter : un moment de partage autour d'un bol de café au lait et quelques biscuits. Par temps mauvais, ils entamaient ensuite une partie de rami ou de dominos.

Puis, un après-midi, elle se décida. Depuis plusieurs jours, elle ressassait comment aborder le problème sans heurter, sans nuire à aucun des protagonistes. Elle avait imaginé de nombreux scénarios. Finalement, les mots lui arrivèrent naturellement. Elle était entrée dans le vif du sujet pour ne pas le laisser l'interrompre et fuir une fois de plus :

— Louis venait de se venger de celui qui l'avait fait accuser à tort. Il avait découvert qu'il s'agissait d'un garçon de son âge, sans scrupule, qui n'aimait pas les étrangers et lui lançait des insultes chaque fois qu'il le croisait. Il l'avait blessé grièvement, pensait-il. Alors il est parti précipitamment. Il avait trop peur d'être arrêté à nouveau, surtout que cette fois il était coupable.

Elle parlait lentement en détachant bien chaque syllabe. Le visage de José s'était fermé. Il paraissait ne pas comprendre. En vérité, il lui fallait intégrer une réalité douloureuse, ce qu'il n'était probablement pas prêt à admettre. Après un long soupir, il avança quelques mots en balbutiant :

— Mais la police...

Elle entreprit de lui expliquer posément ce que le véritable délinquant avait tramé. Quand il la questionna pour savoir comment il avait réussi à quitter la France alors qu'il était encore mineur, elle lui avoua son ignorance. En réalité, elle connaissait bien l'épisode où les deux frères avaient échangé leur identité, mais elle ne voulait à aucun prix impliquer le véritable François. Elle le préviendrait dès demain, le laissant libre de raconter ce qui lui paraissait le mieux.

D'une voix rauque, José avait continué :

— Alors ce n'était pas lui ? Ça n'est pas possible, il a été jugé...

— La justice peut se tromper.

— Oui, oui, peut-être... Si c'est vrai, j'aurais dû l'écouter, conclut-il presque en chuchotant, le regard triste.

Poussé dans ses derniers retranchements, José rejetait ce sentiment intérieur de culpabilité. Après tout, son fils avait pu bâtir une histoire où il tenait un rôle plus honorable.

33

À Rosebery, le faux François, que son entourage surnommait dorénavant Frenchy, oscillait entre son désir de naturalisation et le fait de rester français. Dans les deux cas, il devrait faire face à de sérieux problèmes. Il intégrait mal de se retrouver étranger en France en devenant australien. Toutefois, à plusieurs reprises la gendarmerie s'était présentée au Bouriou : elle le gardait dans ses fichiers et à l'occasion continuait de le rechercher. En outre, s'il conservait sa nationalité d'origine, serait-il autorisé à revenir en Tasmanie ?

Plus le temps passait et moins il se décidait. Maintes fois avec Emily ils avaient évoqué une éventuelle expatriation vers le Canada. Encore fallait-il que leur dossier soit accepté par les autorités canadiennes. Mais, là-dessus, il était plutôt serein : Emily répondait au critère de travailleur qualifié, avec son métier de géologue ; quant à lui, il avait largement prouvé son adaptation professionnelle. De plus, ils possédaient les deux langues requises : le français et l'anglais. En attendant, ils devaient régulariser leur situation familiale.

Alors qu'en France l'été se profilait, en Tasmanie l'hiver ne tarderait pas à s'imposer. Les paysages conservaient encore pour quelques semaines leurs teintes chaleureuses et magnifiques.

Les températures baissaient progressivement, attirant de nombreux touristes amateurs de photographie.

Durant ses temps libres, il avait réussi à trouver une occupation secondaire : il servait de guide aux vacanciers de passage. Non seulement cela lui permettait de gagner quelques sous de plus, mais également de ne pas se retrouver seul et de s'évader dans le sauvage d'une nature qui le surprenait toujours et lui transmettait sa force. Et, bien entendu, il tenait à engranger un maximum d'argent afin de démarrer leur nouvelle vie dans les meilleures conditions possible.

Finalement, il opta pour le changement de nationalité et établit un dossier qu'il présenta aux autorités tasmaniennes. La raison l'emportait sur le cœur, c'était malgré tout renoncer à une part de lui-même. Pourtant, il était parfaitement conscient qu'il ne devait éprouver aucun regret pour le passé, que le présent n'était qu'éphémère et qu'il lui fallait faire preuve d'une confiance inébranlable dans l'avenir.

Au soir du 20 juin, il était rentré très tard, fatigué, mais excité d'une longue équipée dans la forêt pluviale du mont Black, en compagnie d'un jeune couple de photographes animaliers. Ils avaient marché des heures en matinée pour s'enfoncer le plus possible dans une végétation foisonnante que les chaleurs des mois écoulés n'avaient pas atteinte. Avec une infinie patience, appareil en main, ils avaient guetté les tanières et les nids. La récompense était venue : ils avaient pu observer une femelle quoll tigre, au ventre alourdi par une naissance imminente. Il y avait bien longtemps qu'il n'en avait plus aperçu : ce chat-tigre, un marsupial au pelage brun rougeâtre tacheté de blanc, qui redoutait la présence de l'homme et s'enfuyait à son approche.

Il s'était endormi satisfait de sa randonnée, sous le regard d'Emily dont la photo trônait sur la table de nuit. Comme chaque soir, avant d'éteindre la lumière, il se penchait sur le cadre, détaillant les traits de son aimée, et lui racontait sa journée. Parfois il s'adressait à elle simplement en pensée, sans même bouger les lèvres, d'autres fois il lui parlait à voix haute comme si elle était réellement là, face à lui. Dans l'obscurité de la nuit qui donnait une dimension toute différente aux choses, il se laissa emporter par le sommeil avec son image en rêve.

Alors qu'il dormait profondément, la sonnerie du téléphone retentit, stridente et impérative, le tirant de son lit. Dans le brouillard, il se saisit si brutalement du combiné qu'il manqua de le faire tomber. Lorsqu'il entendit la voix de son frère à l'autre bout du fil, il sursauta aussitôt, agressé par une incontrôlable angoisse.

— Tu es papa d'une jolie petite fille.

Il resta muet à cette annonce, alors son aîné poursuivit :

— Emily a accouché avec un mois d'avance. Mais ne t'inquiète pas, toutes les deux se portent bien !

Il crut que le ciel venait de se décrocher et balbutia quelques banalités. Même si l'échéance lui était une évidence et qu'il s'y préparait, ce terme avancé bousculait tout. Il lui fallut quelques longues secondes avant d'intégrer réellement ce qui arrivait et de coordonner ses idées.

Puis, reprenant ses esprits, habité par une joie profonde, il fut en proie à une logorrhée que son frère ne parvenait pas à calmer. Il voulait tout connaître dans les moindres détails et répétait : « J'ai une petite fille », la voix mêlée d'émotion et de fierté. Un petit être qui était à la fois un peu de lui et un peu d'Emily. Combien regrettait-il de ne pas avoir pu accompagner Emily pendant sa grossesse ! Ce dont il était certain, c'était qu'en aucun cas il ne se comporterait comme son propre père à son égard : il lui offrirait ce qu'il n'avait jamais reçu de lui.

Quelques semaines auparavant, ils avaient arrêté un prénom masculin et un autre féminin : celui d'Estelle qui rappelait leur mère. Il supplia son aîné de lui adresser des photos, et même un film. Il tenait tant à voir cette petite frimousse, fruit de son amour pour Emily.

— En principe, je ne devrais plus attendre très longtemps pour avoir la nationalité australienne. Je viendrai aussitôt !

Il ne parvint pas à se rendormir : il était trop excité. Si encore il avait pu parler à la jeune mère, mais elle se reposait, tremblante nerveusement de l'accouchement. Il aurait voulu crier au monde entier sa paternité. Il n'avait que quelques amis de passage autour de lui et en éprouvait une certaine frustration. Bien entendu, dans les jours qui suivirent, il multiplia les appels téléphoniques.

Dès le lendemain, un problème surgit avec la déclaration de naissance d'Estelle. Ce fut José qui le premier l'évoqua :

— Et comment il va la reconnaître, sa petite ?

Le délai imparti par la loi était de cinq jours, un laps de temps bien trop court pour que le futur Australien puisse agir. La solution vint encore une fois de son frère aîné qui réagit sans tarder :

— C'est moi qui irai à la mairie pour reconnaître Estelle. Ce ne sera qu'un demi-mensonge puisque tes papiers portent mon prénom. Ainsi, elle aura un père qui s'appellera François Martes. Cela vaut d'ailleurs mieux. Lorsque vous serez prêts pour partir au Canada, sa filiation correspondra à l'identité que tu présenteras.

Au premier abord, cette idée déplut à Louis. Il eut une vague impression qu'elle empiétait sur le sentiment de responsabilité qui l'habitait, qu'elle écornait sa paternité. Puis, analysant les arguments fraternels, il dut admettre que c'était la meilleure des solutions. Il donna son accord après en avoir discuté au préalable avec Emily.

Un jour, Emily n'avait pu s'empêcher de l'interroger : le Maître des secrets persévérait-il à observer ses faits et gestes ?

Elle ne pouvait s'empêcher de redouter d'éventuelles représailles pour avoir enfreint la loi de cet homme qui pourtant était son père.

— Il m'a semblé le voir à plusieurs reprises rôder autour de la maison. Ça a bien duré deux semaines après ton départ. J'avais l'impression de sentir son regard peser sur moi, comme un rayon qu'il pointait dans ma direction. C'était une étrange sensation, une sorte d'emprise dont je ne parvenais pas à me défaire. Mais, depuis quelque temps, j'ai l'impression que tout est rentré dans l'ordre. Il semble avoir abandonné sa surveillance et je ne te cache pas que j'en éprouve un soulagement certain.

Les courriers provenant de France contenaient toujours moult photos et jusqu'à la cassette d'un petit film que François avait réalisé. Le nouveau papa, saisi d'un vertige, les détaillait, se perdait dans le regard de son aimée et de leur bébé. Il en oubliait alors la distance, la séparation. Puis la déception arrivait lorsqu'il les rangeait et se retrouvait seul. Pourquoi les autorités tardaient-elles tant dans la concrétisation de son dossier ?

34

En ce mois de mai, là-bas aux antipodes, l'automne touchait à sa fin. Les prémices hiémales nappaient d'épaisses brumes matinales un univers qui devenait frileux, tandis que la pluie s'invitait presque quotidiennement. Comme le disaient les anciens, l'hiver serait en courroux, car l'été avait été bien doux. Ces deux derniers jours, des trombes d'eau s'étaient abattues sur la région. L'humidité s'infiltrait partout, répandant une odeur de fermentation sur la nature et de moisi qui pénétrait jusque dans les habitations. *Ce linceul vaporeux*, ainsi que Charles Baudelaire qualifiait les brumes, ne parvenait pas à s'évaporer et grisait tristement le paysage.

Louis marchait d'un pas rapide, ses pensées tournées vers Estelle et Emily. Il supportait de plus en plus mal leur séparation. À son prochain congé, il se rendrait au bureau d'immigration pour savoir où en était son dossier et s'il était possible d'accélérer la procédure. Quelque chose d'indéfinissable le tourmentait, comme un danger dont il ne voyait pas l'origine.

À chaque début de trimestre, une réunion se tenait dans une grande pièce qui précédait la salle des pendus, avant que les équipes ne regagnent les galeries souterraines. Elle était principalement adressée aux nouveaux arrivants, généralement peu nombreux, mais tous se devaient d'y assister. Les mineurs étaient rassemblés pour écouter les directives des responsables qui par la même occasion faisaient le point sur les travaux. Les commentaires allaient bon train, mais le silence se fit dès qu'apparut l'ingénieur en chef.

— Nous demandons aux chefs d'équipe d'être particulièrement attentifs, les pluies sont fortes et pourraient provoquer des glissements de terrain. Ce matin, nous avons vérifié : dans l'immédiat, il n'y a pas de risque. De toute façon, il serait bon de contrôler plus que jamais les étayages.

Ce n'était pas la première fois que la direction alertait les mineurs. Jusqu'à présent, il n'y avait jamais eu d'accident. Malgré tout, le drame restait toujours imprévisible, mais le travail l'emportait sur toute autre considération. D'autant plus que l'incertitude régnait sur la pérennité des mines de Rosebery depuis qu'il se disait que celles de Tullah cesseraient leur activité l'année suivante. Toutefois, aucune information officielle n'avait filtré.

Frenchy vivait son métier presque comme un art. Certes, il lui fallait assurer le rendement, mais avant tout il devait faire attention à préserver son intégrité corporelle et à garder machines et structures en bon état afin de protéger l'équipe à laquelle il appartenait.

Depuis tant d'années qu'il descendait dans les puits, il avait acquis l'entraînement et l'expérience nécessaires pour livrer ce combat qu'était la confrontation à tous les éléments naturels. Et la première chose à laquelle il devait faire face consistait à jauger le danger pour sa vie et celle de ses compagnons. Pour cela, il fallait être capable d'affronter l'imprévu toujours présent et qui augmentait au fur et à mesure que l'on avançait sur le front, avoir du courage, tout en possédant les techniques, et surtout « en avoir dans la tête », comme disaient les plus anciens.

— Il ne faut pas oublier que nous avons affaire à une montagne et qu'on ignore ce qu'elle peut dissimuler, avait-il l'habitude de déclarer aux nouveaux venus.

Ce jour-là, il se sentait perturbé, le souffle court, tenant difficilement en place. Il avait gagné le front de taille, cette surface verticale où deux abatteurs pratiquaient la coupe du minerai à l'aide d'explosifs. On avait adjoint à son équipe un tout jeune homme d'origine asiatique dont on aurait pu croire qu'il appartenait encore à l'adolescence, mais il savait par expérience que les apparences étaient trompeuses et que derrière un visage aux traits fins et juvéniles et au gabarit petit et frêle se révélait généralement un personnage beaucoup plus âgé qu'il n'y paraissait.

Ces effluves de terre mouillée le poursuivaient. Il s'approcha de la paroi et ne décela rien d'anormal. Il décida d'inspecter le soutènement confectionné de troncs de pins coupés, sélectionnés pour leur vigueur. Il lui sembla suffisamment stable, cependant il préféra envisager de le renforcer à l'aide de cales enserrées sur le haut, car ce plafond bâti de main d'homme supportait un poids important.

L'odeur persistante l'interpella. Il passa machinalement ses doigts sur la paroi supérieure. Il releva un suintement inhabituel qui ne pouvait provenir que de microfissures. Il colla son oreille à la pierre : un lointain bruit sourd lui parvint, une sorte de grondement qui allait en s'amplifiant et qui ne ressemblait en rien à une détonation, un peu comme si la terre bougeait. En un instant, il comprit que le danger se présentait.

Il fit un signe discret à l'un des deux abatteurs, un ouvrier avec lequel il entretenait des relations amicales. Tout comme lui, il avait déjà passé des années au fond des mines.

— Qu'est-ce que tu en penses ? Tout ça me paraît anormal, lui demanda-t-il après que son compagnon eut tâté et écouté la paroi et constaté un tressaillement léger du sol.

— Je crois que tu as raison, Frenchy. Il se passe quelque chose là derrière. Ce serait prendre trop de risques de percer et mettre des fourneaux. Il faut dégager !

Sans attendre, Louis lança l'alerte :

— Regagnez la salle d'accrochage ! Vite !

L'équipe s'élança en direction du goyot, ce boyau vertical le long du puits pour assurer le passage de l'air. Muni d'une échelle, il permettait en cas d'urgence la remontée des mineurs. À l'exception de Frenchy et du jeune Asiatique, les hommes gravissaient déjà les barreaux lorsque le faîtage s'effondra et qu'une boue gluante envahit la galerie, les poussant plus en aval et les retenant tous les deux prisonniers.

Louis ne voulait pas céder à la panique tandis qu'elle gagnait Cheng, son compagnon d'infortune. Mais la poussée de la coulée de boue était si forte qu'ils ne pouvaient pas lutter contre elle.

— Il faut rester debout, hurla Louis, sinon on va être ensevelis !

À l'aide de la rivelaine qu'il avait saisie presque instinctivement avant que l'accident n'arrive, il planta une pointe dans le plafond de la mine, tandis que Cheng s'accrochait fermement à lui.

— Il va falloir avancer et gagner une autre galerie.

Les muscles tendus, les forces décuplées, ils progressaient difficilement dans une chaleur étouffante combinée à la frayeur. De grosses gouttes de sueur perlaient sur le front de Louis, se ridant sous ses efforts. Il voulait espérer qu'ils parviendraient à s'échapper avant que leur lampe frontale ne fonctionne plus. Aussi, par souci d'économie, il demanda à Cheng d'éteindre la sienne.

Louis connaissait bien la topographie. La boue montait. Il leur fallait gagner l'ancien puits qui avait été comblé par des gravats et dont il avait lui-même procédé au dépilage. Ils se dirigèrent péniblement, progressant trop lentement. La peur les tenaillait, mais l'instinct et la rage de survivre dominaient. Après un laps de temps qu'ils étaient incapables de définir, ils parvinrent à l'orifice du boyau qui donnait accès à cette galerie salvatrice : malheureusement, elle était obstruée. Ils se retrouvaient bel et bien enterrés vivants. Devant ce spectacle, abattus par leurs efforts et le constat de leur impossibilité à déplacer les tonnes de pierres qui s'étaient amassées là, ils restèrent pétrifiés, immobiles et sans voix.

Là-haut, sur le carreau, on avait recensé les mineurs : deux manquaient à l'appel. Étaient-ils toujours en vie ? Si oui, combien de temps pourraient-ils tenir ? Les secours s'organisaient en urgence : le temps jouait contre eux.

35

Les heures s'écoulaient sans apporter le moindre espoir aux deux hommes emmurés. Leur progression s'était considérablement ralentie. L'air se raréfiait. Au fil des heures, leur situation s'aggravait, accentuant la fatigue. Ils réussirent à se protéger dans une cavité qu'ils avaient creusée à tour de rôle grâce à la rivelaine, le seul outil en leur possession. Ils ne disposaient d'aucune nourriture. Quant à l'eau, ils léchaient les parois qui suintaient.

Louis s'efforçait de garder un esprit lucide. Ils pouvaient tenir encore quelques jours sans manger, mais le pire était l'oxygène lorsqu'il viendrait à manquer. Ils se sentaient pris au piège comme l'équipage d'un sous-marin englouti au plus profond d'un océan et qui serait condamné à une mort lente. Leur vie dépendait des équipes de secours.

À présent, les jours se confondaient avec les nuits, la faim tenaillait les deux hommes. Ils ne disposaient d'aucun moyen pour entrer en contact avec ceux de l'extérieur. La lumière n'allait pas tarder à manquer. Au-dessus de leurs têtes, des troncs de pin qui supportaient le plafond du boyau perlaient quelques gouttes de résine qu'ils se partageaient : un apport calorique qui était loin de calmer leur fringale. Alors ils prélevaient de petits morceaux de bois qu'ils mâchaient consciencieusement et cherchaient les vers de terre enfouis dans la boue.

— Il ne faut pas baisser les bras ! On va creuser une galerie pour essayer de regagner celle qui a été comblée. Là, on rencontrera surtout des gravats et peu de roche. C'est notre seul espoir. Tu es beaucoup plus mince que moi, tu te faufileras dedans et tu avanceras sans moi, déclara Louis qui souffrait considérablement de la poitrine depuis qu'il s'était trouvé violemment projeté contre un étai.

— Et vous ? Je ne peux pas vous abandonner et je ne le veux pas. Notre sort est scellé.

— Oui, il est scellé, mais il suffit que l'un sorte pour que l'autre soit sauvé. Je dois avoir des côtes cassées. Il faut faire vite.

Cheng protesta : il avait peur, redoutait cette macabre solitude contre laquelle il allait devoir lutter. Pourtant, il prenait conscience que c'était la seule solution. Alors il se saisit de la rivelaine et entama ce chemin de croix qui allait s'avérer encore pire que tout ce qu'il imaginait.

Rampant, il avançait à tâtons selon les directives de Louis, dans un enfer de poussière et de boue. À maintes reprises, le désespoir s'empara de lui, parfois il était en proie à une folie qu'il surmontait mal et qui le conduisait à la rage. Prisonnier, dans le noir, il s'acharnait contre les obstacles qui chaque heure s'accumulaient, les muscles meurtris par les crampes et une fatigue que son refus de la mort ignorait.

Dans l'obscurité perpétuelle, le temps ne signifiait plus rien. Un instinct de survie, inconscient et inhérent à tout homme, le dominait. Chaque heure, puis chaque jour qui s'écoulaient, alors qu'il en avait perdu la notion, son comportement s'était fait animal : exister, exister encore et encore.

Les recherches des équipes s'étaient poursuivies durant une bonne dizaine de jours. En vain, Louis et Cheng restaient introuvables. Plus d'une semaine et demie pour survivre sous la boue, c'était impensable ! La conclusion arriva :

— Ils ont été engloutis par les coulées dues aux fortes pluies.

Lorsqu'il fut décidé d'arrêter les recherches, la direction adressa une lettre aux deux familles pour leur annoncer la triste nouvelle. À sa réception à Toulouse, François, écroulé, ne savait pas comment présenter le drame à Emily. Elle espérait tant sa venue ! Pour lui aussi, la perte de son frère était un déchirement. Mourir si jeune !

Il se devait de l'annoncer également à son père, et ce ne serait pas facile car, malgré son air bourru, François était persuadé que leur père nourrissait toujours un sentiment affectif profond pour Louis. Il repensa aux corrections paternelles : encore une fois, il n'avait pas su veiller sur son jeune frère.

Finalement, incapable de trouver les mots pour atténuer le choc, il tendit à Emily la lettre reçue de la direction des mines. L'incompréhension se lisait dans le regard de la jeune maman, allant de la lettre à François, comme si elle attendait de lui un démenti. Les joues creusées, le nez pincé, les lèvres tremblantes, elle paraissait prête à défaillir. Il la prit dans ses bras et l'entraîna sur le canapé. Tandis qu'elle s'exprimait par bribes de questions auxquelles il était incapable de répondre, il lui tenait la main. Tous les deux étaient au bord des larmes.

— Décidément, mon père aura gagné.

— Qu'est-ce que tu veux dire ?

— Il m'a maudite pour lui avoir désobéi et ne pas avoir épousé celui auquel il m'avait destinée. Et c'est l'homme que j'aime qui a été victime de sa malédiction. Je ne pensais pas qu'il puisse jouir d'une telle puissance. L'esprit ne connaît pas les distances.

François essaya de démentir ces pouvoirs surnaturels. Il était trop pragmatique pour adhérer à de telles croyances, à ce fétichisme. Mais rien n'y faisait, Emily ne pouvait occulter la puissance du Maître des secrets.

— C'est ma faute, répétait-elle.

— Et même s'il détenait ces pouvoirs, qu'aurais-tu pu faire ? Un proverbe dit qu'au cou de chaque homme est attaché son destin.

À Rosebery, moyennant l'ouverture d'un nouveau puits à proximité, le travail avait repris avec l'amertume de l'impuissance au fond du cœur de chaque mineur. Il y avait fort longtemps que la nature ne s'était pas vengée d'être ainsi fouillée, d'être pillée des trésors qu'elle renfermait depuis des millénaires à des fins mercantiles.

Alors que venaient de démarrer les travaux d'excavation, un géologue et un ingénieur sondèrent une fois encore les environs et notamment la zone sinistrée. Dorénavant, il était décidé qu'ils effectueraient des prélèvements systématiques, quelles que soient les perspectives météorologiques. Il n'était pas question de prendre un quelconque risque. Le drame récent marquait les esprits.

— Avec ces pluies quasi quotidiennes, on peut difficilement s'engager sur ce contrefort, fut leur première conclusion.

L'un des deux, attentif au moindre bruit, retint son collègue par le bras.

— Écoute ! C'est drôle, j'ai cru entendre quelque chose. Pourtant, ça ne peut pas être la boue...

— Il n'y a plus de glissements de terrain : ça ne bouge pas.

Interloqués, les deux chercheurs restèrent plus longtemps que prévu sur le site.

— Je te dis qu'il se passe quelque chose. On va appeler du renfort. Nous devrions creuser. Il faut en avoir le cœur net.

— Et si c'était l'un des deux disparus, ou même les deux ?

L'idée leur parut improbable, malgré tout la petite flamme de l'espoir se raviva. La terre était suffisamment meuble pour qu'il fût facile aux mineurs de déblayer l'important monticule. Un bruit de métal les fit sursauter. Leur pelle venait de heurter un outil inattendu : la rivelaine de Cheng. S'accroupissant, ils fouillèrent le sol de leurs mains jusqu'à ce qu'ils parviennent à découvrir une main qui s'agitait. Ils se mirent aussitôt à dégager le conduit étroit qu'un homme s'évertuait à gratter.

— Il est vivant ! Il est vivant ! s'exclamèrent-ils en chœur.

Mais il était si faible ! Agressé par la lumière du jour qu'il n'avait plus revue depuis près d'un mois, il gardait les yeux fermés. Couvert entièrement de boue, les jambes paralysées par de fortes crampes, il était incapable de se tenir ne serait-ce qu'assis. On l'allongea aussitôt sur de la mousse fraîche. Une grosse larme s'échappa de sa paupière toujours close pour s'écouler jusqu'à son oreille.

Il tremblait et respirait difficilement, le contact avec l'air pur lui était brutal. Il essaya de marmonner quelques mots. Juste un filet de voix qui permit malgré tout à ses sauveteurs de leur faire comprendre que Frenchy devait lui aussi être en vie au fond de la mine, et qu'il fallait le secourir au plus vite.

Une équipe arriva sans tarder. Elle entreprit de creuser en élargissant le sillon dans lequel avait progressé Cheng. Alors qu'il avait fallu un temps infini au jeune homme pour parvenir presque à la surface, huit heures suffirent à un premier mineur pour déboucher dans la poche où gisait Frenchy. L'oxygène était presque inexistant. Il découvrit Louis inconscient, agonisant.

De sa trousse de survie, le sauveteur sortit un masque à oxygène branché sur une bombe aérosol qu'il plaça aussitôt sur le nez de Louis. Il tira sur la corde qui le reliait à ses compagnons à l'extérieur pour leur indiquer comme convenu qu'un second mineur pouvait le rejoindre muni d'une civière d'évacuation.

Une heure plus tard, Louis retrouvait la surface de la terre, comme un pantin désarticulé, incapable de proférer la moindre parole ni de manifester le plus petit signe de vie.

— Il est mort ? interrogea le mineur qui venait de le libérer.

— Je n'ai pas l'impression, lui répondit l'infirmier, le doigt sur la carotide de Louis. Mais il est excessivement faible. Il faut le transporter d'urgence à l'hôpital.

36

Les deux premières semaines de son hospitalisation, Louis, toujours inconscient, était resté en salle de réanimation. Son cœur n'avait pas encore retrouvé un rythme normal, de même que sa respiration, bien qu'assistés de machines. Dans un état végétatif, il était alimenté et hydraté de manière artificielle.

Décharné, sa masse musculaire ayant fondu, il était couvert de plaies. Chaque jour, un masseur venait lui prodiguer des soins. Le personnel médical observait le moindre signe de vie, en vain. Il ne réagissait toujours pas à leurs sollicitations.

— Il faut prévenir sa famille qu'on l'a retrouvé et qu'il est à l'hôpital, avait proposé un infirmier.

— On va attendre. On leur a déjà annoncé son décès. Pour l'instant, on ne sait pas s'il va pouvoir s'en tirer. Attendons d'être sûrs avant de leur donner une fausse joie. S'il ne devait pas se réveiller, ce n'est pas la peine de les faire souffrir une nouvelle fois après leur avoir rendu espoir.

— Et s'il reste des mois dans le coma ?

— Donnons-nous encore un peu de temps. Je suis certain qu'il finira par se réveiller, il est jeune, ça joue en sa faveur, conclut le médecin.

Si Louis ne pouvait effectuer le moindre mouvement pour prouver sa volonté de vivre, il entendait tout ce qui se disait autour de lui. Alors que ses paupières restaient désespérément closes, il ressentait également tout ce qui se passait. Lui seul savait qu'ils appartenaient bien au même monde.

Pourtant, paradoxalement, il se sentait attiré vers d'autres horizons, comme happé par une douce chaleur qui l'entraînait dans un couloir dont il ne percevait ni les contours ni le décor. Une lueur vive et lénifiante l'appelait à elle. Il était bien, sans souffrance, juste libéré, dans une autre dimension, sorti de son corps au-dessus duquel il se voyait flotter.

Il avait eu envie de s'abandonner, mais les voix qui l'entouraient l'avaient ramené à la réalité terrestre. L'image d'Emily et de leur bébé s'interposa dans le décor. C'étaient les deux femmes de sa vie qu'il tenait à rejoindre par-dessus tout. La lumière perdit de son intensité, il s'efforçait de revenir dans la salle de l'hôpital, tel un nageur qui luttait pour remonter le courant.

Petit à petit, les médecins constatèrent un léger mieux. Toutefois, on était encore loin d'envisager qu'il sorte du coma, et surtout on ignorait quelles seraient les conséquences sur son intégrité physique et mentale.

Il fallut près d'un mois pour qu'il puisse respirer sans le secours d'une machine. Il n'avait toujours pas ouvert les paupières et n'avait pas fait le moindre geste. Les aides-soignants le changeaient régulièrement de position afin d'éviter l'apparition d'escarres. Il ne manifestait aucune réaction quand ils le manipulaient.

Arriva le jour où son pouce se referma lentement sur la main du masseur qui pressait la sienne. Enfin un signe de vie après plus d'un mois de patience et de soins ! Il revenait à la vie. Alerté, le médecin se rendit aussitôt à son chevet. Il put constater une légère préhension de ses doigts et voir que les paupières de son malade commençaient à trembler. Il était évident qu'il émergeait de sa torpeur comateuse.

Lentement, Louis s'éveillait, interloqué dans un monde inconnu. En fait, il avait perdu tout repère, aussi bien spatial que temporel. À présent, les yeux entrouverts face à une lumière du jour agressive, il détaillait tout ce qui l'entourait. Il ne comprenait rien à la situation.

Lorsqu'on lui demanda de décliner son nom, il hésita avant d'avouer, soucieux, qu'il ne s'en souvenait pas. Les questions usuelles arrivèrent dans le calme, d'une voix qui lui parvenait douce :

— Quel âge avez-vous ? Vous connaissez votre adresse ?

Il sut juste préciser qu'il venait de France et que ses parents habitaient le Sud où il avait grandi.

— Vous avez de la famille ?

Il fouilla sa mémoire, quelque chose le perturbait, mais encore une fois il ne put apporter de réponse. Le verdict de l'amnésie s'imposait.

— Ne vous inquiétez pas, vous connaissez vos origines. La mémoire vous reviendra petit à petit, lui affirma le médecin devant l'angoisse qu'il lisait dans les yeux de son patient. Pour l'instant, l'essentiel est que vous récupériez vos forces. Il n'y a pas lieu de s'affoler.

L'homme de l'art n'osait pas lui avouer qu'il doutait de ses capacités à retrouver sa motricité initiale. Les muscles avaient trop longuement été immobilisés dans une position qui ne permettait même pas d'allonger les jambes. Sans compter le manque d'oxygène et la sous-alimentation subie pendant tout son séjour sous terre associée à une déshydratation importante. Déjà, qu'il ait pu résister si longtemps dans des conditions si terribles tenait du miracle.

Peu de jours plus tard, la direction de la mine adressa un courrier à Toulouse, précisant à M. Martes que son frère avait pu être sauvé et lui expliquant sans s'étendre les problèmes de son amnésie et de sa rééducation qui, si elle aboutissait, comme on l'espérait, demanderait des semaines, voire des mois. La conclusion s'imposait : *Il ne devrait pas connaître de trop lourdes séquelles. Toutefois, on ne peut pas déterminer lesquelles en l'état actuel. Tout ce que l'on peut affirmer c'est qu'il restera fragilisé.*

Louis subissait régulièrement toute une batterie d'examens : sa température corporelle remontait peu à peu ainsi que sa tension artérielle, tandis que le taux d'acidité de son sang baissait, la couleur de ses urines s'éclaircissait. Les préoccupations portaient principalement sur sa fonte musculaire et sur une éventuelle insuffisance rénale. Mais dorénavant, les médecins ne craignaient plus pour sa vie.

L'un des amis de Louis avait été autorisé à pénétrer dans son logement afin de lui rapporter photos et objets susceptibles d'interpeller sa mémoire défaillante. De son côté, François envoyait régulièrement des photos à son frère. Mais ce dernier ne réussissait pas à franchir les portes au-delà de son enfance, comme s'il voulait occulter tous les moments difficiles auxquels il avait été confronté par la suite.

Les semaines passaient, chaque jour apportait une légère amélioration physique. Les journées s'écoulaient entre les soins, les visites, et surtout la somnolence. Les souffrances persistaient et il était assommé par les antidouleurs.

Il reprenait du poids et, ses forces revenant, il parvint à soulever son buste dans son lit. Enfin arriva le jour où le masseur le confia aux mains d'un kinésithérapeute. Il fallait travailler son système proprioceptif qui permettrait à son corps de se repérer dans l'espace, de retrouver les réflexes indispensables à son équilibre, à sa posture et à sa stabilité.

Ses premiers pas entre les barres de marche furent laborieux. Combien de fois s'écroula-t-il avant de parvenir à couvrir d'une seule traite les quelque cent soixante *inches*, quatre mètres environ, qui lui parurent interminables ? Il se montrait volontaire et, malgré une intense fatigue, il progressait.

Petit à petit, la mémoire lui revint, d'abord par flashs, puis par bribes. Plus de six mois s'écoulèrent avant qu'il ne retrouve son autonomie et puisse regagner sa maison. Il était impensable qu'il redescende au fond de la mine. D'ailleurs, son cas avait fait l'objet d'articles de journaux, et la direction, consciente de ses responsabilités et de ses devoirs, se proposait de lui attribuer un poste en surface.

Une pile de courrier l'attendait sur la table de la cuisine. Étant dorénavant citoyen australien, les assurances lui avaient alloué une femme de ménage qui avait procédé à un nettoyage complet avant son retour. Dans l'univers qu'il retrouva, quelque chose ou quelqu'un manquait. Un sentiment indéfinissable et perturbant l'envahissait. Ce ne fut que lorsqu'il ouvrit la penderie que, à la vue des vêtements qu'Emily n'avait pas emportés en France, la mémoire lui revint brutalement, comme une gifle.

Titubant, il finit par s'écrouler sur le canapé. Tout l'assaillait comme une lame de fond qui l'entraînait dans un océan de questions et de craintes. Qu'étaient devenues sa compagne et leur fille ?

37

À plusieurs reprises et à des moments divers, Louis téléphona au Bouriou. Personne ne décrochait. Il s'inquiétait, s'interrogeait âprement, envisageant le pire au fur et à mesure de ses appels inaboutis. Alors il écrivit à son frère avec l'espoir caché que sa folle du logis ne l'ait qu'égaré et que rien de mauvais ne s'était produit.

La lettre qui lui parvint en retour l'anéantit : *Après qu'on nous a appris ta disparition, Emily a décidé de partir au Canada, là où vous aviez projeté d'aller vous installer. Son dossier a tout de suite été accepté. Elle a quitté la France il y a déjà deux mois, me promettant de me donner de leurs nouvelles, à elle et à Estelle. Mais, à ce jour, je n'ai reçu qu'une simple carte postale de Montréal.* Bien entendu, son frère s'engageait à le tenir informé dès qu'il en saurait un peu plus.

C'était comme si la foudre venait de s'abattre sur lui.

— Pourquoi m'avoir rendu la mémoire pour me torturer ainsi ? ne put-il s'empêcher de gémir à voix haute.

Il replia brusquement la lettre. Il ne pouvait plus se pencher dessus, cela lui faisait trop mal. Il ferma les paupières, deux grosses larmes s'en échappèrent et glissèrent jusqu'aux commissures de ses lèvres, mêlant un goût de sel à une amertume fort désagréable. Puis leur succédèrent des sanglots qui l'étouffèrent. Il s'y abandonna sans la moindre résistance.

Lorsque enfin il se ressaisit, il décida de téléphoner une fois de plus sans réaliser le décalage horaire qui plongeait la France dans la nuit. À nouveau, personne ne décrocha. Il s'interrogea : son père avait-il quitté le Bouriou, et pourquoi ? En proie à une forte angoisse, le cœur battant irrationnellement la chamade, il avala l'une de ces potions calmantes que son médecin lui avait prescrites.

Assommé par la drogue, il s'enfonça dans un sommeil lourd, sans images, sans rêves. En ce mois de décembre, le soleil était déjà haut dans le ciel quand il émergea de sa léthargie. Tout désorienté, il essayait de coordonner ses idées. Il crut d'abord à un cauchemar, mais la missive restée sur la table basse du salon le ramena à la réalité.

Il frissonna à la pensée que la malédiction paternelle se concrétisait. Certes, il n'y avait pas eu de purification par le feu, cependant son avenir familial s'était écroulé. Il se servit une rasade de whisky pour sortir de son engourdissement. Après tout, il lui suffisait d'attendre qu'Emily donne de ses nouvelles à son frère. Alors il se rendrait au Canada, auprès d'elle et de leur fille. Rien n'était perdu, chercha-t-il à se persuader.

Revigoré par cette perspective, il entreprit de s'occuper de sa vigne. Malgré le manque de soins pendant de longs mois, elle n'avait pas trop souffert. Un sérieux désherbage s'imposait ainsi qu'une bonne irrigation. Il se réjouit au constat qu'aucun micro-organisme ne l'eût attaquée. La vigne était en pleine période de fructification. Toutefois, cette année, la vendange serait moindre, les grains étaient plus petits. Les grappes avaient souffert du manque de taille. C'était l'époque où il devait pincer les rameaux. Aussi entreprit-il de tailler les plus échevelés d'entre eux.

D'ici une semaine, il retournerait travailler. Il consacra ses derniers jours de convalescence à la remise en état de son jardin, à des achats compulsifs de provisions, juste pour la satisfaction de voir ses placards abondamment garnis. Il ne manqua pas de faire un détour par la bibliothèque et surtout d'effectuer quelques étapes au pub où il retrouvait ses compagnons.

Il ne savait pas précisément quel allait être son nouvel emploi. La seule information dont il disposait était qu'il ne descendrait plus dans la mine. Il n'en avait plus la force mentale ni la santé nécessaire, selon les constatations médicales.

Dans le cadre du développement hydroélectrique du fleuve Pieman, approuvé par le gouvernement de Tasmanie, la construction d'un réservoir d'eau artificiel tout à proximité de Rosebery et de Tullah devait débuter dans les prochains mois.

De ce fait, la direction des mines projetait de vendre à des particuliers les nombreuses maisons implantées pour y loger ses mineurs. Avec les années, certaines avaient mal vieilli. De sérieuses réfections étaient à prévoir. Cela nécessitait une équipe d'ouvriers et un personnel pour l'encadrer. Et c'était ce poste que la direction envisageait de proposer à Louis. Tout au long de ses années passées sous terre, il avait su faire preuve d'esprit de décision et d'ingéniosité.

Il accueillit la nouvelle comme une preuve de confiance qui le confirma dans son sens des responsabilités. Chaque matin, il prenait le bus qui le menait de Primrose Road à Tullah et chaque soir, à son retour, il s'octroyait un intermède au pub avant de regagner son domicile. Les horaires étaient complètement différents de ceux qu'il avait toujours connus. Il disposait entièrement de ses week-ends, ce qui le laissait libre de vaquer régulièrement à ses occupations personnelles.

On approchait à grands pas des fêtes de fin d'année. Il les redoutait : il repensait à celles de l'année précédente où tous les projets lui étaient permis. Depuis, son horizon s'était obscurci. Aussi ces festivités à venir lui étaient douloureuses.

Les décorations, bien que modestes, égayaient les rares devantures des magasins de Rosebery. Les maisons se paraient de guirlandes lumineuses qui ne donnaient l'illusion de la fête que fort tard dans les nuits écourtées de l'été. Il en était de même à Tullah. Un instant, l'envie le prit de se rendre dans une grande ville comme Devonport ou Launceston. Cependant, cette dernière le ramenait plus que jamais auprès d'Emily. Alors qu'y ferait-il seul ? Il renonça à son idée. Après tout, à Rosebery, il pourrait rejoindre ces travailleurs venus en célibataires. Ils étaient nombreux. La nostalgie partagée conduisait à une certaine amitié qui réchauffait les âmes.

Il s'interrogeait sur la santé de son père. Certes, il savait qu'écrire n'était pas son fort. Mais il aurait aimé l'avoir au moins quelques instants au téléphone. Or personne ne décrochait quand il appelait au Bouriou. Il s'en inquiéta dans un courrier à son frère qui lui répondit par retour.

Depuis l'hiver précédent, redoutant les rigueurs du climat qui isolerait leur père, François l'avait persuadé d'intégrer une maison de retraite à Castres, dès la fin novembre jusqu'à début mars. Là-bas, il le savait en sécurité, au chaud, suivi médicalement et en compagnie d'autres pensionnaires.

Durant son premier séjour, tout s'était relativement bien passé, cette fois-ci José perdit de sa passivité. Avec la présence d'Emily durant quelques mois, il avait retrouvé une assurance en société et il acceptait mal les directives du personnel d'encadrement.

Le paroxysme fut atteint lorsqu'un résident un peu plus jeune que lui, et avec lequel il ne s'entendait pas, l'invectiva, le sourire grimaçant de mépris :

— Espingouin, vieil Espingouin, retourne dans ton pays ! Tu n'as rien à faire ici !

José, ne contenant plus sa rage, s'était jeté sur lui. Le temps qu'on les séparât, ils avaient usé de leurs poings sans ménagement. Tous les deux essoufflés autant par les efforts que par la colère, il fut difficile de les calmer. Tandis qu'il était maintenu par deux auxiliaires de soins, pour être conduit dans sa chambre, José s'écroula tout en suffoquant.

— Ça ne va pas, M. Martes ? questionna l'un d'eux. Vite, vite, il faut l'étendre ! Il fait un malaise.

Ils le déposèrent rapidement sur son lit tandis qu'on prévenait le directeur de l'établissement et le médecin. José ne bougeait plus, les yeux perdus dans le vague. L'infirmier chercha vainement à le faire parler : il ne répondait plus aux sollicitations. Les premiers tests médicaux étaient alarmants.

— Il faut appeler une ambulance pour le transporter aux urgences du centre hospitalier : il fait une attaque cérébrale.

Une heure plus tard, le verdict était confirmé.

— On l'a pris à temps, mais il faut savoir à quel point il est atteint.

S'ensuivirent de nombreux examens dont les résultats ne laissaient pas grand espoir en matière de récupération. François s'était précipité au chevet de son père alors qu'il était encore en salle de réanimation. On ne lui permit pas d'entrer, mais il put l'observer à travers la vitre. Il ressentait une peine profonde devant cet homme qui l'avait engendré, l'avait guidé avec sévérité, et qui à présent n'était plus qu'un organisme sans défense dépendant des soins qu'on lui prodiguait.

— C'est une situation tout aussi dramatique que dérisoire, laissa-t-il échapper.

— C'est déjà bien beau qu'il s'en tire, mais attendez-vous à ce qu'il garde de grosses difficultés de parole. En outre, la cécité a touché son œil droit et quant à retrouver la motricité de ses jambes, cela prendra du temps.

— Je suppose qu'il est inenvisageable qu'il puisse un jour rentrer chez lui et rester seul ?

— Effectivement, le mieux serait de le placer dès qu'il sera hors de danger dans une maison médicalisée, avait conclu le spécialiste, tout en lui précisant d'un ton décourageant par sa neutralité que sa secrétaire lui fournirait des adresses d'établissements susceptibles de le recevoir.

38

À la lecture de la lettre de son frère lui détaillant les problèmes de santé de leur père et leurs conséquences, Louis se sentit beaucoup plus ému qu'il ne l'aurait jamais imaginé. Quels que soient les ressentiments qu'il nourrissait à l'encontre du vieil homme, il n'en restait pas moins celui qui avait guidé ses premières années. Avec amertume, il se remémora les insultes dont lui-même avait été autrefois victime et se prit à penser que, décidément, les origines d'un homme le marquaient indélébilement aux yeux des autres.

Les deux frères avaient déjà perdu leur mère ; à présent, ce père était devenu dépendant de son entourage et ne comptait plus guère d'années devant lui. Un jour, à leur tour, ils seraient les derniers piliers d'une famille éclatée, d'une lignée qui s'éteindrait, puisque apparemment François n'avait toujours pas rencontré l'âme sœur et qu'il ne faisait rien pour la rechercher.

D'après ce que lui avait appris François, Emily s'était contentée de lui envoyer une brève missive indiquant qu'elle avait trouvé un emploi dans sa profession et qu'elle se plaisait au Canada. En revanche, une fois de plus, elle n'avait pas donné son adresse.

Louis s'interrogeait : que s'était-il passé entre son frère et Emily pour qu'elle se garde de lui communiquer ses coordonnées, comme si elle voulait couper les ponts ? En tout cas, il en était la principale victime. Mais cette question, il préféra la taire.

À des phases d'abattement succéda un désir de revanche sur cette vie amoureuse tronquée. Toutefois, dans ce domaine, il resta toujours très velléitaire, ne se montrant jamais satisfait. Dans chaque femme rencontrée, il avait d'abord cherché l'ombre de celle qu'il avait aimée. Puis, au fil des ans, ce fut le contraire. Il fuyait toute ressemblance avec Emily : redoutait-il les souvenirs ? Pourtant, il était bien conscient que changer son passé était impossible et que plus il parviendrait à l'accepter, moins il le hanterait.

Avec le temps, même si les souvenirs restaient, les émotions s'estompaient et les plaies se refermaient. Il enfouit les vestiges de son passé dans les pages d'albums photo enfermés dans un carton au fond de la penderie. Il ne garda que celle que lui avait adressée son frère après la naissance d'Estelle, posée sur le manteau de la cheminée.

Année après année, la correspondance entre François et Louis se fit moins fréquente : ils échangeaient deux ou trois fois par an, des lettres plutôt laconiques si ce n'était lorsque François évoquait leur père et son état de santé. L'aîné évoluait dans un monde intellectuel et avait entrepris l'écriture d'une anthologie de la poésie anglaise à l'attention de ses étudiants. Une rédaction à laquelle il consacrait beaucoup de son temps. Quant au téléphone, ils ne communiquaient pas plus régulièrement. Ce n'était pas du détachement, mais leurs motivations étaient toutes différentes et leurs univers ne se ressemblaient guère.

La dernière fois qu'ils s'étaient parlé, c'était François qui avait appelé, comme toujours, en vérité. Paradoxalement, c'était celui qui n'était pas universitaire qui préférait prendre la plume pour donner de ses nouvelles.

— Il faut bien se dire que papa ne retournera jamais au Bouriou. Les frais de sa maison de retraite ont augmenté et sa pension ne suffit plus. Si tu es d'accord, on va mettre le Bouriou en vente. Sans compter que cela évitera des tas de démarches lorsqu'il viendra à décéder.

Le Bouriou, encore un lien avec la France qui se délitait ! Toutefois, il n'en ressentit pas de déchirement. Ses souvenirs suppléaient à la réalité. Il savait que de toute façon il n'y retournerait jamais. Alors si l'argent de la transaction pouvait aider leur père sur ses vieux jours...

— Je comprends, je comprends, avait-il presque murmuré dans le combiné.

— Je vais prendre contact avec un notaire.

La maison trouva preneur assez rapidement au soulagement de François qui, s'il avait acheté quelques années auparavant un appartement plus grand, ne voulait pas vendre celui qu'il avait acquis en début de carrière. Il l'avait mis en location et le montant qu'il en tirait couvrait en grande partie les traites de son nouveau logement.

Près de trois ans plus tard, José Martes s'éteignait. La somme qui restait en héritage fut partagée équitablement entre les deux frères. Preuve à l'appui, François ne chercha pas à déposséder Louis du moindre sou. De toute façon, la confiance avait toujours été un lien très fort entre eux.

Avec l'argent qu'il reçut, Louis fit l'acquisition d'une voiture, une petite Austin, simple certes, mais réputée fiable et robuste. Il consacra la somme qui lui resta à renouveler son équipement photographique et à s'évader quelques jours dans les montagnes du parc national du Sud-Ouest. Il réserva une chambre dans un lodge à Strathgordon, un gros village sur les rives du lac Pedder, en bordure de la zone sauvage d'une forêt tropicale tempérée. Là s'arrêtait la civilisation, et là la vie sauvage prenait le dessus.

Louis atteignit la quarantaine se contentant de fredaines, ne voulant plus s'encombrer de sentiments. Il se rappelait son aventure avortée avec Anna, la jeune Italienne connue dans les Snowy Mountains, sa déception lorsqu'il l'avait retrouvée à Sydney. Lequel des deux détenait-il la vérité ? On ne revit plus le Maître des secrets à Rosebery. D'une certaine manière, il avait gagné : il avait réussi à séparer les amants.

Côté travail, il s'était affirmé dans la gestion des logements que la direction des mines lui avait confiée. Depuis, il s'occupait d'une logistique qui prenait de plus en plus d'importance. Il avait renoué avec ses randonnées, muni de son inséparable appareil photo et d'une batterie d'objectifs. Certes, il n'entreprenait plus de longues expéditions comme il le faisait avant l'accident. La marche se révélait rapidement pénible, aussi couvrait-il dorénavant une bonne partie de son périple au volant de sa voiture. Mais, doté d'une patience hors pair, il excellait dans la photo animalière, qui était devenue sa passion.

— Frenchy, tu devrais envoyer tes photos à des magazines. Je suis sûr qu'on te les achèterait, et même cher, lui assurait régulièrement l'un de ses amis, un Irlandais installé depuis quelques années à Rosebery.

À la demande de la bibliothèque locale, il avait organisé une exposition autour de l'ornithorynque, cet animal discret et noctambule, dont la légende racontait que le Créateur avait rassemblé tout ce qui lui restait en magasin pour en faire un animal au bec et aux pattes de canard, à la queue de castor et au corps de loutre.

Puis un premier magazine lui prit des clichés, réalisés après des heures d'attente alors que le jour déclinait, de ces chasseurs crépusculaires et solitaires qu'étaient ces diables à la fourrure noire tachetée irrégulièrement de blanc, de la taille d'un petit chien, emblèmes de la Tasmanie.

En cette année 1979, le gouvernement de Tasmanie décida d'étendre la zone de conservation de la nature sur plus d'un cinquième de la superficie totale de l'État. Il suivait particulièrement toutes ces actions visant à préserver la diversité et la richesse de la faune et de la flore locales. Il se voyait bien menant différemment sa carrière professionnelle, à condition toutefois de rester à Rosebery et de ne pas avoir à couvrir d'importants territoires. Au plus profond de lui-même luisait toujours une petite perle d'espoir : si un jour Emily devait essayer de retrouver leur mémoire, c'était vers Primrose Road qu'elle orienterait ses recherches.

39

Après mûres réflexions, Louis avait préféré rester employé de la mine : le salaire y était bien plus élevé depuis presque vingt ans qu'il y était entré. Ensuite, il aimait ce monde de labeur rude, ces hommes courageux et volontaires, souvent rustres, mais si solidaires. Depuis son accident et sa survie, il était devenu une sorte de mascotte pour eux, une légende que les anciens transmettaient aux nouveaux venus. Parfois, il avait presque honte lorsque, quittant dès potron-minet son domicile, ils les voyaient s'enfoncer dans les brumes d'un pas décidé pour regagner leur puits. Lui, il avait dorénavant la chance de pouvoir flâner, protégé par les nimbes d'un ciel lourd d'une humidité qui voilait la nature.

Au *Top Pub*, la majorité des clients qui le fréquentaient changeait souvent. Seul un noyau de fidèles installés à Rosebery s'y retrouvait régulièrement. Frenchy était l'un d'entre eux. La plupart de ces « anciens », comme ils se qualifiaient, venaient des Pays-Bas, de Grande-Bretagne ou encore d'Allemagne. Ils avaient en commun qu'ils n'envisageaient pas de rentrer un jour au pays.

Ce qui manquait le plus à Louis était de ne plus pouvoir s'exprimer en français. Son frère lui adressait régulièrement des livres qu'il sélectionnait scrupuleusement pour lui. Et s'il prenait plaisir à leur lecture, c'était loin de le satisfaire pleinement. Ce n'était pas une question de nostalgie, simplement la reconnaissance tronquée de racines parmi toutes celles qui ancraient sa vie sur terre.

Puis, un beau soir, au nombre des nouveaux arrivants figurait un Belge, de Wallonie, dont la langue officielle était le français.

— Tiens, il y en a un autre qui parle la même langue que toi, lui déclara le barman, en lui désignant Louis qu'il interpella d'un geste pour le faire approcher du comptoir.

Les deux hommes firent rapidement connaissance. Louis cherchait parfois ses mots par manque de pratique. Mais il éprouvait une réelle joie à pouvoir de nouveau s'exprimer en français. La soirée s'éternisa : ils avaient tant à échanger ! D'autant plus que Lucas, originaire de Seraing, une petite ville industrielle de la province de Liège, n'avait plus guère eu lui aussi l'occasion de pratiquer le français depuis toutes les années qu'il venait de passer d'abord en Australie, puis en Tasmanie.

Lucas commença par lui raconter Seraing et son pont suspendu, le quartier de la gare où sa famille habitait, les quais des Princes et de l'Espérance le long d'une Meuse que les pluies d'automne grossissaient d'une eau boueuse. Son père avait quitté le sud de son Italie natale alors qu'il n'était encore qu'un adolescent, comme le faisaient bon nombre de ses compatriotes poussés par la misère, en quête de meilleurs lendemains.

À l'évocation de ses souvenirs, il en devenait bavard ; Louis l'écoutait avec ravissement, l'incitant à poursuivre. Il ne se faisait pas prier pour raconter. Dès qu'il avait été en âge de travailler, il avait rejoint son père à Ougrée où étaient implantées les industries sidérurgiques de Cockerill, qui s'étendaient sur tout le bassin liégeois. Il avait passé plusieurs années dans la chaleur accablante des coulées incandescentes de fonte : fondeur, un métier dur aux tâches ingrates, réservé aux étrangers au nombre desquels il appartenait de par les origines de son père, alors que les Wallons, quant à eux, étaient préservés.

Il lui conta l'histoire de cet Anglais, John Cockerill, aventurier des temps modernes, venu s'installer dans un château aux alignements uniformes ouverts de larges fenêtres en façade, ancienne résidence des évêques de Liège. Et cette cité sidérurgique qu'il avait fondée était devenue une véritable ville en l'espace d'un siècle, marquant de son empreinte indélébile ce plat pays barré à l'horizon par de douces collines bleutées. Elle avait radicalement modifié le paysage, le piquant de terrils, de cheminées d'usine, de hauts-fourneaux, l'envahissant d'ateliers immenses et innombrables, de rues traversées de rails sur lesquels circulaient en permanence des trains transportant les minerais.

Au fil des semaines, leur connivence se transforma en une amitié sincère. Les confidences arrivèrent du côté de Lucas, car Louis continua à se montrer discret sur ses motivations réelles à quitter la France. Il prétexta un esprit d'aventure, tandis que le Belge évoqua les conséquences sur le monde industriel de ce qu'on qualifiait de « choc pétrolier ». À la mi-octobre 1973, à la suite du conflit israélo-palestinien, les pays arabes membres de l'OPEP avaient décidé une augmentation de soixante-dix pour cent du prix du pétrole et l'avaient tout simplement doublée à la fin décembre. Partout, on parlait de réductions d'effectifs, et les licenciements ne tardèrent pas à être annoncés. Alors il avait pris son bâton de pèlerin et s'était tourné vers l'Australie.

Puis un soir, alors que l'alcool chauffait le sang et déliait les langues, il avait confié à Louis que sa motivation première avait été de partir le plus loin possible d'une femme qu'il avait aimée et épousée.

— Une passion de jeune gars que j'étais, avoua-t-il. Je n'aurais jamais dû la marier. Il était trop tard quand j'ai découvert que ce n'était pas une fille bien pour moi.

Elle avait épousé Lucas pour fuir l'autorité paternelle. Il voulait croire qu'elle l'avait aimé les premiers temps de leur vie commune. Ensuite, les problèmes étaient arrivés, les exigences aussi, les bouderies quand il n'accédait pas à ses demandes. Vint enfin l'époque où elle se mit à se refuser à lui alors qu'il sentait son désir pour elle s'enflammer.

— Je mordais sur ma chique, redoutant ses scènes et en me disant que c'était passager, jusqu'au jour j'ai appris qu'elle avait un coquin.

Cette découverte l'avait accablé. Toutefois, elle l'avait poussé à réfléchir à son avenir. Il avait dissimulé son désarroi, sa peine et, baluchon à l'épaule, il était parti sur les chemins de l'aventure.

— J'ai tiré mon plan, et puis après moi les mouches. Je n'ai jamais cherché à savoir ce qu'elle est devenue, ni même d'introduire une demande en divorce : si elle souhaitait se démarier, c'était son problème.

Pendant plus de cinq ans, il avait sillonné l'Australie au gré de ses emplois, évoluant dans des paysages bien différents de ceux de son plat pays. Il avait fait la paix avec son cœur et lui-même, repoussant tout attachement amoureux. À présent, il voulait se poser et s'installer. Il n'avait pas de gros besoins mais, en venant à Rosebery, il espérait bien s'assurer un avenir tranquille. Et ce qu'il avait trouvé en Tasmanie où il était arrivé un an auparavant l'incitait à penser qu'il avait découvert le paradis sur terre.

Louis s'amusait des expressions qu'il utilisait. Son histoire était bien différente de la sienne, mais jamais il ne la lui révéla. Lucas, comme tous les autres de leur entourage, ne connaissait de son nouvel ami que sa vie à Rosebery.

40

Les deux amis se retrouvaient fréquemment, mais leurs disponibilités ne correspondaient pas toujours. De plus, leurs centres d'intérêt n'étaient pas systématiquement communs, à l'exception de leur amour de la nature. Lucas était beaucoup plus casanier, surtout depuis qu'il avait réalisé qu'il pouvait devenir propriétaire de l'une des petites maisons que la mine mettait régulièrement en vente.

Parfois, tous les deux partaient en voiture pour se rendre en ville ou gagner la côte. Cependant, Lucas s'impatientait lorsque Louis s'immobilisait durant de trop longs moments à son goût pour traquer au bout de son téléobjectif un habitant des forêts.

Malgré toutes ces années écoulées, Louis, qui préférait de loin le sauvage à la ville, n'avait jamais visité Hobart, la capitale de l'État. Pourtant, il avait presque l'impression de la connaître à écouter son ami lui raconter ses trois mois passés comme plongeur dans un restaurant indien du quartier nord.

Après avoir détaillé l'itinéraire, il proposa à Lucas d'y consacrer les quelques jours de vacances dont ils disposaient et qui, cette fois-là, tombaient en même temps. Les quatre cents kilomètres du trajet auraient pu se faire approximativement en cinq heures. Toutefois, Louis avait la ferme intention d'en profiter pour visiter le parc national du Mont-Field dont il savait qu'il abritait certaines des plus hautes forêts d'eucalyptus du monde ainsi qu'un éventail unique de végétation alpine.

Ils quittèrent donc Rosebery au petit matin, alors que la brume tamisait encore un soleil levant. Quand ils parvinrent aux abords du parc, le ciel s'était dégagé. Au fur et à mesure que la route sinueuse grimpait les flancs du mont Field, la flore se transformait. Au-dessus des bosquets de pandani géants, aux feuilles dures et dentelées, se dressait l'arbre que l'on qualifiait de roi de la forêt tropicale, la gomme des marais, une variété de sorbier immense. Le sol était recouvert de plantes à coussins, de buissons de scoparia, de fougères arborescentes qui conféraient au paysage un air de jungle.

Louis avait été marqué par une sentence d'Oscar Wilde relevée dans ses lectures, qui, si au début elle l'avait séduit, à présent le laissait perplexe : *La beauté est dans les yeux de celui qui regarde*. Là, elle s'offrait à lui, spontanément, évidente. Il n'y avait pas besoin de chercher à « regarder », elle s'imposait tout simplement. Plongé dans ce spectacle foisonnant et grandiose, il se sentait libre et heureux, d'un bonheur instinctif et apaisant. Il était dorénavant viscéralement attaché à cette île du bout du monde, persuadé que nulle part ailleurs il ne pourrait éprouver une telle plénitude.

Après un arrêt prolongé dans cette nature riche, ils parvinrent dans la plaine où s'étendait Hobart en bordure du fleuve Derwent qui débouchait sur les océans Indien et Pacifique. Initialement colonie pénitentiaire, la ville, abritée par la silhouette sombre du mont Wellington, avait représenté un point d'ancrage pour les expéditions en direction de la terre Adélie.

Ils avaient consacré trois jours à la visiter. Pour leur dernière soirée à Hobart, ils s'étaient installés à la terrasse d'un restaurant dans le quartier animé de Salamanca. Bavardant entre deux bouchées, ils ne remarquèrent pas qu'une femme les observait. En réalité, elle suivait leur conversation. Elle était accompagnée d'un homme aux manières plutôt efféminées. Au bout d'un moment, elle quitta sa place pour s'approcher de leur table.

— Pardonnez-moi ! Vous êtes français ? questionna-t-elle en s'adressant à Louis qui acquiesça aussitôt.

— Ravie de vous rencontrer, cela fait bien longtemps que je n'ai plus croisé de compatriotes.

Après de rapides présentations, ils lui proposèrent de se joindre à eux avec son compagnon. Elle ne se fit pas prier. Comme tout expatrié depuis des années, elle glissait dans ses phrases des mots en anglais. Elle était bavarde et posait de nombreuses questions.

— Si je ne suis pas indiscrète, concluait-elle pour le plus grand amusement de ses interlocuteurs.

De temps à autre, elle se penchait vers son ami pour lui faire la traduction. Parfois, il intervenait à son tour, mais en anglais, dans sa langue d'origine, car il était australien.

Louis la détaillait : à la voir de près, elle n'était pas aussi jeune que sa silhouette menue et svelte pouvait le laisser croire. « Elle a bien la cinquantaine », se prit-il à penser. Un âge que son charme gommait.

— J'ai suivi un Italien que j'avais épousé dès ma majorité. Fauchés, nous sommes partis comme tant d'autres en quête d'un eldorado pour l'Australie, tout comme vous, je suppose. Mon mari a bien réussi : il a ouvert une pâtisserie à Melbourne, puis une deuxième et c'est devenu une chaîne. Je m'occupais surtout de l'agencement de ses boutiques. Bientôt, avec les responsabilités, il a changé. Et nous avons fini par divorcer. Depuis toujours, je voulais décorer les intérieurs.

Elle avait débuté sa quête d'objets rares dans les Montagnes bleues. Elle se plaisait là-bas, mais le coût de la vie était trop élevé en Australie. Alors, après recherches et réflexion, elle avait décidé de franchir le détroit de Bass.

— C'est plus facile ici, précisa-t-elle.

Ses talents avaient assez rapidement été reconnus. Elle avait ouvert une échoppe dans un hangar qu'elle avait aménagé à Glebe, une petite ville de la banlieue de Hobart, qui recensait quelques maisons victoriennes et qui comptait de nombreux jardins particulièrement entretenus.

L'embauche de l'ami qui l'accompagnait, « au goût sûr », tint-elle à souligner, qui la remplaçait le cas échéant, lui permettait de s'absenter régulièrement pour parcourir les routes en quête d'objets qui trouveraient leur place dans son commerce.

La soirée s'écoula rapidement, chacun ayant plus ou moins une histoire à raconter. Comme toujours, Louis se montra le moins loquace. N'aimant pas conduire de nuit, alors que le jour déclinait et que le soleil s'enfonçait derrière les montagnes, la brocanteuse s'excusa : elle n'habitait pas la ville et elle avait près d'une heure de trajet pour regagner son domicile à Huonville, une petite cité pittoresque au sud de l'île, nichée dans une vallée au riche passé. Avant de se séparer, Louis et elle avaient échangé leurs numéros de téléphone. Elle avait promis de passer par Rosebery lors de l'une de ses prochaines pérégrinations dans la région, et de s'y arrêter au moins le temps d'un déjeuner.

Moins d'un mois s'écoula avant qu'elle n'appelle Louis. Son périple la conduirait jusqu'à Rosebery sans faire de grand détour. Louis, qui gérait ses horaires de travail, ne rencontrait aucun problème à se libérer. Et le rendez-vous fut vite conclu. Il éprouvait un soupçon de mauvaise conscience en ne prévenant pas Lucas de cette visite. D'ailleurs, celle-ci tombait l'un de ces jours où il serait au fond d'un puits, se dit-il pour étouffer ses scrupules.

41

Alors que celle qu'il attendait lui avait paru un être fragile en raison de son apparence frêle, il resta stupéfait en la voyant stationner un vieux pick-up Ford avant d'en descendre lestement.

— J'ai trouvé sans problème, vous m'aviez bien expliqué, lui déclara-t-elle en guise de bonjour.

La surprise se lisait sur le visage de Louis. Elle devait y être habituée, car elle précisa aussitôt, goguenarde :

— Bon, il n'est pas tout jeune, mais je le fais bien entretenir. C'est mon outil de travail. Il m'est bien utile pour transporter des meubles. Il est facile à conduire.

Il était content de la retrouver, mais cela n'avait plus rien à voir avec la première fois qu'il avait invité Emily. Son cœur ne battait pas la chamade, il attendait simplement une amie un peu fantasque et surtout courageuse. Alors qu'elle manœuvrait son véhicule de main de maître, elle n'avait rien de masculin. Vêtue d'une jupe bleu marine qui lui arrivait au-dessous du genou et d'un corsage blanc au col brodé, elle ressemblait à une pensionnaire d'un établissement scolaire.

Il lui fit faire le tour du propriétaire, surtout du jardin, ne cachant pas sa fierté pour ses rangées de vigne. La maison n'était pas bien grande. Par discrétion, il ne poussa pas la porte de la chambre.

— Avec une si belle journée, j'ai pensé que nous pourrions déjeuner dans le jardin.

Pour l'occasion, il tint à déboucher une bouteille de son vin alors qu'elle lui avait apporté un bordeaux qu'elle avait déniché à l'occasion d'une visite à sa fille à Melbourne.

Il aimait cuisiner, surtout quand il savait qu'il allait partager son repas. Ses recettes étaient simples, mais toujours améliorées par de petites sauces qu'il concoctait dans le plus grand secret.

Ensemble, ils retournèrent vers les paysages de leur passé, voyageant dans le temps et l'espace. Elle était originaire d'un village proche de Montpellier et portait un prénom qui fleurait bon la France : Marianne. Aniane n'en était guère éloigné, et elle connaissait ce village tourné vers la viticulture. Il se garda bien de lui révéler son séjour héraultais, dans cette maison pénitentiaire à la triste réputation. Encore quelque chose qu'il devait bannir de ses souvenirs, qu'il n'était pas autorisé à partager. La punition perdurait.

— Envisages-tu un jour de rentrer en France ? lui demanda-t-elle.

— Non ! D'ailleurs, là-bas, je serais un étranger. J'ai opté pour la nationalité australienne. Et toi ?

— Je ne pense pas. Peut-être rejoindrai-je ma fille à Melbourne, mais j'aime trop ma liberté pour risquer de dépendre d'elle. Cette liberté, je l'ai payée cher et j'y tiens.

À cette heure de la journée, le soleil s'imposait sans violence. Ils s'étaient étalés dans une chaise longue à l'ombre du gommier. Mais, pour Marianne, l'heure du départ sonnait.

— Quand est-ce que tu envisages de revenir à Rosebery ? l'interrogea-t-il.

— En principe, je prospecte dans le coin tous les mois. Même si, comme aujourd'hui, ce n'est pas vraiment sur ma route, je peux faire un crochet... Enfin, si tu es d'accord. Cela me fait vraiment plaisir de parler en français. J'ai passé un excellent moment !

Effectivement, ils prirent l'habitude de se rencontrer pratiquement chaque mois. Pas toujours à Primrose Road, quelquefois même à Launceston et plus souvent à Queenstown, une petite ville côtière longtemps liée à l'industrie minière, abritée par les paysages lunaires des flancs roses et gris du mont Owen.

Ils ne partageaient que quelques heures, la connivence était grande : deux amis qui ne boudaient pas le plaisir de se retrouver. Comme le pensait Louis, Marianne était plus âgée que lui : dix ans les séparaient. Elle se montrait drôle, spirituelle, attirée par la beauté des lieux et des choses, sans compter son côté fouineur qui lui permettait d'apprendre beaucoup sur l'histoire de l'île. Elle aussi appréciait de s'oublier dans les livres à chaque fois que cela lui était possible. Toutefois, elle menait une vie active qui lui en laissait peu le loisir.

Un jour, alors que l'heure avançait et qu'un déluge estival s'abattait sur la région, elle avait accepté la proposition de Louis de passer la nuit chez lui.

— En tout bien tout honneur ! lui avait-il précisé.

Un vent mauvais hurlait par-dessus les toits, bousculant les rues et les jardins. Louis avait allumé la cheminée ; un feu brûlait lentement. Ils regardaient la danse des petites flammes bleues au-dessus des bûches rougeoyantes. Un verre de scotch à la main, ils parlaient à peine. Le temps cessait de s'écouler inexorablement.

Lorsque vint l'heure de dormir, il lui proposa de lui laisser sa chambre. Elle refusa tout net, prétextant que le canapé était suffisamment grand pour l'accueillir et lui assurant que, s'il n'acceptait pas, ce serait la seule et unique nuit qu'elle passerait chez lui.

Son logement comportait bien une seconde chambre. Mais l'annonce du décès de sa mère l'avait stoppé dans sa volonté de la meubler. Puis, avec la perspective de la première grossesse d'Emily, il avait entrepris d'y faire une chambre d'enfant. Il avait commencé à fabriquer un berceau qu'en raison des événements il n'avait jamais terminé. Il avait tout laissé en plan et y avait en fait entreposé tout ce qui ne trouvait pas une place bien définie.

Le lendemain matin, après un copieux petit déjeuner, elle reprit la route. Louis se dit qu'il avait passé une bien paisible soirée. Sans les sentiments amoureux, la vie était bien plus facile.

Vint le jour où il accepta son invitation de la rejoindre à Huonville. À maintes reprises, elle lui avait évoqué les raisons de son installation : une ville à taille humaine où la nature était omniprésente.

— On trouve tout là-bas : fruits, vin, cidre, poissons...

Le long du trajet, il essaya d'imaginer ce à quoi pouvait ressembler sa maison. Elle lui en avait souvent parlé et il se faisait déjà une petite idée. Il profitait d'une conduite mesurée pour admirer les paysages qu'il traversait. Lorsque, depuis une colline couverte d'une brousse dense, il domina Huonville, il constata que de prime abord la région était attrayante avec ses arbres fruitiers, principalement des pommeraies, ses bosquets, ses champs et surtout ses vignes. Effectivement, il devait faire bon vivre dans un tel endroit.

La maison de Marianne se trouvait de l'autre côté du fleuve. Construite en bois peint de bleu clair, elle était protégée de la rue par un jardinet ceint en partie d'une haute clôture aveugle : un cocon douillet et discret qui préservait l'intimité de son occupante. Dans ces régions où la force vitale de l'eau fertilisait la terre, les saules pleureurs trônaient dans tous les jardins.

Comme toujours, ils appréciaient de se retrouver. Alors qu'il s'attendait à pénétrer dans un amoncellement de vieilleries, il découvrit un intérieur particulièrement soigné où chaque objet était mis en valeur. Des choses certainement rares dans ce pays nouveau, des objets témoins d'un passé et qui pour certains lui rappelaient ceux de son enfance.

Ce qu'il remarqua en premier fut la bibliothèque qui se dressait à côté d'une cheminée de staff blanc dont le manteau était habillé par un haut miroir. De style victorien, l'acajou était mis en valeur par la blancheur des murs. De nombreux livres et bibelots reposaient sur les étagères. De profonds fauteuils au tissu fleuri de mordoré entouraient l'âtre. Tout était savamment étudié pour le confort de son habitante : un univers sophistiqué et chaleureux où régnait partout l'âme de la maîtresse de maison. Toutefois en ce qui le concernait, dans ce décor inhabituel pour l'homme des brumes baroudeur qu'il était, il ne se sentait pas à l'aise.

— Tu dois avoir faim ?

Perdu dans ses pensées, il sursauta.

— Heu, non... non, pas vraiment, balbutia-t-il.

— J'ai pris un cake et des scones à la pâtisserie d'à côté. Tu verras, ils sont excellents, ce sont parmi les meilleurs de la région. Mais, si tu préfères un sandwich, j'ai ce qu'il faut. Tu veux un thé ou une bière ?

Il opta pour une bière.

— Si tu t'en sens, nous irons jusqu'au fleuve. En tout cas, nous souperons tôt, car la route a été longue et je suppose que tu auras besoin de te reposer. Ce matin, on m'a apporté un superbe saumon tout juste pêché. Je l'ai préparé pour le mettre au four.

Ils étaient rentrés alors que le crépuscule cédait sa place à la nuit. Les eaux clapotantes du fleuve retenaient les dernières lueurs du jour comme pour déjouer l'obscurité qui s'appesantissait sur la terre. C'était vrai que la fatigue commençait à le gagner, surtout « ses vieilles douleurs », comme il les appelait, qui se réveillaient.

Tandis qu'elle préparait le repas et dressait la table, il s'assoupit presque, enfoncé dans le moelleux des coussins du canapé. La voix de Marianne lui arrivait parfois lointaine :

— Je suis une infatigable vieille pie, finit-elle par conclure.

Cette réflexion le tira de sa torpeur et il lui répondit :

— Une pie, peut-être, mais vieille, ça non. J'aimerais bien avoir ta vitalité.

Elle avait disposé des assiettes d'une fine porcelaine anglaise, des verres en cristal, des couverts en argent, sans oublier des serviettes brodées du même motif que la nappe immaculée : une préciosité dont il était conscient et qu'il abordait pour la première fois. De toutes les invitations qu'il avait reçues, celle-ci était de loin la plus délicate.

Alors qu'il s'attachait à faire très attention à ne rien heurter, Marianne semblait très à l'aise. Que leurs milieux étaient différents ! Il voulut l'aider à débarrasser, mais elle déclina son offre et lui proposa de s'installer à nouveau confortablement au salon.

— Je termine rapidement et tu vas goûter à un armagnac de derrière les fagots. C'est l'occasion ou jamais...

Elle s'assit à l'autre bout du canapé qui, au demeurant, était destiné à ne recevoir que deux personnes. Déjà un peu éméchés par le vin du dîner, ils trinquèrent dans un grand éclat de rire. Les verres s'enchaînaient, elle s'était rapprochée de lui et il fit de même. Bientôt, ils se retrouvèrent l'un contre l'autre sans avoir conscience de l'intimité de leur situation.

Ce fut elle qui effleura sa bouche, réveillant ses sens endormis et sa fougue érotique. Elle le repoussa doucement, mais fermement.

— Ne sois pas pressé ! Nous avons tout notre temps. Laisse-moi faire !

Saisi de vertige, il se plia à ses sollicitations. À plusieurs reprises, dans leur nudité mutuelle, il eut du mal à se contrôler et aurait voulu assouvir son désir. Mais elle le contenait à chaque fois, provoquant en lui un plaisir de plus en plus intense. Lorsqu'elle comprit qu'il ne pourrait plus se maîtriser, elle se plaça au-dessus de lui pour s'empaler sur son sexe durci et le guida vers l'aboutissement réciproque de leur acte.

Pour la première fois, ils partagèrent le même lit. Dans l'obscurité profonde de la nuit, il se sentait apaisé, ne ressentait plus aucune douleur. Jamais encore il n'avait vécu un tel raffinement érotique, étonné d'être parvenu à culminer ses sensations au-delà de son imagination. Il n'y avait rien d'amoureux entre eux, seulement un bien-être et surtout une amitié. Il s'interrogeait sur son apprentissage des caresses et des massages qu'elle lui avait prodigués avec un art consommé. Puis il en vint à la conclusion qu'elle, tout comme lui, avait un passé dans lequel il n'avait pas à s'immiscer.

* *
*

Ils poursuivirent leur relation sans contrainte. Dans la journée, ils ne manifestaient aucun geste de tendresse l'un envers l'autre. Personne n'aurait deviné l'embrasement de leurs nuits. Louis redoutait toujours le jour où elle lui annoncerait qu'elle partirait de l'île. Elle le lui avait déjà évoqué et, si pour l'instant elle ne l'envisageait pas, elle n'en repoussait pas l'idée.

— On ne sait jamais de quoi demain sera fait, affirmait-elle.

Ce à quoi il lui répliquait :

— Moi, si ! Je ne pourrai plus quitter Rosebery. J'y ai mon travail, ma maison, mes amis. Alors pour qui ou pour quoi ? Toi, tu as une famille.

Il se contint pour ne pas laisser échapper plus précisément : « Tu as une fille. » Ce point lui restait toujours douloureux même si la peine de cette enfant fantôme s'était atténuée. Marianne avait bien saisi la nuance de son omission. Ce fut lui qui aborda le sujet :

— Je veux croire qu'un jour Estelle me recherchera... J'ose espérer que sa mère se rappellera mon adresse et la lui communiquera... lâcha-t-il, un voile de tristesse dans la voix.

Alors qu'en 1992 le taux de chômage dépassait les 12 % en Tasmanie et allait en progressant chaque mois, Louis, arrivé à cinquante-trois ans, put prétendre à la retraite. Les mines avaient reconnu son accident de travail et les séquelles qui en découlaient.

— On compte malgré tout sur vous pour former une nouvelle équipe et éventuellement donner un coup de main.

Il apprécia cette proposition qui attestait de son appartenance à la communauté, même s'il restait Frenchy, ce surnom qui faisait référence à ses origines. Au début, il avait redouté ce changement dans le rythme de sa vie. Puis, devant la fin programmée, dans les tout prochains mois, de la construction de barrages avec l'ouverture de la dernière centrale électrique Tribute, près de Tullah, il se persuada que c'était la meilleure chose qui pouvait lui arriver. Les logements du village hydro-électrique construits à l'époque dans le cadre du programme de développement électrique du fleuve Pieman seraient mis en vente aux enchères. On ne parlait de pas moins de sept cent soixante lots. Le travail de réfection serait énorme et représenterait une charge qu'il doutait de pouvoir assumer, même assisté d'équipes importantes.

Ses journées s'articulaient autour de la photographie, de la lecture, du dessin et de son jardin. Reconnu pour la qualité de ses clichés, il recevait des sollicitations de galeristes et jusqu'à un éditeur avec lequel il accepta de collaborer. Sans en tirer orgueil, il appréciait cette ébauche de renommée, reconnaissance d'une passion qui l'occupait largement.

Plusieurs années s'étaient écoulées lorsqu'il décida de se préoccuper de sa vie future par-delà les nuages. Il n'avait pas encore atteint ses soixante ans, mais son corps meurtri lui faisait ressentir un âge plus avancé. Il s'en était confié à Marianne qui, la surprise passée, ne l'avait ni critiqué ni découragé.

Ce soir-là, il était donc rentré soucieux à Primrose Road. Il marchait d'un pas lent pour essayer de comprendre la raison de son malaise. La première chose qu'il fit en arrivant chez lui fut de relever son courrier. Le facteur qui desservait à la fois Tullah et Rosebery terminait sa tournée par son quartier. Louis ne trouva qu'une seule enveloppe frappée d'un timbre français. Perplexe devant une écriture qui lui était inconnue, il la tourna et retourna.

Enfin chez lui, il ouvrit le pli sans se presser, habité par un pressentiment indéfinissable et désagréable. L'enveloppe en contenait une autre pliée en deux et qui était accompagnée d'un mot sur le papier à en-tête d'un hôpital de Toulouse. Juste quelques lignes rédigées par un infirmier qui lui annonçait le décès de son frère après une courte, mais irrémissible maladie : un cancer du pancréas qui l'avait emporté en peu de jours. La veille de sa disparition, conscient de son état, François avait tenu à adresser un message à Louis pour lequel il avait sollicité l'aide discrète du soignant :

Quand tu liras ce message, c'est que je ne serai plus de ce monde. Tout est allé très vite. Tout ce que je te demande c'est de me pardonner. Ton frère qui t'aime et t'a toujours aimé. Pardon !

Au fur et à mesure des mots, l'écriture se déformait. Ces quelques lignes attestaient de la faiblesse croissante de son rédacteur. Outre sa peine, qui faisait de Louis un total orphelin de famille, une question s'imposa : que devait-il lui pardonner ? De ne pas l'avoir prévenu à temps de sa maladie ? S'était-il toujours reproché de n'avoir jamais révélé à leur père la vérité sur son innocence et les raisons de sa fuite vers l'Australie ? Conscient qu'il n'obtiendrait jamais de réponse, il s'obligea à s'en détacher malgré l'amertume que lui laissait l'ignorance. Mais en vain.

La nuit durant, il vit défiler toutes ces jeunes années qu'ils avaient partagées. Plus d'une fois il avait proposé à son frère de venir lui rendre visite. Celui-ci avait toujours décliné. Lui aussi aurait pu se rendre à Toulouse. Qu'est-ce qui les avait freinés et avait empêché leurs retrouvailles ? Les regrets se faisaient aussi forts que les remords.

42

La mort de son frère l'avait atteint plus que ce qu'il n'imaginait. Il y repensait souvent. Peut-être parce que désormais il avait perdu ses références à l'enfance, qu'il n'aurait plus personne avec qui partager les souvenirs de ses premières années et de son adolescence, même tourmentée.

Plus que jamais il s'attachait à cette région devenue la sienne, à ses amis et à sa liaison avec Marianne, un joli intermède d'autant plus agréable qu'il était assez peu régulier. Au début de leur relation et à plusieurs reprises, il s'était interrogé sur une possible vie commune entre eux. Jusqu'à ces derniers mois, la réponse tombait, toujours la même, et c'était non. Il était trop tôt pour l'envisager même s'il n'en rejetait pas la perspective. Peut-être un jour lorsque se profilerait la vieillesse, une époque de l'existence où la solitude pesait sur des journées qui s'étiraient vers un engourdissement des pensées...

Puis, la dernière fois qu'il avait passé quelques jours chez elle, il avait remarqué la disparition de certains objets de valeur et surtout de tableaux. L'étonnement le poussa à la questionner. Ils étaient suffisamment proches pour se le permettre, estimait-il. Alors qu'elle lui avait confié ses difficultés financières pour assumer les traites de sa maison, elle lui avait également évoqué une possible installation en Australie, auprès de sa fille. Elle ne quémandait rien de lui, mais lui avait demandé, si le cas devait se présenter, de venir lui rendre visite à Melbourne.

Ce fut à partir de cet aveu qu'il regarda leur liaison sous un tout autre angle. Ne plus la savoir à portée de quelques heures de conduite le laissa désemparé, beaucoup plus qu'il ne se le serait imaginé. Il réalisa qu'elle tenait une place importante dans sa vie. Ce n'était pas de la passion ni une connivence sexuelle, mais tout simplement un attachement qui allait grandissant. Il espérait qu'il en soit de même pour elle. En réalité, il en était presque certain : à plusieurs reprises il l'avait entendue chuchoter son prénom dans son sommeil. Parfois, elle allait jusqu'à l'embrasser, le croyant endormi.

L'idée mûrissait en lui : il était passé à côté de si nombreuses choses... Velléitaire ou timoré, il s'était toujours efforcé de s'inventer un bonheur avec ce que lui donnait la vie, il attendait sans provoquer même si, malgré tout, les regrets le poursuivaient. Or il était évident que les projets chassaient ces déconvenues et lui rappelaient qu'il pouvait mieux faire. S'il la laissait partir, il se le reprocherait à jamais. Tous deux avaient passé l'âge des amourettes. C'était peut-être là sa dernière chance de bonheur auprès d'une femme.

Il lui avait fait promettre de ne prendre aucune décision sans lui en parler au préalable. Chaque jour s'installait un peu plus en lui la certitude qu'elle serait définitivement sa compagne. Ils avaient prévu de se retrouver le mois suivant chez elle. Elle avait d'abord protesté, lui assurant qu'elle préférait se rendre à Rosebery. Au ton de sa voix, il avait décelé une légère gêne dont il en comprit la raison : elle continuait à se dessaisir de ses objets et ne voulait pas qu'il pût constater sa déchéance financière. Il avait accepté et, dans l'impatience de sa demande, l'attendait avec une certaine fébrilité.

Un soir, bien avant la date de leur rendez-vous, il s'était calé au fond de son fauteuil, un livre à la main. Il l'avait déjà lu, mais la poésie ressemblait à une chanson qui se faisait ritournelle lorsqu'elle parlait à l'âme. Ensuite existait ce lien auquel il restait sensible entre le lecteur et l'ouvrage, le toucher du papier, l'odeur de l'encre d'impression.

Perdu dans ses pensées, il n'entendit pas d'emblée que l'on agitait la cloche du portail. Il avait bien remarqué qu'une voiture se garait devant chez lui, ou tout à côté. Toutefois, il n'attendait personne. Le visiteur insistait. Agressé par une vieille douleur, il s'extirpa en grimaçant de son fauteuil.

— Voilà ! Voilà ! J'arrive ! clama-t-il dès la porte d'entrée ouverte.

Il tendit le cou pour essayer de discerner celui qui venait troubler sa quiétude. Des filaments de brume atténuaient la luminosité du réverbère. Mais, alors qu'il n'était pas encore rendu jusqu'au portillon, son cœur s'arrêta de battre sous le choc. Il s'arrêta net. Les yeux exorbités, il scrutait sa visiteuse.

— Monsieur Martes ?

Incapable de prononcer la moindre parole tant la surprise le paralysait, il ne put répondre. Pourtant, l'envie de crier remontait de son tréfonds, mais aucun son ne parvenait jusqu'à ses lèvres.

Elle réitéra sa question d'une voix chevrotante et moins forte. En proie elle-même à une émotion intense, elle comprenait ce qu'il pouvait ressentir.

— Oui, finit-il par lui adresser d'un ton rauque, balbutiant, incapable d'ajouter autre chose que cette monstrueuse banalité.

Le fantôme d'Emily se tenait face à lui. Il plissa les yeux pour s'assurer qu'il n'était pas victime d'une hallucination. Dans l'impossibilité de poser la moindre question, il avait l'impression que le sol s'ouvrait sous ses pieds et allait l'engloutir. En tremblant, il fit tourner la serrure et, d'un geste de la main, l'invita à entrer.

Il ne pouvait pas détacher son regard de cette toute jeune femme, reflet de celle qu'il avait tant aimée ; instinctivement, il comprit qu'il s'agissait de cette enfant dont il avait si longuement espéré la venue. Il était démuni par une trop forte émotion, les mots lui manquaient, ils tardèrent à arriver, lentement, hachés, étouffés. Il lui fallut quelques interminables minutes pour qu'il parvienne à réagir.

— Estelle, Estelle, bégayait-il, c'est bien toi ?

Elle non plus ne savait pas quelle attitude adopter. Pourtant, elle s'était répété moult fois la scène de leur rencontre. Ils ne se connaissaient que par quelques photos interposées, surtout en ce qui la concernait, tandis que lui ne l'avait jamais autrement vue que sous ses traits de bébé.

Ils se tenaient face à face, lui les bras ballants. Il ne parvenait pas à retrouver la maîtrise de lui-même. La bouche entrouverte, les yeux élargis, le cœur battant la chamade, il finit par s'exclamer :

— Oh non ! Je rêve ou quoi ?

Puis, le souffle toujours coupé, il ajouta :

— Viens, viens, installe-toi !

Spontanément, il avait utilisé le tutoiement. Il aurait aimé la serrer dans ses bras, il n'osa pas et se contint de la toucher, ne serait-ce que pour la rapprocher de lui. Il avait subitement peur, d'une crainte viscérale qui l'empêchait d'agir normalement.

Elle le suivit et se cala sur le canapé. Tandis que le calme revenait en elle, lui aussi retrouvait un semblant de maîtrise. Balbutiant, il retrouva une parole qui résonnait irréelle à ses oreilles :

— Tu dois être très fatiguée ; le voyage depuis le Canada doit être bien éprouvant.

— Je n'arrive pas du Canada, mais de Toulouse. N'empêche que cela fait aussi un très long voyage.

Devant l'incompréhension de son interlocuteur, elle lui répondit, la gorge nouée :

— J'ai beaucoup de choses à vous raconter... à te raconter, se reprit-elle. Tout ce que nous venons à peine de découvrir, maman et moi. Oui, je viens bien de Toulouse où nous avons toujours vécu.

Elle avait volontairement insisté sur cette précision, elle était le préambule d'une longue et sidérante histoire. Il apprécia qu'après une légère hésitation elle renonce à un vouvoiement synonyme de barrière entre eux.

Il ne pouvait détacher son regard d'elle : tant de souvenirs et de regrets l'agressaient subitement. Il n'y était pas préparé. Il finit par lui proposer à boire.

— Un verre d'eau fera l'affaire, lui répondit-elle.

Mais il tremblait tellement qu'au moment de poser le verre sur la table il le renversa, détendant enfin une atmosphère étouffante.

43

— Nous avons tous été manipulés. Quand mon père... Oui, je ne peux pas l'appeler autrement, car c'est lui qui m'a élevée, m'apportant un amour sans faille, un amour qui l'a fait déraper. Lorsqu'il a appris que sa fin était proche, il nous a révélé la vérité.

Attendre la dernière heure : ce besoin de se libérer du poids d'un secret que l'on ne voulait pas avoir à justifier... Des trémolos dans la voix, elle avait du mal à articuler, à évoquer cet aveu qui avait instillé en elle un sentiment déstabilisant. Elle se retrouvait face à un inconnu qui aurait dû occuper le rôle qu'un autre lui avait subtilisé. Elle avala sa salive, redressa la tête et prit une large respiration.

— Je ne peux que répéter ce que j'ai appris de mes parents. À l'époque, je n'étais qu'un bébé. Maman m'a expliqué combien, à l'annonce de ton décès, elle était effondrée. Dépressive, étrangère dans un pays dont elle ne maîtrisait pas la langue, elle redoutait l'avenir, surtout pour moi, m'a-t-elle affirmé.

Comment pouvait-elle avouer qu'elle doutait de cette version maternelle ? Cependant, Louis connaissait la fragilité intérieure d'Emily, il se souvenait de sa panique devant les menaces du Maître des secrets.

— Ton frère a pris les choses en main et lui a proposé de l'épouser. Elle a fini par accepter. C'est à cette époque que nous avons emménagé dans un grand et bel appartement, proche de la faculté où il enseignait.

Louis sursauta : quand François avait-il formulé sa demande en mariage ? Et du fait de son changement d'adresse, la lettre de l'hôpital démentant son décès lui était-elle bien parvenue ? La question lui brûlait les lèvres au point qu'il ne put se contenir.

— Oui, ça aussi, nous venons de l'apprendre : cette lettre, il l'a bien reçue. Un peu avant le mariage. Mais il l'a dissimulée. Il était épris de ma mère et s'était attaché à moi.

Louis avait du mal à imaginer son frère pris d'une telle passion qu'il l'avait sacrifié.

— Mais toute cette correspondance que nous avons échangée, lui et moi ? Vous ne vous en êtes jamais rendu compte ?

— En fait, il n'a pas vendu son premier appartement. Il le louait et avait gardé une boîte aux lettres qu'il relevait régulièrement. Nous avons trouvé tes lettres consciencieusement rangées par date, quand on nous a remis le contenu de son bureau à l'université, après sa disparition.

Les questions se bousculaient en lui, pourtant il n'arrivait pas à les formuler.

— Et ta mère, ce mariage... ? finit-il par lâcher, marmonnant entre ses dents.

— D'après ce qu'elle m'en a dit, les sentiments sont venus petit à petit. Ce fut un couple aimant. Je n'ai rien à lui reprocher en tant que père, et ma mère non plus en tant que mari, j'en suis persuadée. J'ai d'ailleurs un frère qui a six ans de moins que moi. Aussi, malgré sa duperie, il reste mon père.

Louis n'en revenait pas qu'il ait pu jouer à ce point les dissimulateurs : toute une vie basée sur le mensonge. Voilà donc ce que signifiait sa demande de pardon !

Le rouge aux joues, Estelle sortit de son sac deux feuillets qu'elle lui tendit. Toujours la même écriture appliquée, des éclaircissements qui reprenaient le récit qu'il venait d'entendre et une conclusion qui tomba comme le verdict d'un tribunal : *Tu m'as volé ma vie, à mon tour je t'ai volé ton amour. Nous sommes quittes !* Non, ils n'étaient pas quittes !

Abusé, sacrifié, Louis ne décolérait pas contre son frère. Lui pardonnerait-il un jour ? Qu'Emily ait bâti une existence loin de lui, loin de ses origines, il l'avait accepté depuis longtemps, mais pas dans ces conditions. D'après les quelques brèves explications d'Estelle, il s'imaginait que, grâce à cette union, elle avait intégré un milieu bourgeois et intellectuel qu'elle devait apprécier. Après avoir repris un cycle d'études, elle avait obtenu un poste d'ingénieur et était également devenue enseignante en géologie. La nostalgie s'invitait-elle parfois chez elle ? Il supposait qu'elle devait la balayer aisément, surtout lorsqu'elle portait son regard sur ses enfants.

— Et ta mère, répéta-t-il, comment a-t-elle réagi quand… ?

Il ne parvenait pas à finir ses phrases. Estelle expliqua qu'à la stupéfaction avaient succédé la rage et la déception d'avoir été abusée. Toutefois, Emily s'était ressaisie rapidement, déjà pour protéger sa fille, dans un premier temps, mais également parce que fouiller le passé ne lui apporterait que des regrets, peut-être même des remords. Aussi, dans une approche difficile, elle s'efforça de sélectionner ce qui était bon et d'oublier le plus possible ce qui était mauvais.

D'autres points l'agressèrent, plus personnels : que serait-il arrivé si Emily avait appris qu'il était rescapé ? Où auraient-ils vécu ? Avec elle à ses côtés, sa vie aurait trouvé une autre ampleur. Ce passé, personne ne pouvait le changer ni le supprimer : « Laissons le passé être le passé », conclut-il tristement, reprenant une citation du poète Homère. Toutefois, une nouvelle question le taraudait. Il en redoutait la réponse et, malgré tout, il espérait que ses craintes ne seraient pas fondées.

— Ta mère t'avait parlé de moi ? Elle t'avait dit que j'étais ton père ?

« Oui », « non » : deux mots simples, brefs, entiers, sans échappatoire ni compromission même suivis de « mais » répétés qui s'ils cherchaient à en atténuer la portée ne la modifiaient pas pour autant. Elle aurait préféré lui offrir ce « oui » qu'il appelait de ses vœux, mais ne put le lâcher. Dans un souffle, elle maugréa :

— Non !

Ce « non » le frappa comme un coup de poignard. Il s'attendait qu'une telle réponse le heurte, mais pas avec une semblable violence. À présent, il se voyait englué dans un mauvais rêve dont il ne savait pas comment s'extirper. Ainsi, il n'était rien, rayé comme s'il n'avait jamais existé. On lui avait refusé de vivre. Sa rancœur augmenta : jusqu'à cette conception qui lui avait été dérobée. Comment son frère avait-il vécu en harmonie avec sa conscience ? Comment avait-il, perfidement, entretenu une correspondance avec lui ?

Estelle avait honte de son aveu, mais elle ressentait un intense besoin de s'entourer de vérité. Le silence imposait sa lourdeur de non-dits. Le temps venait de s'arrêter, atténuant l'émotion des retrouvailles. Il se secoua : s'il n'était pas question de pardon, en attendant il fallait dissiper cet épais malaise ambiant.

Regardant sa fille, il crut lire de la gêne sur son visage. En réalité, c'était le reflet d'un traumatisme qu'elle lui taisait. L'annonce de la vérité sur ses origines et du mensonge dans lequel ses parents l'avaient entretenue l'avait particulièrement perturbée ; son identité vacillait : elle n'était plus celle d'hier ni celle d'aujourd'hui. Centrée sur un chaos intérieur, elle ne savait plus où se situer face à son géniteur. Elle en voulait à sa mère, à son manque de confiance. Jamais elle n'aurait soupçonné la réalité, et elle était certaine qu'un tel aveu n'aurait rien changé, les enfants savaient juger. Pourtant, elle relança leur conversation :

— Quand on me disait que je ressemblais à mon père, j'en étais fière !

Il grimaça légèrement : un air de famille existait de toute évidence, François était son oncle.

— Maintenant, face à toi, je me rends compte que c'est de toi que je tiens mes traits, même si ma peau est plus foncée que la tienne.

Sa remarque détendit l'atmosphère. Louis réalisa qu'il avait de nouveau une famille avec cette enfant dont il avait toujours espéré la présence. Il ne l'avait pas vue se transformer en femme, mais dorénavant ils savaient qu'ils existaient l'un pour l'autre. Conscient qu'elle ne le regarderait jamais comme son père, il éprouvait comme une sorte de chagrin au plus profond de lui-même. Il n'était qu'un géniteur inconnu jusqu'alors, un oncle expatrié à l'autre bout du monde.

L'essentiel n'était-il pas qu'ils se soient retrouvés ? S'ils n'avaient pas de souvenirs communs, désormais ils pouvaient se construire un futur.

— Il faut lui pardonner. Le pardon ne change pas le passé, mais élargit l'avenir, conclut-il avec un léger sourire amer aux lèvres.

44

Autour d'un repas rapidement concocté, ils avaient passé la soirée à essayer de se connaître. En revanche, il ne l'interrogea guère sur Emily. Il se contenta d'apprendre sa réussite professionnelle. Toutefois, il ne put taire un point plus intimiste : son étonnement devant son silence depuis que la vérité avait éclaté.

— Il n'était pas possible pour maman de m'accompagner. Elle a son travail et doit s'occuper de mon frère. Elle ne veut pas le laisser seul, c'est un adolescent.

« Elle aurait pu téléphoner », se prit à penser Louis. On aurait dit qu'Estelle avait deviné son interrogation. Elle poursuivit :

— En outre, elle estimait que ce serait mieux de nous rencontrer d'abord. Le choc a été rude pour elle. Elle redoutait ta réaction, aussi elle préférait te laisser l'initiative. Ce n'est peut-être pas très courageux, mais peut-on parler de courage face à une telle situation ? Si tu veux bien, nous l'appellerons demain soir, heure française.

Jusque-là, Louis n'avait guère détaillé son quotidien, il restait évasif ; il avait si peu à raconter après toutes ces révélations.

— Tu n'as jamais songé à quitter Rosebery ? À rentrer en France ?

— Non ! J'étais certain qu'un jour toi ou ta mère viendriez taper à ma porte. Alors j'attendais, et te voilà ! Et en France, qu'est-ce que j'y aurai trouvé puisque je vous croyais au Canada ? D'autant plus que je suis devenu citoyen australien. Désormais, j'ai des racines ici, on ne passe pas autant d'années dans un endroit sans en partager l'âme.

Émue par sa réponse, Estelle laissa le silence s'installer. Elle détaillait le salon : douillet, il était décoré avec goût, des choses surprenantes pour un homme seul. Il devait bien y avoir une femme là-dessous...

— Tu ne t'es jamais marié ?

— Non ! Mais il n'est peut-être pas trop tard pour le faire, avoua-t-il, le regard amusé. En tout cas, ce ne sera pas avec une veuve, poursuivit-il d'un ton badin.

À son tour, elle sourit. Sa réponse ôtait toute ambiguïté. Elle ne l'interrogea pas davantage de peur de le gêner. Ce fut lui qui relança la conversation en lui demandant de lui parler de ses études et de ses projets. Il était avide de découvrir l'univers de sa fille.

— J'ai intégré une grande école qui forme des ingénieurs dans le domaine aéronautique et spatial. Je veux faire de la recherche. Pour cela, il faut que je commence par décrocher un diplôme d'ingénieur, et puis j'ai l'intention de pousser jusqu'au doctorat.

Décidément, pensa Louis qui murmura :

— Telle mère, telle fille...

La fatigue envahissait la voyageuse. Devant les cernes qui creusaient son visage, ses paupières qui se faisaient lourdes, Louis lui proposa de regagner la chambre d'amis qu'il tenait prête depuis que Marianne était entrée dans sa vie. Avec son accord, elle avait pris les choses en main ; il l'avait laissée faire, heureux de voir qu'on s'occupait de lui. De toute façon, le berceau abandonné dans sa construction ne signifiait dorénavant plus rien pour lui. Et dans l'esprit qui était le sien, d'une pièce inhabitée elle avait créé un petit nid douillet.

Cette nuit-là, Louis se demanda s'il avait rêvé ou si cette soirée était bien réelle. Il se leva et gagna le salon pour s'en assurer. La vue du manteau qu'elle avait laissé sur le dossier d'une chaise le tranquillisa. Il se recoucha, apaisé comme un enfant épuisé de la joie d'une bonne nouvelle.

La semaine qu'ils passèrent ensemble fut intense. Elle ne connaissait rien des origines autochtones de sa mère. Bien entendu, il l'emmena visiter le centre aborigène de Launceston. Le Maître des secrets était décédé depuis longtemps, ils ne risquaient pas de le croiser. Sa mort éteignait sa malédiction. Elle ignorait tout du Temps du rêve, cette ère qui précédait la création de la Terre, une période où tout n'était que spirituel et immatériel. Elle abordait, surprise, ces légendes sur lesquelles s'appuyaient les croyances aborigènes. Malgré leur séduction, mais dotée de cet esprit cartésien propre aux chercheurs, elle ne pouvait y adhérer.

La semaine s'écoula sans temps mort : il avait tant de choses à lui faire connaître. Elle était heureuse de découvrir le pays d'où venait sa mère. Elle pourrait enfin l'évoquer avec elle. Tout comme Louis, elle était impressionnée par le sauvage et le grandiose d'une nature dont l'exubérance la charmait. Ils rentraient épuisés de leurs journées, mais la paix au cœur. Depuis si longtemps qu'il espérait cette rencontre !

Le coup de fil échangé entre les anciens amants se révéla décevant de banalité, une platitude certainement due à la gêne engendrée par la complexité et l'ambiguïté d'une situation dont ni l'un ni l'autre n'était responsable. Bien que débordants d'émotion, ils ne savaient pas comment aborder leurs retrouvailles. Toutefois, avant de raccrocher, ils promirent de se rappeler, espérant peut-être qu'une fois prochaine la parole se délierait. Malgré cet entretien tronqué, Louis se sentit comme libéré des chaînes d'un passé qui avait longtemps assombri son horizon.

Lorsque sonna l'heure du retour pour Estelle, des liens s'étaient tissés, certainement pas aussi profonds que l'aurait souhaité Louis, mais ce n'était qu'une première étape. Elle lui avait affirmé qu'elle reviendrait à Rosebery durant ses grandes vacances.

— À ta disposition pour te servir de guide, lui assura-t-il, riant bien qu'il ressentît une certaine contrariété à la voir s'en aller.

— Et surtout si tu te maries, je tiens à être ton témoin ! Promis ?

Il acquiesça d'un hochement de tête. Elle n'avait pas eu l'occasion de rencontrer Marianne et ne s'était pas montrée trop indiscrète. Partagée entre le fait qu'une inconnue allait remplacer sa mère et la constatation que celle-ci avait rayé son géniteur de leur vie, elle éprouvait un étrange sentiment, dans une situation où elle ne savait pas où se trouvait réellement sa place.

Il la conduisit à Launceston une fois de plus, mais cette fois-ci c'était pour prendre l'avion de retour avec une première escale à Sydney. Il attendit que l'appareil décolle pour reprendre la route. Décidément, il n'aimait pas les aéroports : ils lui enlevaient toujours quelqu'un auquel il tenait.

À peine était-il rentré à Primrose Road qu'il téléphona à Marianne. Il redoutait d'affronter une solitude qui reviendrait le titiller, voire l'agresser. Ensuite, il éprouvait une forte envie d'évoquer la visite de son enfant à sa maîtresse et, par-dessus tout, il avait besoin de son regard qui comprenait sans qu'il lui soit nécessaire de parler, de sa tendresse, et de son amour, espérait-il, qui lui rappelait à quel point la vie était belle.

À l'autre bout du fil, personne ne décrocha. La sonnerie retentissait dans un vide lugubre. À plusieurs reprises, il recomposa son numéro. Toujours en vain. Il était déjà fort tard lorsque, agacé jusqu'à l'énervement, il se résolut à ne plus insister.

Sa nuit fut perturbée, bousculée par les images radieuses vécues en compagnie de sa fille, et les doutes qui l'assaillaient quant aux sentiments que lui portait Marianne. Il les chassait rapidement, persuadé de l'éloquence de leurs silences, de la chaleur de leurs regards, de mille et une petites preuves qui le rassuraient et surtout l'asseyaient dans sa décision de partager son avenir avec elle.

45

Il se leva très tôt et dut faire un effort sur lui-même pour ne pas se précipiter sur le téléphone. La nuit l'avait conforté dans sa décision : l'amour n'avait de sens que s'il était partagé, il élargissait l'horizon, le monde.

Finalement, n'y tenant plus, il s'empara de l'appareil avant même d'avoir achevé son petit déjeuner. Elle avait décroché aussitôt, comme si elle attendait son appel. Il décela de la tristesse dans sa voix et l'inquiétude le gagna.

— Je viens te voir ! imposa-t-il.

Elle balbutia quelque impossibilité qu'elle lui opposa faiblement tandis qu'il insistait :

— Si je pars maintenant, je peux être à Huonville en fin de matinée. Si tu m'acceptes...

Il avait conclu d'un ton adouci :

— Il faut que nous parlions avenir.

La voix chevrotante, après un bref silence, elle n'avait répondu que d'un simple mot :

— Viens !

Durant tout le trajet, il ne s'intéressa pas au paysage pourtant plaisant qu'il traversa. Il ne cherchait même plus à peser le pour et le contre de l'engagement qu'il s'apprêtait à solliciter.

Il ne s'agissait plus de combler un manque. Longtemps, il s'était cru détaché du besoin fondamental d'être aimé. À présent, il aspirait à cet environnement chaleureux et constant.

Bien qu'arrivés à l'aube du troisième âge, tous les deux restaient de grands enfants fragiles, vulnérables et dépendants de leur corps d'adulte. Ils n'avaient plus de temps à perdre, à laisser filer les ans, les mois, les semaines.

Quand il parvint devant le portail de la petite maison de bois, elle l'attendait sous la véranda, installée dans son rocking-chair, l'air grave, presque anxieux. Pour la première fois, il la saisit dans ses bras sans se soucier de leur entourage. Jusqu'à présent, ils avaient évité toute effusion en public.

— Allez, rentrons ! Tu vas tout me raconter.

Dans le salon, il ne restait plus que deux fauteuils et une table. La bibliothèque avait disparu, vraisemblablement vendue.

— Ça va si mal que ça ? l'interrogea-t-il.

Elle hocha positivement la tête.

— La seule solution que j'ai trouvée dans l'immédiat pour ne pas quitter la Tasmanie, c'est de louer ma maison. Le loyer couvrira mes traites, et moi j'irai vivre en location à mon tour. J'ai rencontré une dame plus âgée que moi qui accepte de me laisser une chambre. Avec ma pension, je pourrai y arriver. Mais je ne tiens pas à rejoindre ma fille.

— Il y a une autre solution. Pour cela, tu n'as qu'un mot à répondre à ma demande : épouse-moi !

Les yeux écarquillés, elle resta muette juste un bref instant, avant de se hausser sur la pointe des pieds pour passer ses bras autour de son cou.

— Oui, oui, répéta-t-elle comme pour se persuader qu'elle ne rêvait pas.

Après une nuit où la tendresse l'avait emporté sur la fureur des sens, ils s'étaient promenés en ville, main dans la main, s'embrassant parfois à la vue de tous, comme deux adolescents. Ils souriaient à la ronde. Le monde leur semblait différent : il s'ouvrait grand devant eux, et dorénavant ils regardaient ensemble dans la même direction.

Une citation d'Oscar Wilde, écrivain, mais surtout poète irlandais dont il appréciait tout particulièrement les écrits, lui revenait comme une antienne : *Conservez l'amour dans votre cœur. Une vie dépourvue d'amour ressemble à un jardin parsemé de fleurs fanées et privées de soleil.*

Et ce sentiment qu'il avait précieusement conservé, même dans les pires moments, s'épanouissait à présent comme un jardin explosant de couleurs printanières.

deboree.com

livres@centrefrance.com

Achevé d'imprimer en juillet 2023
Sur les presses de la Source d'Or
Numéro d'impression : 307103
Dépôt légal : août 2023
ISBN : 978-2-8129-2819-2
ISSN : 1769-1788